# 「罵」與《新青年》
# 批評話語的建構

李　哲　著

民國文學與文化系列論叢

文史哲出版社印行

國家圖書館出版品預行編目資料

「罵」與《新青年》批評話語的建構 /
李　哲著--. --初版 -- 臺北市：文史哲,
民 106.02　頁；公分（民國文學與文化
系列論叢；5）
ISBN 978-986-314-354-3（平裝）

1.中國文學史　2.現代文學　3.文學評論

820.908　　　　　　　　　　　106002464

## 民國文學與文化系列論叢　5

# 「罵」與《新青年》批評話語的建構

著　　　者：李　　　　　　　　哲
出　版　者：文　史　哲　出　版　社
　　　　　http://www.lapen.com.tw
　　　　　e-mail：lapen@ms74.hinet.net
登記證字號：行政院新聞局版臺業字五三三七號
發　行　人：彭　　　正　　　雄
發　行　所：文　史　哲　出　版　社
印　刷　者：文　史　哲　出　版　社
　　　　　臺北市羅斯福路一段七十二巷四號
　　　　　郵政劃撥帳號：一六一八〇一七五
　　　　　電話 886-2-23511028・傳真 886-2-23965656

**定價新臺幣四二〇元**

2017 年（民一〇六）二月初版

ISBN 978-986-314-354-3　　78355

# 「罵」與《新青年》批評話語的建構

# 目　次

# 總序一

# 民國文學史觀的建構

## —— 現代文學研究的新思維與新視野

張堂錡

一

　　「民國文學」是有關中國現代文學學科研究歷史進程中，繼「中國新文學」、「中國現代文學」、「20世紀中國文學」、「百年中國文學」之後，近期出現並開始受到重視與討論的一種新的學科命名與思維方式。它的名稱、內涵與意義都還在形成、發展的初始階段。類似的思維與說法還有「民國史視角」、「民國視野」、「民國機制」等。這些不同的名稱，大抵都不脫一個共同的「史觀」，那就是回歸到最基本也最明確的時間框架上來進行闡釋。陳國恩〈關於民國文學與現代文學〉即明確指出：「作為斷代文學史，民國文學中的『民國』可以是一個時間框架。就像先秦文學、兩

漢文學、魏晉南北朝文學、隋唐文學和宋元明清文學中的各個朝代是一個時間概念一樣，民國文學中的民國，是指從辛亥革命到 1949 年中華人民共和國成立這一時段。凡在這一時段裡的文學，就是民國文學。」這應該是大陸學界對「民國文學」一詞較為簡單卻完整的解釋。

北京師大的李怡則提出「民國機制」的說法，他在〈民國機制：中國現代文學的一種闡釋框架〉中也認為：「民國機制就是從清王朝覆滅開始，在新的社會體制下逐步形成的推動社會文化與文學發展的諸種社會力量的綜合」，然而，「隨著 1949 年政權更迭，一系列新的政治制度、經濟方式及社會文化氛圍、精神導向的重大改變，民國機制自然也就不復存在了。中國文學在新的機制中發展，需要我們另外的解釋。」當然，他們也都注意到了「民國」從清王朝－中華民國－中華人民共和國的線性時間概念之外的更豐富意義，例如陳國恩提到了民國的價值取向；李怡也強調必須「從學術的維度上看『政權』的文化意義，而不是從政治正義的角度批判現代中國的政治優劣」，他認為這樣的「民國文學」研究是「對一個時代的文學潛能的考察，是對文學生長機制的剖析，是在不迴避政治型態的前提下尋找現代中國文學的內在脈絡。」

面對大陸學界出現的這些不同聲音，在台灣的現代文學研究者已經不能再視而不見，如何在一種學術交流、理性互動、嚴謹對話、多元尊重的立場上進行對相關議題的深入討論，應該說，對兩岸學者都是一次難得的「歷史機遇」。台灣高喊「建國百年」，大陸紀念「辛亥百年」，一個「民國」，

各自表述。但不管怎麼說，「民國」開始能夠被大陸學界接受並引起討論熱潮，這本身就是一種試圖突破既有現代文學研究框架的努力，也是大陸學界在意識型態方面對「民國」不再刻意迴避或淡化的一種轉變。正是在這種轉變中，我們看到了中國現代文學研究的新契機。

二

　　民國文學不是單一的學術命題，不論從研究方法或視野上來看，它都必須涉及到民國的歷史、政治、經濟、教育、法律、文化、社會與思想等諸多領域，它必然是一個跨學科、跨地域、跨國別的學術視角，彼此之間的複雜關係說明了此一命題的豐富性與延展性。

　　必須正視的是，台灣對「民國」的理解是以「建國百年」為前提，而大陸學界則是以「辛亥百年」為前提，如此一來，大陸對「民國」的解釋是一個至 1949 年為止的政權，但台灣則是主張在 1949 年之後「民國」依然存在且持續發展的事實。拋開歷史或政治的解釋權、主導權不論，「民國」並未在「共和國」之後消失，這是不爭的事實。因此，在討論民國文學與文化之際，就會出現 38 年與 100 年的不同史觀。箇中複雜牽扯的種種原因或現實，正是過去對「民國文學」研究難以開展的限制所在。而恰恰是這樣的分歧，李怡所提出的「民國機制」也就更顯得有其必要性與可操作性。他說 1949 年政權更迭之後，民國機制不復存在，指的是「中華民國在大陸」階段，共和國機制在 1949 年之後取代了民國機制，但

是「中華民國在台灣」階段，要如何來解決、解釋，「民國機制」其實可以更靈活地扮演這樣的闡釋功能。

「民國文學」的提出，並不是要取代「現代文學」，事實上也難以取代，因為二者的側重點不同，前者關注現代文學中的「民國性」，後者關注民國文學的「現代性」，這是一種在相互參照中豐富彼此的平等關係。現代性的探討，由於其文學規律與標準難以固定化，使得現代文學的起點與終點至今仍是一種遊移的狀態，從晚清到辛亥，從五四到1949，再由 20 世紀到 21 世紀，所謂文學的「現代化」與「現代性」都仍在發展之中。「民國性」亦然。從時間跨度上，現代文學涵蓋了民國文學，但在民國性的發展上，它仍在台灣有機地延續著，二者處於平行發展的狀態，不存在誰取代誰的問題。

在大陸階段的民國性，是當前大陸「民國文學」研究的重心，它有明確的歷史範疇與時間框架，但是在台灣階段的民國性，保留了什麼？改變了什麼？在與台灣在地的本土性結合之後，型塑出何種不同面貌的民國性呢？這是兩岸學者都可以認真思考的問題。

民國文史的參照研究，其重要性無庸置疑，而其限度與難度也在預料之中。「民國文學」作為一個學術的生長點，其意義與價值已經初步得到學界的肯定。現代文學的研究，在經過早期對「現代性」的思索與追求之後，發展到對「民國性」的探討與深究，應該說也是符合現代文學史發展規律的一次深化與超越。在理解與尊重的基礎上，兩岸學界確實可以在這方面開展更多的合作機會與對話空間。

## 三

　　為了呼應並引領這一充滿學術生機與活力的學術命題，政大文學院與北京師範大學於 2014 年幾乎同時成立了「民國歷史文化與文學研究中心」，四川大學、四川民族大學也相繼成立了類似的研究中心；政大中文研究所於 2015 年正式開設「民國文學專題」課程；以堅持學術立場、文學本位、開放思想為宗旨的學術半年刊《民國文學與文化研究》，在李怡、張堂錡兩位主編的策劃下，已於 2015 年 12 月在台灣出版創刊號；由李怡、張中良主編的《民國文學史論》、《民國歷史文化與中國現代文學研究》兩套叢書則分別由花城出版社、山東文藝出版社出版，在學界產生廣泛的迴響。規模更大、影響更深遠的是由李怡擔任主編、台灣花木蘭出版社印行的《民國文化與文學研究文叢》，自 2012 年起陸續出版了《五編》七十餘冊，計畫推出百餘冊，這套書的出版，對現代中國文學研究打開了新的學術思路，其影響力正逐漸擴大中。

　　對「民國文學」研究的鼓吹提倡，台灣的花木蘭出版社可以說扮演了積極推動的重要角色。自 2016 年 4 月起，由劉福春、李怡兩人主編的《民國文學珍稀文獻集成》叢書第一輯 50 冊正式發行，並計畫在數年內連續出版這套叢書上千種，這真是令人振奮也令人嘆為觀止的大型學術出版計畫！

　　從 2016 年 8 月起，文史哲出版社也成為民國文學研究的又一個重要學術平台，除了山東文藝出版社授權將其出版的

《民國歷史文化與中國現代文學研究》叢書 6 本交由文史哲出版社出版之外，其他有關民國文學研究的學術專著也將列入新規劃的《民國文學與文化系列論叢》中陸續出版，如此一來，民國文學研究將有了一個集中展現成果、開拓學術對話的重要陣地，這對兩岸的民國文學研究而言都是一個正面而積極的發展。文史哲出版社是台灣學術界具有代表性的老字號出版社，經營四十多年來，出版過的學術書籍超過千種以上，對兩岸學術交流更是不遺餘力，彭正雄社長的學術用心與使命感實在讓人欽佩！這次願意促成這套叢書的出版，可說是再一次印證了彭社長的文化熱忱與學術理念。

我們相信，只要不斷的耕耘，這套書的文學史意義將會日益彰顯，對民國文學的研究也將會在這個基礎上讓更多人看見，並在現代文學領域產生不容忽視的影響力。對於「民國文學」的提倡與落實，我們認為是一段仍需持續努力、不斷對話的過程，但願這套叢書的問世，對兩岸學界的看見「民國文學」是一個嶄新而美好的開始。

2016 年 7 月，台北

# 總序二

# 民國歷史文化與中國現代
# 文學研究的新可能

### 李　怡

　　中國現代文學發生發展的社會歷史背景是「民國」，從民國歷史文化的角度考察中國現代文學，既是這一歷史階段文化自身的要求，也是中國現代文學研究新的動向。

　　中國現代史上的「中華民國」是現代中國歷史進程的重要環節，無論是作為「亞洲第一個共和國」的歷史標誌，還是包括中國共產黨人在內的全體中國人都曾為「民國」的民主自由理想而奮鬥犧牲的重要事實，「民國」之於現代中國的意義都是值得我們加以深究的。與此同時，中國現代文學的「敘史」也一直都在不斷修正自己的框架結構，從一開始的「新文學」、「現代文學」到 1980 年代中期的「二十世紀中國文學」，每一種命名的背後都有顯而易見的歷史合理性，但同時又都不可避免地產生難以完全解決的問題。「新文學」在特定的歷史年代拉開了與傳統文學樣式的距離，但「新」的命名畢竟如此感性，終究缺乏更理性的論證；「現代文學」

確立了「現代」的價值指向，問題是「現代」已經成了多種文化爭相解釋、共同分享的概念，中國之「現代」究竟為何物，實在不容易說清楚；「二十世紀中國文學」確立的是百年來中國文學的自主性，但是這樣以「世紀」紀年為基礎的時間概念能否清晰呈現這一文學自主的含義呢？人們依然不無疑問。正是在這樣一種背景上，關於中國現代文學「敘史」的「民國」定位被提了出來，形成了越來越多的「民國文學史」命名的呼籲。

「民國文學」的設想最早是從事現代史料工作的陳福康教授在 1997 年提出來的[1]，但是似乎沒有引起太多的注意；2003 年，張福貴先生再次提出以「民國文學」取代「現代文學」的設想，希望文學史敘述能夠「從意義概念返回到時間概念」[2]，不過響應者依然寥寥。沉寂數年之後，在新世紀第一個十年即將結束的時候，終於有更多的學者注意到了這個問題，特別是最近兩三年，主動進入這一領域的學者大量增加。國內期刊包括《中國社會科學》、《文學評論》、《中國現代文學研究叢刊》、《文藝爭鳴》、《海南師範大學學報》、《鄭州大學學報》、《現代中國文化與文學》都先後發表了大量論文，《文藝爭鳴》與《海南師範大學學報》等還定期推出了專欄討論。張中良先生進一步提出了中國現代文學研究的「民國史視角」問題，我本人也在宣導「文學的

---

1 陳福康：《應該「退休」的學科名稱》，原載 1997 年 11 月 20 日《文學報》，後收入《民國文壇探隱》，上海書店出版社 1999 年。

2 張福貴：《從意義概念返回到時間概念 —— 關於中國現代文學的命名問題》，香港《文學世紀》2003 年 4 期。

民國機制」研究。在我看來，「民國文學」研究的興起十分
正常，它們都顯示了中國現代文學研究在經歷了半個多世紀
的探索之後一次重要的學術自覺和學術深化，並且與在此之
前的幾次發展不同，這一次的理論開拓和質疑並不是外來學
術思潮衝擊和感應的結果，從總體上看屬於中國學術在自我
反思中的一種成熟。

　　當前學界的民國文學論述正沿著三個方向展開：一是試
圖重新確立學科的名稱，進而完成一部全新的現代文學史；
二是為舊體文學、通俗文學等「新文學」之外的文學現象回
歸統一的文學史框架尋找新的命名；三是努力返回到歷史的
現場，對民國社會歷史中影響文學的因素展開詳盡的梳理和
分析，結合民國文學歷史的一些基本環節對當時的文學現象
進行新的闡述和研究。在我看來，前兩個方向的問題還需要
一定時間的學術積累，並非當即可以完成的工作，否則，倉
促上陣的文學史寫作，很可能就是各種舊說的彙集或者簡單
拼貼，而第三個方面的工作恰恰是文學史認識的最堅實的基
礎，需要我們付出扎實的努力。

　　從民國歷史文化的角度研究中國現代文學，可以為我們
拓展一系列新的學術空間。

　　例如民國經濟形態所造就的文學機制，民國法制形態影
響下的文學發展，民國教育制度的存在為文學新生力量的成
長創造怎樣的文化條件、為廣大知識分子的生存提供怎樣的
物質與精神的基礎等等。還有，仔細梳理中國現代作家的「民
國體驗」，就能夠更加有效地進入他們固有的精神世界與情
感世界，為我們的中國現代文學提出更實事求是的解釋。

　　當然，討論中國現代文學的「民國」意義，挖掘其中的創造「機制」絕不是為了美化那一段歷史。在現代中國文化建設的漫長里程中，在我們的現代文化建設目標遠遠沒有完成的時候，沒有任何一段歷史值得我們如此「理想化處理」，嚴肅的學術研究絕不能混同於大眾流行的「民國熱」。今天我們對歷史的梳理和總結是為了呈現 20 世紀上半葉中國文學發展的一些可資借鑒的機制，以為未來中國文學的生長探尋可能 —— 在過去相當長的歷史中，我們習慣於在外國文學發展的歷史中尋找我們模仿的物件，通過介紹和引入西方文學的各種模式展開自己。殊不知，其中的文化與民族的間隔也可能造成我們難以逾越的障礙。如今，重新返回我們自己的歷史，在現代中國人自己有過的歷史經驗和智慧成果中反思和批判，也許就不失為一條新路。

　　呈現在讀者諸君面前的這一套「民國文學與文化系列論叢」，試圖從不同的方向挖掘「以歷史透視文學」的可能。這裡既有新的方法論的宣導 —— 諸如「民國」作為「方法」或者作為「空間」的含義，也有不同歷史階段的文學新論，有「民國」下能夠容納的特殊的文學現象梳理 —— 如民國時期的佛教文學，也有民國文學品種的嶄新闡述。它們都能夠帶給我們對於歷史和文學的一系列新的感受，雖然尚不能說架構起了民國歷史文化現象的完整的知識結構，卻可以說是開闢了文學研究的新的可能。但願我們業已成熟的中國現代文學研究，能夠因此而思想激蕩、生機勃發。

2014 年 6 月，北京

# 代序

## 在與歷史的對話中建立
## 我們的「大文學史」

### 李怡

　　五四是一個製造爭論的時代，雖然已經過去了九十多年，但五四時代所製造的爭論以及針對五四本身的爭論卻始終沒有結束，到今天甚至還強化了起來。我初步歸納了一下，發現今人認定的「五四之罪」至少有七大宗：

　　少數知識份子的偏激導致了全民族文化的悲劇。
　　徹底反傳統、割裂民族文化傳統。
　　唯我獨尊，充滿了話語「霸權」。
　　引入線性歷史發展觀、激進主義的文化態度，導致了現代中國一系列文化觀念上的簡陋甚至迷失。
　　客觀上應和了西方的文化殖民策略。
　　開啟了現代專制主義特別是「文革」思維的源頭。
　　白話取代文言，破壞了中華民族的語言流脈。

這些罪過，任何一條都可謂是空前絕後，值得打入十八層地獄，但問題在於，擁有了如此罪過的五四卻恰恰開啟了一個嶄新的自由思想的新時代，其種種看似大逆不道的「新」已經成為當今生活的不可分割的一部分：因為五四，我們可以自由地討論「傳統」的各種弊端；因為五四，我們大規模地引進了外來文化思想，而這些思想至少讓我們看到了一個更加寬闊的世界；因為五四，我們擁有了雅俗同體、書寫和口語相一致的語言方式，而且這樣的方式至今依然是有效的、有力的……

看來，歷史的發展總是豐富和複雜的，任何激情式的判斷即便具有蠱惑人心的效果也終歸無法取代歷史本身的存在，何況激情之後，我們冷靜思量，就會發現其中暗藏著那麼多的似是而非：五四一代的知識份子真的擁有主宰他人和整個歷史的「霸權」？就那麼幾位自己辦雜誌、寫文章，在當時影響有限的書生？五四的激烈言辭究竟在什麼範圍內傳播，與「文革」那種全民族自下而上、無一倖免的「運動」存在多少可比性？

這些困惑與疑問，可能不少人都有過，但是卻少有人真正地、仔細地研究過，因為，陷入這些枯燥的論爭話語之中，似乎並不是一件多麼有趣的事情！甚至創造社同人早就對這些「非文學」的文字表達過不屑，他們立志要推動中國文學的「第二階段」的革新，在郭沫若等人看來，那才是屬於「文學」的真正的革新。

就這樣，這些似乎重要卻又離「文學」甚遠的無趣的言論始終得不到有效清理，以致到今天還被各方人士各取所需

地任意取用，繼續散佈歷史的迷霧。

　　李哲這本著作的價值正在於此。他選取了一個別人看來很可能沒有什麼探究內容的研究物件──五四「罵戰」，在他仔細的觀察和分析中，一場在許多人看來相當無益甚至無聊的「罵戰」竟然具有了格外豐富的文化意味，它聯繫的是近現代中國文化演變、新舊文化交鋒與消長的一系列根本性的變化。一路讀來，關於五四論爭的諸多問題都得到了新的解答，而關於五四本身的論爭我想也有了新的答案。

　　不僅如此，在我看來，這樣的研究不僅僅是一種思想史的追蹤和清理，它同樣也提醒我們一個事實：中國現代文學的研究，究竟還可以有哪些可能？文學史的研究是否一定都是對文學的「純藝術」問題的勘探？或者說只有對「純藝術」問題的的勘探才有價值？

　　宣導「回到文學本身」，沉醉於「文學性」曾經是一個美麗的倡議。1980 年代，有感於中國文學受制於社會政治這些「文學之外」的現實，人們提出「回到文學本身」，注重「文學之內」的研究，強調「審美性」。也就是從那個時候開始，一代中國人覺悟到談論文學不再等同於政治表態，也有別於道德教育、思想教育。這樣的訴求既美麗，又正義，因為我們曾經的文化專制讓一切關於文學的討論都無可選擇地納入了政治表態的範疇，在這時，重申「文學」的價值，其理由不僅在於文學，更在於恢復人基本的言論權利與自由思維的權利。正是在這樣一種「正義」的向度上，我堅持高度肯定這一口號的歷史意義，並且主張繼續研究和光大這一倫理正義的可能，對於 1990 年代就此的諸多批評都不予認

同。但是，我們也同時發現，在當時，對於倫理正義的強烈
渴求的確遠遠超過了對於口號內涵與學理的細緻分析，比如
什麼是「文學」？什麼又是真正的「文學本身」？中國現當
代文學的「本身」究竟意味著什麼？在當時，在未經嚴格的
學術追問的時候，我們有意無意地將這一「文學本身」視作
某種固定不變的東西，賦予它某種本質性的猜想，比如文學
性最終不過就是語言的藝術等等。

其實，在諸多社會問題、生存困擾糾纏不清的現代中國，
美麗的語言藝術從來就不是「文學」單純關懷的對象，在更
多的時候，「文學」真的承擔了更多的關注人生、參與社會
問題解決的責任，這或許不是「世界文學」的理想狀態，但
卻是現代中國文學的真實狀態。其中，包含的現代作家的體
驗的真實和表達的真誠，是我們必須認真面對和正視的東
西。在這個意義上談論文學，更恰當的稱謂應該是「大文學」，
一種充滿了文學藝術的目標但又容納了更多現實責任和義務
的文字形態。

「大文學」是現代中國文學發展的總體方向，它既是指
一般文學作品中自然蘊含的「純藝術」目標之外的豐富的內
容，也是指其他與文學相關的理論、批評甚至思想表述的形
態。這些形態也許無法用傳統的「文學」文體加以定位，但
是它們卻在整體上構成了現代中國知識份子生存關懷、生命
理想、人生信仰的一部分。它們或許相對枯燥，但也在思想
的深層流淌著重大的文化關懷；它們或許不那麼藝術，但卻
是直指當代生存的根本問題。歷來爭論不休的魯迅雜文屬於
後者，而大量存在的關於文學和思想文化現象的討論可能屬

於前者，也就是李哲的研究。

　　要深刻理解和解讀中國現代文學的獨特性，就有必要進入「大文學的視野」。所謂「大文學視野」就是突破對「純文學」、「為藝術而藝術」的迷信，將文學的價值和意義定位在廣泛的社會歷史的聯繫當中，將文學的趣味的精神魅力與其承擔的社會責任、歷史使命有機結合。顯然，在諸多社會問題亟待解決的現代中國，文學毫無疑問地承擔了這樣的義務，並且也在事實上以這樣的塑造體現自己的歷史形象。

　　書寫現代中國「大文學史」，也就意味著我們的中國現代文學研究應該把對「文學」的關注融入對社會歷史的總體發展格局之中，將文學的闡釋之旅融通於尋找歷史真相之旅。這裡有現代中國政治理想的真相、經濟生態的真相，也有社會文化整體發展的深刻烙印。與歷史對話，將賦予文學以深度；與政治對話，將賦予文學以熱度；與經濟對話，將賦予文學以堅韌的現實生存品格。

　　在「大文學史視野」下研討中國現代文學，就是要能夠返回民國歷史的現場，融入民國社會歷史的具體情境，觸摸民國文學機制。如何在民國歷史文化的背景上發現中國現代文學的新的價值，這就是我們未來研究的方向。

　　當然，秉持「大文學史觀」，我們最終關注的還是文字的「作品」，也就是說，所有文學與社會歷史的對話並不意味著我們要離棄文學作品，直接討論現代中國的歷史、政治與經濟。恰恰相反，進入「文學之外」，是為了最終返回「文學之內」。這裡的「內」不是抽象的本質化的事物，而是實實在在存在的文學文字本身，就是說，對所有歷史文化的考

察、分析並不是要確立我們新的歷史學、社會學、政治學與經濟學，而是深化和完善文學作品的「闡釋學」。李哲討論五四「罵戰」，依據的是五四的思想論爭文字，最終要解釋的也是這些文字的文化意義。他無意為現代中國的思想發展指明前進的方向，更無意在當代中國的思想運動中一較高下。進入文學的「大」範圍而又不放棄我們的專業立場，進而為其他思想問題或純粹歷史問題所「誘拐」，李哲對「限度」的把握頗為準確。

李哲曾經是宋劍華教授的碩士生，在暨南大學受過良好的學術訓練，後來考上我的博士研究生，我們在多番的討論中確定了這個「大文學」的論題，這幾年中他為此付出了相當的努力。這一著作就是他在博士論文基礎上修改而成的，論文答辯時評議專家和答辯專家多有褒獎，這不僅是對他幾年來學術付出的充分肯定，也是對我們多年來逐步探索的新的文學研究觀念的某種鼓勵，我個人深感欣慰。現在李哲又有機會在中國社科院文學所繼續博士後研究，我想他的未來是廣闊的，祝願他繼續保持誠懇踏實的學術態度，在將來取得更大的成就。

2014 年 8 月 1 日於成都江安花園

# 導　論

　　毋庸贅言，《新青年》是一本在中國文學史和文化史中都具有重要意義的雜誌。在五四時期，《新青年》同人策動了「批孔」和「文學革命」，樹立起「科學」與「民主」的旗幟，既在當時的思想界、輿論界產生了強烈的反響，也對中國「新文學」的產生和「新文化」的發展起到了至關重要的作用。但與此同時，《新青年》又是一份極具爭議性的雜誌。在當時的思想界和輿論界中，《新青年》無論在思想主張上還是在言論姿態上都如此獨樹一幟，正因為此，他們的思想和言論也會引發諸多質疑和爭執。可以說，這樣一種質疑和爭執貫穿了《新青年》立論言說的整個過程，也使得他們與讀者之間，與同行之間，乃至與整個思想界和輿論界之間保持著一種劍拔弩張的態勢。當然，如果從歷史的角度審視，這些質疑與爭執實則表徵著五四文化景觀的多元，而那種劍拔弩張的態勢也意味著「新文化」和「新文學」存在著多重路向。因此，在文學史和文化史研究中，釐清《新青年》在這多重話語中的地位，梳理其與同時期各類文化主張的關係，具有非常重要的意義。

　　在對上述問題予以探討的時候，人們更多把《新青年》遭遇的種種話語衝突視為一種與思想異見者（包括個人、報

刊以及社團）之間的「論爭」。當然不可否認，五四時期的
中國思想界和輿論界報刊發達、社團眾多，因此思想的分歧
和主張的差異在所難免，「論爭」也多有發生。但是這裡的
問題在於，「論爭」並不僅僅是對五四時期《新青年》話語
衝突的歷史描述，它還是一個重要的「文學史」概念。而作
為一個「文學史」概念，「論爭」有以下幾個比較突出的特
點：第一，20 世紀中國文學中的諸多「論爭」並不是圍繞「文
學」作品及其批評展開，而是在一個更為宏觀的「政治—文
化」體系中發生。這使得在文學研究中，「論爭」往往能夠
獨立於文學作品和文學批評存在，而成為一個相對獨立的歷
史範疇和研究領域。第二，對「文學史」來說，「論爭」不
僅僅是一個客觀的文學現象，它也構成了歷史的「關節」——
文學思潮的轉換往往是通過「論爭」的方式予以實現，即一
種新的文學必須通過「論爭」戰勝既有的文學，才能確立自
身的地位。第三，也是最重要的一點，「論爭」不僅僅是一
個客觀的研究對象，它也構成了「方法」的意義，並成為觀
照文學現象的「框架」和「視角」。

　　由這樣一種論述可知，20 世紀中國文學史研究中的「論
爭」概念具有非常鮮明的建構性。它並不是一個出現於五四
歷史原場中的詞彙，用它來描述五四時期《新青年》的話語
衝突，往往會陷入那種被建構的「框架」和「視角」之中。
從這個意義上來說，我們有必要對「論爭」的建構過程及其
研究範式的限度予以反思。

# 第一節　「五四論爭史」的
## 建構過程

　　前文提及，「論爭」這一概念是被建構的「框架」和「視角」，用它描述《新青年》、「新文學」和「五四新文化」的歷史會產生失真效果。但是，這並不意味著兩者之間毫無關係。相反，對20世紀中國文學而言，這種「文學史」意義上的「論爭」正是通過對五四的「失真」描述建構起來。從某種意義上來說，正是由於把「新文學」和「新文化」的「發生」描述為一場「新」「舊」雙方的「論爭」，基於20世紀中國文學整體的「論爭史」才得以建構，前者為後者提供了一個基本的模式。

　　從「論爭」這一範疇來看，「五四新文化運動」帶有某種「起點」的意義。因為在此之前，雖然「論爭」多有發生（如「今古文之爭」「國學」與「西學」之爭以及《新民叢報》與《民報》之間的「革命與立憲」之爭，等等），但是基於那種「藏之名山，傳之其人」的傳統著作觀，人們往往並不重視這些「論爭」文字的歷史意義。這其中最具代表性的人物是章太炎：「革命之後，先生亦漸為昭示後世計，自藏其鋒鋩。浙江所刻的《章氏叢書》，是出於手定的，大約以為駁難攻訐，至於忿詈，有違古之儒風，足以貽譏多士的罷，先前的見於期刊的鬥爭的文章，竟多被刊落……」[1]而章

---

[1] 魯迅：《關於太炎先生二三事》，《魯迅全集》第6卷，人民文學出版社，

門弟子、後為《新青年》同人和「新文學」代表作家的魯迅對此極不以為然，他回憶自己對章太炎的印象時寫道：「我愛看這《民報》，但並非為了先生的文筆古奧，索解為難，或說佛法，談『俱分進化』，是為了他和主張保皇的梁啟超鬥爭，和『××』的×××鬥爭，和『以《紅樓夢》為成佛之要道』的×××鬥爭，真是所向披靡，令人神旺。」[2]魯迅將章太炎的「論爭」文字視為「戰鬥的文章」，在他看來，「戰鬥的文章，乃是先生一生中最大，最久的業績，假使未備，我以為是應該一一輯錄，校印，使先生和後生相印，活在戰鬥者的心中的」[3]。顯然，魯迅對「論爭」文字的態度已經與乃師截然不同，這其實也表明，五四一代知識份子對「著述」的看法已經擺脫了「藏之名山，傳之其人」的傳統思維，而更加注重其現實意義和社會影響力。

　　在五四之後，新一代知識份子對「論爭」態度的轉變，主要表現在各種「論爭」文字的彙編上。五四開啟了一個文化多元的時代，各種「主義」的提出，各種文化主張的呈現使得「論爭」文章的收羅顯然有了可能。而出版業的跟進，也在「論爭」文字的彙編中覓得商機，更對此推波助瀾。最為重要的是，由於「新文學」與「新文化」是以「運動」的方式推進，「論爭」這種具有現實意義和社會影響力的文字自然也會得到重視。

---

2005 年 11 月第 1 版，第 567 頁。

[2] 魯迅：《關於太炎先生二三事》，《魯迅全集》第 6 卷，人民文學出版社，
2005 年 11 月第 1 版，第 566 頁。

[3] 魯迅：《關於太炎先生二三事》，《魯迅全集》第 6 卷，人民文學出版社，
2005 年 11 月第 1 版，第 567 頁。

就文學範疇來說，最早關注並凸顯「論爭」文學史意義
的，是左翼作家和知識份子群體。其中，李何林的《中國文
藝論戰》一書，應該算是有關「新文學論爭」文字最早的彙
編。這部書彙編的物件是剛剛結束的「革命文學」論爭，在
其彙編中，李何林特意強調了「論爭」的性質。他在《序言》
中寫道：「這裡所收集的也不是這一次的所謂『革命文學』
和『非革命文學』文獻的全數，這裡收集的是與這一次論戰
有關的各方的『論』而且『戰』的文字；凡是泛泛的一般論
文藝的而不對著或影射著對方的『戰』的文字，都統統割了
愛……」[4]在這樣一個標準中，「論爭」已經脫離了文學作品
和批評，而成為一個獨立的歷史範疇和關注物件。而具體到
五四時期的「文學革命」而言，第一部「論爭」文字的彙編
應為張英若編撰、於 1934 年出版的《新文學運動史》一書。
張英若本人在其「序言」中說明：「本書所收的資料，在新
文學運動史上，只是最初的一個階段，因此，也可以名之為
『中國新文學運動初編』。」[5]值得注意的是，張英若在書名
中著一「史」字，表明「五四新文學運動」已經和現實拉開
了距離，變成了一個「歷史物件」。在闡述自己編輯目的的
時候，張英若對「五四新文學運動」歷史影響力迅速消歇的
過程感慨頗多：「雖只是短短的二十年內的事，但是現在回
想起來，已令人起『渺茫』之感。」[6]他引用劉半農的話表達
自己對「五四新文學運動」的感受，「那已是三代以上的事

---

[4] 李何林：《中國文藝論戰》，陝西人民出版社，1984 年 4 月第 1 版，第 11 頁。
[5] 張英若：《新文學運動史》，光明書局，1934 年版，第 2 頁。
[6] 張英若：《新文學運動史》，光明書局，1934 年版，第 1 頁。

了，我們都是三代以上的人了」[7]。所以相比李何林《中國文藝論戰》的「即時性」而言，張英若的《新文學運動史》實際上更具「研究的性質」，其彙編的宗旨，即在於「避免史料的散佚，擇其主要的先刊印成冊，作為研究的資料」[8]。在這種對作為歷史的五四的追念與研究中，「論爭」對「五四新文學運動」發生期歷史圖景的重構已經開始：所謂「封建作家」（林紓）、「進步的封建階層」（學衡派）等稱呼開始出現，而在各編的標題中，「論爭」（以及與其涵義相似的「鬥爭」）也已經成了高頻詞彙。

在張英若與李何林的著作中，「論爭」雖然初現端倪，但並未凸顯，而受各種條件限制，它們在當時也未能引起足夠的反響。在眾多的「彙編」中，真正凸顯了「論爭」的意義且產生深遠歷史影響的文本，應該是鄭振鐸在 1936 年編撰出版的《中國新文學大系‧文學論爭集》。在為這部「論爭集」所寫的《導言》中，鄭振鐸第一次專門通過「論爭」完成了對「五四新文學」發生期的歷史建構；而與此同時，這種對五四的建構，也把「論爭」這一概念真正提高到了「文學史」的高度上。

1932 年，鄭振鐸本人向良友圖書公司的出版人、《中國新文學大系》的策劃者趙家璧正式提出了「文學論爭集」的想法。趙家璧曾在回憶中寫道：

> 我同鄭振鐸商談時，我原來的設想是《大系》分

---

[7] 張英若：《新文學運動史》，光明書局，1934 年版，第 2 頁。
[8] 張英若：《新文學運動史》，光明書局，1934 年版，第 2 頁。

三部分，理論、作品、和史料，理論和史料各編一卷。……當我把《大系》的編輯意圖和組稿打算向他說明後，我就提出請他擔任理論集的編選。他考慮一會後，認為理論部分應當分為《建設理論集》和《文學論爭集》兩冊。前者選新文學運動發難時期的重要理論，以及稍後一個時期比較傾向於建設方面的理論文章。後者著重於當時新舊兩派對文學改革上引起的論爭，以及後期文學研究會和創造社之間的論爭等等。[9]

鄭振鐸極力主張「理論」與「論爭」兩者「分開編」，並且表示「可以擔任後者的編選工作」，由此可見他對「論爭」獨立意義的重視：「沒有論爭就不可能推動文學革命的前進，它與《建設理論集》有聯繫，但也有區別。」[10]這部與「建設理論」有所區別的「論爭集」，實際上是從歷史的高度上將「文學論爭」與「五四新文學」關聯在一起。而在《文學論爭集·導言》的撰寫和體例的編排中，鄭振鐸極大凸顯了前者之於後者的重要意義。由此，「五四新文學」的發生實際上成為一個「紮硬寨，打死戰」、不妥協的歷史過程：「革命事業乃在這樣的徹頭徹尾的不妥協的態度裡告了成功。」[11]因此可以說，在《文學論爭集·導言》中，鄭振

[9] 趙家璧：《編輯憶舊》，中華書局，2008 年 7 月第 1 版，第 109—110 頁。
[10] 趙家璧：《編輯憶舊》，中華書局，2008 年 7 月第 1 版，第 110 頁。
[11] 鄭振鐸：《〈中國新文學大系·文學論爭集〉導言》，《中國新文學大系·文學論爭集》，上海文藝出版社，2003 年 7 月第 1 版，第 3 頁。

鐸通過「論爭」建構起了「五四文學革命」的歷史圖景,甚至可以說,他是把「五四新文學」發生的歷史描述成了一場短兵相接的「文學論爭史」。這樣一種以「論爭」闡釋「五四新文學運動」的方式,在相當大的程度上建構起人們觀照五四的「框架」和「視角」。

但需要強調的是,這樣一種「建構」與其說是在追溯「五四新文學」的「發生史」,倒不如說是通過歷史資源的整合來解決「新文學」在 20 世紀 30 年代遭遇的新問題。大致來看,這樣一種「建構」對「新文學」的意義有以下兩個方面:

## 一、鞏固「新文學」的合法性

胡適在編寫《建設理論集》的時候,是把作品當成「新文學」的核心,而對「理論」和「爭執」都予以輕視,他在《建設理論集・導言》中寫道:

> 理論的發生,宣傳,爭執,固然是史料,這七大冊的小說,散文,詩,戲劇,也是同樣重要的史料。文學革命的目的是要用活的語言來創作新中國的新文學——來創作活的文學,人的文學。新文學的創作有了一分的成功,即是文學革命有了一分的成功。「人們要用你結的果子來評判你。」正如政治革命的目的是要建立一個新的社會秩序,那個新社會秩序的成敗即是那個政治革命的成敗。文學革命產生出來的新文學不能滿足我們贊成革命者的期望,就如同政治革命

不能產生更滿意的社會秩序一樣，雖有最圓滿的革命理論，都只好算作不兌現的紙幣了。[12]

在這裡，胡適的論述具有強烈的文學本位意識，在他看來，「理論的發生，宣傳，爭執」的意義都在作品本身的意義之下，而將「論爭」稱之為「爭執」，也表明他本人對「論爭」並沒有太多的重視。但具體到「新文學」這一特定的範疇，以及 20 世紀二三十年代這一特定的時期，這樣一種「用你結的果子來評判你」的標準並不足以確證新文學的合法性。無論從「新文學」自身的藝術成就來說，還是就其被社會各階層的接受度而言，此時的「新文學」作品尚未從整體上達到一個理想的水準。在這一點上，楊啟嘉在《中國新文學概觀》中對「新文學」的評價算是中肯的：

在這短短的十年間，能夠開拓了那麼廣泛的新地域，收穫了那麼多數的新作品，實在是大可以自豪的。但量與質究竟是另一問題，量雖多質卻未必一定全是好的。在那汗牛充棟的作品中，除起兩三部的傑作而外，盡是粗製濫造的文學水平線下的作品。結局新文學運動也是和新政體運動一樣，名實不能相符。形式上虛具蔚然的大觀，內容卻依然是添黑一團。[13]

---

[12] 胡適：《〈中國新文學大系·建設理論集〉導言》，《中國新文學大系·建設理論集》，上海文藝出版社，2003 年 7 月第 1 版，第 1—2 頁。

[13] 楊啟嘉：《中國新文學概觀》，新民會文存，1930 年版，第 5 頁。

　　事實上，這種「名實不相符」的作品缺失，一直是「新文學」飽受爭議的話題，因此，在「新文學」剛剛起步的十年中，僅僅憑藉「作品」來論證它的合法性還遠遠不夠充分。

　　正是基於這種「經典作品」缺失的尷尬狀態，「新文學」陣營才必須借助「文學論爭」來樹立自身的合法性。在《〈新文學大系・文學論爭集〉導言》中，鄭振鐸把「新文學」的發生描述為一場短兵相接的「新舊之爭」。在這樣一種歷史描述之中，《新青年》同人是以「發難」的姿態策動了「文學革命」，並取得了這場「新舊之爭」的「勝利」。從這個意義上說，「新文學」是《新青年》「論爭」（或者說戰鬥）「勝利」的一個結果，或者換句話說，「新文學」是通過對「舊文學」論爭的「勝利」來確立自身地位的。顯然，這裡的「論爭」並非是在共時性的空間中展開的交鋒，而是基於一種「文學進化史觀」——「新文學」戰勝「舊文學」，本身就是這種「進化」帶來的必然結果。正因為此，鄭振鐸將林紓等人視為「反對派」，冠之以「反攻」「反動」等字樣；而文學體裁（小說、詩歌、戲劇等）的專題「論爭」中，也出現了「舊小說的喪鐘」「中國劇的總結帳」等帶有「進化論」意味的標題。

　　這樣一來，鄭振鐸實則規避了對「新文學」陣營極為不利的「經典作品」問題，而用「論爭」奠定了「新文學」的合法性。他在文末宣稱：「把這『偉大的十年間』的『論爭』文字，重新集合在一處，印為一集，並不是沒有意義的；至

少是有許多話省得我們再重說一遍！」[14]

# 二、召喚「戰鬥性」

　　考察鄭振鐸為何如此突出「論爭」的地位的原因，也要考慮到《新文學大系》出版所處的 20 世紀 30 年代本身的政治文化語境。事實上，鄭振鐸的立場不僅僅是新文學的立場，更是新文學陣營分化之後更為「激進」一方的立場。五四之後，胡適、劉半農、錢玄同等人已經全面進入了學院體制之中，他們更多是在從事學術研究，而很少再從事與社會呼應更多的文學創作。而對於那些受左翼革命思潮影響的知識份子而言，胡適等人「學院化」的轉向實為「開倒車」的行為。張英若的《新文學運動史·序記》就已經將「整理國故」視為「一部分的新文化運動者開始對封建勢力投降」[15]。鄭振鐸本人更是在《導言》中指出：「連初期的新文化運動的信仰似乎也還有些在動搖著——這當然和反抗白話文運動有連帶的關係的——讀經說的跳樑，祀孔修廟運動的活躍以及其他種種，處處都表現著有一部分的人是想走回到清末西太后的路上去，乃至要走到明初，清初的復古的路上去。」[16]正是基於此，鄭振鐸對「論爭」的闡述偏離了「論」的題旨，而更偏向於「爭」的向度。

---

[14] 鄭振鐸：《〈中國新文學大系·文學論爭集〉導言》，《中國新文學大系·文學論爭集》，上海文藝出版社，2003 年 7 月第 1 版，第 21 頁。

[15] 張英若：《新文學運動史》，光明書局，1934 年版，第 2 頁。

[16] 鄭振鐸：《〈中國新文學大系·文學論爭集〉導言》，《中國新文學大系·文學論爭集》，上海文藝出版社，2003 年 7 月第 1 版，第 21 頁。

事實上，鄭振鐸所敘述的「五四論爭」是與「革命思潮」
鼓蕩的 20 世紀 30 年代緊密相關的：「這樣的先驅者們的勇
敢與堅定，正象徵了一個時代的『前夜』的光景。」[17]在這
裡，被視為「一個時代的『前夜』的光景」的五四已經與當
下的「革命思潮」相互貫通，充滿了一種昂揚的「戰鬥精神」，
五四也成為一個「戰鬥」的時代：

> 在那樣的黑暗的環境裡，由寂寞的呼號，到猛烈
> 的迫害的到來，幾乎無時無刻不在興奮與苦鬥之中生
> 活著。他們的言論和主張，是一步步的隨了反對者們
> 的突起而更為進步，更為堅定，他們紮硬寨，打死戰，
> 一點也不肯表示退讓。他們是不妥協的！[18]

需要指出的是，鄭振鐸把「文學革命」讚頌為「紮硬寨，
打死戰」的「戰鬥」過程，並不僅僅是情緒的表達。從某種
意義上說，這種「戰鬥」精神已經成為對「五四新文學革命」
重新定位的標準。這其中最明顯的一點，就是對「文學革命」
兩位主將的評價出現了差異。胡適儘管是「首舉義旗」的人，
也是「文學革命」過程中最重要的理論建構者，但在鄭振鐸
看來，他那種溫和、理性的言論形態卻並不足取：「他還持
著商榷的態度，還不敢斷然的主張著非寫作白話文不可。」[19]

---

[17] 鄭振鐸：《〈中國新文學大系·文學論爭集〉導言》，《中國新文學大系·
文學論爭集》，上海文藝出版社，2003 年 7 月第 1 版，第 1 頁。

[18] 同上註。

[19] 鄭振鐸：《〈中國新文學大系·文學論爭集〉導言》，《中國新文學大系·

而陳獨秀則相反，他因其激烈的言論姿態而被褒揚，甚至成為「文學革命」中「戰鬥」精神的化身：「他是這樣的具著烈火般的熊熊的熱誠，在做著打先鋒的事業。他是不動搖，不退縮，也不容別人的動搖與退縮的！」[20]從這個意義上來看，與其說鄭振鐸是在緬懷五四，倒不如說是在當下的政治文化語境中對胡適等「學院化」的知識份子予以含蓄的批判。

　　由上文可知，在鄭振鐸對「五四新文學革命」的敘述中，一個新的「論爭」框架已經形成。作為「新文學」陣營中人，他通過「論爭」為「新文學」建構合法性；而作為「新文學」陣營的左翼分子和激烈派，他又凸顯了「論爭」中的「戰鬥」精神。所以，這樣一個框架描述的五四圖景已經背離了歷史原場，而具有了一種新的、富於「建構性」的特徵：

　　第一，「論爭」把五四時期錯綜複雜的思想和言論，處理成截然分明、彼此對立的「新舊」關係。這實際上忽視了「五四新文化」生態多元共生的豐富性和複雜性——它無法注意到對《新青年》主張抱持異議的諸多社團、報刊和個人，其自身之間也在立場、觀點、傾向上的彼此相異；它也無法把握《新青年》內部在思想、觀念和言論方式上同樣存在的差異乃至抵牾。

　　第二，基於一種由胡適等人提出並被左翼知識份子強化的「文學進化史觀」，那種在空間中並置的「新舊」關係被處理成進化鏈條上的時間關係。但問題在於，這種被定格在

　　文學論爭集》，上海文藝出版社，2003年7月第1版，第2頁。
[20]　鄭振鐸：《〈中國新文學大系·文學論爭集〉導言》，《中國新文學大系·文學論爭集》，上海文藝出版社，2003年7月第1版，第3頁。

進化鏈條上的「新舊關係」是具有自明性的，因此，它實際上否定了「論爭」本身的必要性。作為勝利者的「新文學」，在很多問題上其實「論無可論，爭不必爭」，正因為此，鄭振鐸才會感覺「許多的精力浪費在反覆，申述的理由上」[21]。

第三，對「戰鬥性」的呼喚與張揚，實則契合了 20 世紀 30 年代「革命文學」的思潮。但這樣一種「紮硬寨，打死戰」的「戰鬥」，實則表明「論爭」的建構者本身只是站在「論爭」的某一方發言。而對「戰鬥」的強調，最終也為階級話語的侵入提供了可能，從而使得原本作為話語層面的「戰鬥」成為階級意義上的「鬥爭」。

## 第二節　「論爭」作爲一個 研究範式的意義及限度

中國現代文學學科的建立是在 1949 年以後，在這樣一個學科建設的過程中，國家意識形態成為其基本規範和主導力量，由此，「新文學」的研究已經偏離了一般意義上的學術範疇，而被逐漸整合成符合國家意識形態的「現代文學史」。當文學被視為一種意識形態時，「鬥爭」的意義被最大限度地凸顯出來：「現代文學在發展中充滿了革命文學與反動文學、無產階級文藝思想同資產階級文藝思想的鬥爭。現代文

---

[21] 鄭振鐸：《〈中國新文學大系‧文學論爭集〉導言》，《中國新文學大系‧文學論爭集》，上海文藝出版社，2003 年 7 月第 1 版，第 21 頁。

學正是在鬥爭中前進和發展壯大的。」[22]

　　但這裡要強調的是，「鬥爭」與「論爭」並非一回事。甚至如果就「文學史」本身而言，兩者實際上處於一種反向的消長關係中——對「鬥爭」的突出與強調，恰恰是對「論爭」的遮蔽和稀釋。誠如唐弢所說：「文藝思想鬥爭不限於理論主張上的論爭。反動文藝思想總要在創作中有所表現，並以『創作』來支持其反動理論。」[23]如此看來，「鬥爭」所涵蓋的範圍，不僅僅包括「論爭」本身，還包括文學批評乃至文學作品。當魯迅和郭沫若等人的小說或詩歌創作都已經被視為「鬥爭」的「檄文」，當「新月派」的文學批評也被解釋為對反動理論的支持，那麼「論爭」本身就很難在文學史中成為一個獨立的範疇了，它與作品和批評的界限已經消融在一片激烈的「鬥爭性」之中。從這個意義上說，由李何林、鄭振鐸等人所開創的「以論爭入史」的寫法不僅沒有得到承襲，反而遭到了背棄。李何林那種「將史識與『傾向性』寓於史料編纂之中」[24]的研究理論，實際上已經只剩下了「傾向性」，其「史識」已經成為意識形態，而所謂「史料」則已經被遮蔽和扭曲。誠如有些學者所說：「中國現代文學史似乎成了新民主主義史的佐證與闡釋，對於中國現代文學史上的文學論爭大多以武斷的言論予以評判，以先入為主的觀點按圖索驥式地運用史料，上綱上線式的分析使文學

---

[22] 王瑤：《中國新文學史稿》上冊，上海文藝出版社，1982 年 11 月修訂版，第 22 頁。

[23] 唐弢：《中國現代文學史》一，人民文學出版社，1979 年 6 月第 1 版，第 13 頁。

[24] 熊權：《「學術」與「革命」的交融——李何林現代文學研究述略》，《雲夢學刊》2009 年第 1 期。

論爭等同於階級鬥爭，使某些原本僅僅由於文學觀念分歧導致的文學討論、文學論爭，常常變異為兩個階級、兩條路線的搏鬥，甚至連當時朋友間對於文學的切磋，也上升至階級視閾進行審視、評說，成者為王敗者寇的心態更加劇了文學史研究的偏頗。」[25]

20世紀80年代以後，隨著政治環境的鬆動，那種意識形態化的「鬥爭」逐漸消解，也就難以繼續支撐「文學史」的主幹脈絡。在這種情況下，文學史研究的內部範疇又開始分化為文學批評、文學作品以及「文學論爭」，由此，「論爭」才得以重新成為一個獨立、專門的研究物件。

80年代以後對「論爭」的研究成果頗多，但由於本書的論題主要涉及的是五四時期《新青年》雜誌，因此只對與此相關的「論爭」研究做一個簡單的述評。總體來說，與《新青年》和「文學革命」相關的「論爭」研究大致可分為三類：

第一類研究主要是從宏觀的思想史層面展開，其研究的主要方式即在於對「論爭」雙方思想的辨析。這其中的代表作有錢中文的《「五四」前我國文學觀念的論爭和現代化之首演》、于愛成的《五四新文化論爭中的現代性問題》、譚桂林的《論20世紀中國文學思潮論戰的中西之辯》、武吉慶的《五四前後的新文化派與文化保守派——價值觀比較》以及艾丹的《泰戈爾與五四時期的思想文化論爭》等等。在這樣一類研究中，學者們注重跳出雙方的政治、文化立場，以一種客觀、中立的超越性姿態對雙方的思想予以辨析。但這

---

[25] 楊劍龍：《論中國現代文學論爭與史料研究》，《河南大學學報》2007年第2期。

種思路的限度就在於，他們更多是將「論爭」視為一種思想、文化的預設框架，而缺乏對「論爭」這一框架本身的反思。所以，這樣一種研究與其說是「論爭」研究，倒不如說是「論爭」雙方思想的比較研究。

第二類對「論爭」的研究主要是指「文學論爭史」的撰寫。其代表作包括廖超慧的《中國現代文學思潮論爭史》、劉炎生的《中國現代文學論爭史》、吳立昌的《文學的消解與反消解──中國現代文學派別論爭史論》以及焦潤明的《中國現代文化論爭》。截至目前，這樣一種「論爭史」編撰的價值還停留在史料整理的層面上。在這方面成果最為突出的，是劉炎生的《中國現代文學論爭史》，該書通過大量的史料呈現了歷次「論爭」中豐富的歷史細節和複雜的論爭過程。但從整體上來看，這些「論爭史」還沒有找到一個宏觀的歷史框架和貫穿的歷史邏輯。因此，其所寫的「論爭」多是微觀意義上的「論爭」事件，而所謂「論爭史」不過是把這些事件按時間順序予以羅列而已。

第三類的研究成果最為豐富，它主要是採用歷史研究的方法，即基於人物研究、社團研究、報刊研究來對「論爭」予以「重評」。就五四時期而言，這類研究主要有以下內容：

首先是林紓與《新青年》的「論爭」研究。這樣一種「論爭」研究的基礎正是對林紓這一人物的研究。張俊才先生的《林紓評傳》利用大量的史實勾勒出林紓複雜的人生軌跡，使得他擺脫了文學史中「跳樑小丑」的角色。他的《林紓文化立場的再認識》、《徘徊在「共和老民」與「大清舉人」之間──林紓晚年政治身份認同的矛盾與原因》等文章，則

對林紓的政治身份、文化立場做了深刻的剖析，從而凸顯了他複雜而矛盾的心態。潘務正的《「桐城謬種」考辨》和胡煥龍的《林紓哭陵辯》都是扎實的歷史考據文字，前者對林紓與《新青年》同人之間的關係做了更為明晰的梳理，後者則從其政治行為上探討了他招致《新青年》同人反感並最終相互對壘的原因。對林紓政治身份、文化態度、人生際遇的多面研究，使得研究者獲得了重審林紓與《新青年》同人「論爭」的角度和立場。正是在此基礎上，才有了對林紓與《新青年》同人「論爭」的「重評」：如張俊才的《「悠悠百年，自有能辨之者」── 重評林紓及五四新舊思潮之爭》、程巍的《為林琴南一辯 ──「方姚卒不之踣」析》、劉克敵的《晚年林紓與新文學運動》，等等。這些文章大多都發掘了林紓作為「文化保守主義者」的歷史意義，並將其與《新青年》同人的「論爭」納入「保守主義」與「激進主義」的對峙關係予以審視。除此之外，耿傳明的《在「新」「舊」對峙的背後 ── 從林紓看「五四人」與「晚清人」的代際文化心態差異》則從代際心態差異的視角探討了林紓與新文化提倡者的內在分歧，而楊聯芬的《林紓與中國文學現代性的發生》辨析了林紓這個「新文學」的反對者對「新文學」及其「現代性」發生的重要作用。

其次是《新青年》與「學衡派」論爭的研究。「學衡派」是「新文學」的另一大「反對派」。而這樣一種研究的起點，也是從對「學衡派」的社團研究入手。這其中具有開創意義的是沈衛威的《回眸「學衡派」── 文化保守主義的現代命運》一書。他通過「文化保守主義」描述了「學衡」作為一

個社團及思想流派的文化立場和歷史命運，也為對「學衡」與「新文化」之間「論爭」的考察打下了研究基礎。而後來對「學衡」與「新文化」的「論爭研究」也正是從雜誌研究的基礎上展開，這方面的代表作有：蔣書麗的《學衡派和新文化派的錯位論爭》、王存奎的《學衡派與新文化派文化論爭的歷史考察 —— 兼評學衡派的文化觀》、許祖華的《在逆反中構建的理論形態 —— 論「學衡」、「甲寅」等復古派的文學理論主張》、徐傳禮的《關於學衡派和新青年派論爭的再認識》、朱利民的《重評胡適與「學衡派」關於語言的論爭》、李泰俊的《〈學衡〉與〈新青年〉的文學論爭》，等等。

同樣，對「甲寅派」與「五四新文學」之間的論爭，也與章士釗思想研究和《甲寅》雜誌研究有密切的關聯。其中的代表著作有楊琥的《民初進步報刊與五四新思潮 —— 對〈甲寅〉、〈新青年〉等的考察》、郭華清的《寬容與妥協 —— 章士釗的調和論研究》，等等。另外，李怡的《〈甲寅〉月刊：五四新文學運動的思想先聲》探討了章士釗的《甲寅》雜誌「由思想的變遷帶來文學趣味的更新」的內在機制，而孟慶澍的《〈甲寅〉與〈新青年〉淵源新論》則梳理了《甲寅》與《新青年》兩本雜誌在各個方面的歷史關聯。

另外值得關注的是對章太炎、梁啟超、辜鴻銘等人物的研究。在「五四文學革命」中，這些人物並未與《新青年》直接或大規模構成對立，但他們對「新文化」「新文學」的複雜態度實際上也為「論爭」提供了一種參照。這其中的代表作包括：潘建偉的《章太炎眼中的白話文運動》、劉緒源

的《誰是「五四」新文學的對立面——試說梁啟超與「新民體」》、黃開發的《新民之道——梁啟超的文學功用觀及其對「五四」文學觀念的影響》、盧毅的《章門弟子與近代文化》、朱壽桐的《辜鴻銘與歷史文化遮罩現象》，等等。其中，冉雲飛的近作《吳虞和他生活的民國時代》一書，從吳虞與劉師培、柳亞子、青木正兒、馬敘倫等人的交往勾勒民國文人之間的人際關係，也極具啟發意義。

最後值得注意的是，對「雅俗之爭」和「戲劇論爭」的研究。前者的代表作包括：范伯群的《1921—1923:中國雅俗文壇的「分道揚鑣」與「各得其所」》《論新文學與通俗文學的互補關係》，湯哲聲的《「五四」新文學與「鴛鴦蝴蝶派」文學究竟是什麼關係》以及《現代性建構：被忽視的途徑——重識文學研究會與鴛鴦蝴蝶派的論爭》。在後者中，則有張鑫的《重審五四時期〈新青年〉雜誌上的舊戲論爭》、劉麗華的《不愉快的師生論爭——審視胡適與張厚載的一段公案》、王良成的《「五四」時期的新、舊戲劇觀論爭及其現代性追求述論》、張婷婷的《回到「五四」戲劇論爭的現場》，等等。

在我個人看來，這種基於人物、社團雜誌的「論爭」研究不僅突破了意識形態意義上的「鬥爭」史觀，而且也在很大程度上觸動了由李何林、鄭振鐸建構的那種「論爭」模式。對林紓、學衡派、甲寅派等人物及社團、報刊的研究，為他們摘掉了「反動」「落伍」的帽子，這使得他們從「異質」的他者，變成了與《新青年》及其同人同等地位的研究物件。正是基於此，他們對「新文化」的制衡、互補作用被予以肯

定並得到闡發，如秦弓的《五四時期反對派的挑戰對於新文學的意義》以及朱壽桐的《論中國新文學的負性背景及其影響》，等等。在這樣一種情況下，學者們越來越多地發現「對立」雙方那種「鬥爭」的緊張關係背後，往往有著深層次的關聯：對《甲寅》雜誌與《新青年》歷史淵源的發現，對「鴛鴦蝴蝶派」與「新文學」之間「一體兩翼」模式的闡發，等等——這都有助於我們重新對「五四新文化」內部的多元圖景重新觀照。

　　當然，這樣一種基於歷史研究成果對「論爭」的「重評」雖具有非常積極的意義，但是也存在著很大的限度。尤其在20世紀90年代以後，中國文化保守主義思潮興起，對五四時期「論爭」的這種「重評」越來越凸顯出一種「翻案」的傾向。在這樣一種語境中，為林紓、杜亞泉、《學衡》、《甲寅》等人物或雜誌「正名」，往往是通過賦予他們「文化保守主義者」身份的方式實現的。而以《新青年》同人為代表的「新文化」人物則被冠以「激進主義」的身份，他們「全盤反傳統」的文化主張也被予以激烈批評。從某種意義上說，五四時期的「新舊之爭」已經成為「激進主義」與「保守主義」的文化立場之爭。由此，很多研究者在進入五四時期「論爭」研究的時候，只能選擇某一方的「立場」進入，而不管他們立場如何，「激進主義」與「保守主義」的對峙已經成為研究的前提。這方面的代表文章有：王桂妹、林紅的《對峙的意義：從理解〈學衡〉到反思五四文化激進主義》，岳凱華的《走向民間：從「活的文學」到「人的文學」——論五四激進文人的文學革命策略》，孟慶澍的《「『用石條壓

駝背』的醫法」——無政府主義與錢玄同的激進主義語言觀》，趙黎明的《五四前後激進主義思潮演進的語文學觀察》，古大勇、魏繼洲的《豐富的偏激——論五四新文學運動中的錢玄同》，等等。事實上，以上所列的研究絕大多數都是現代文學研究者面對「文化保守主義」思潮的反應，儘管他們對「文化保守主義」的觀點多有批評，但仍然接受了「激進主義」這一對「五四新文化運動」的命名方式。

由以上論述可知，作為一個被建構的歷史框架和研究範式，「論爭」已經對當下的文學史研究構成了束縛，但研究者們對此尚未予以充分反思。從研究物件上來說，「論爭」這一框架往往會把動態的歷史空間切割成一些靜態、破碎、涇渭分明的「思想」「觀念」，這使得「論爭研究」往往只能在懸置的「思想史」範疇展開，而無法把握「新文化」在文化實踐層面的豐富內涵。而從研究者自身的角度來看，「論爭」也常常使得他們成為置身於歷史之外的評判者，而無法成為逼近歷史情境的觀察者，因此其「價值判斷」往往會對「事實考察」造成巨大的干擾。從這個意義上說，如果我們能暫且拋開「論爭」這一「框架」和「視角」，可能會使對《新青年》「話語衝突」的考察更貼近歷史本真的狀態。

# 第三節　「罵」作為批評
## 話語的歷史意義

本書以《新青年》為對象，探討「罵」這一言論與其「批評話語」的建構過程，而在對這一問題的探討中，必須對與

兩者都有密切關聯的「論爭」框架予以觀照、反思和清理。

　　首先就「罵」這一概念來談。事實上，「罵」是五四歷史場域中一個既有的概念，它指涉著《新青年》在「話語衝突」中的言論形態。但在諸多學術研究中，對其做事實辨析的相對較少，而對其做價值判斷的人反倒特別多，且其價值判斷多呈現出鮮明的兩極化特徵：贊成的一方一般把「罵」視為《新青年》必要的、不得已而為之的言論策略，或者將其視為一種話語上的修辭；而反對的一方，則往往把「罵」視為一種負面性的話語，認為它破壞了「論爭」的規則以及公共空間的倫理，甚至成為「五四新文化」激進主義的表徵。

　　這種看似處於對立兩極的評價，實則有一個共同的基礎，即他們都把「罵」放在一個「論爭」的框架內予以審視。在他們看來，《新青年》是在參與「論爭」的過程裡與其他社團、報刊、人物爆發了「話語衝突」，而「罵」其實就是一種在「論爭」中所使用的語言。如有學者就認為：「五四新文化運動其實就是一場多人參與的群體辯論賽，新舊雙方分屬辯論的正反方。假如說，錢玄同、陳獨秀、胡適、吳虞、魯迅等屬於辯論的正方，而林紓、嚴復以及眾多的桐城派等自然就屬於辯論的反方。」[26]在此種情形之下，研究者往往成為「論辯」勝負的評判者，這種評判不僅僅指涉雙方觀點的是非正誤，自然也會關注雙方在「論爭」過程中是否遵行了「程式正義」──在前者中，人們更多會關注思想與觀點，而「罵」往往被作為話語的浮沫予以過濾；而在後者中，「罵」

---

[26] 古大勇、魏繼洲：《五四新文化運動言說語境中的「偏激」修辭──以錢玄同等為中心》，《徐州師範大學學報》2010 年第 5 期。

則由事實辨析轉變為價值判斷。

　　從這個意義上看，對「罵」予以支持和理解的學者更多是把「罵」視為一種「論爭」中必要的話語修辭：「既為辯論，而且是多人參與的集體辯論，就應該有辯論所需要的說話方式。為了在氣勢上壓倒對方，為了使辯論更加精彩，為了使鬥爭更加激烈，為了使矛盾更加尖銳，為了使氣氛更加熱烈，為了誘使對方回應然後進行反擊，為了使論爭一針見血，為了使大辯論達到最佳現場效果，話就不妨說得偏激一點、絕對一點、張揚一點；而不能四平八穩、中規中矩、不偏不倚，唯獨自己得了中庸之道似的臉來」[27]

　　從另一方面來看，反對者們對「罵」的批評同樣基於將其視為一種「論爭」話語。如鄭敏就認為：「白話文的先驅們在實踐行不通時，不但沒有停下來仔細問一個為什麼，反而壓制一切有不同看法者，不容『有討論的餘地』……一時將學術討論完全置於政治運動之下，弄得壁壘森嚴，以至文學與語言的關係這一場十分重要的學術探討沒有能健康地進行下去。」[28]這實際上就是把「文學革命」當成了一場「學術討論」予以考察，而在此種情形之下，「罵」這一話語自然會被視為對「討論」的干擾乃至破壞。如王元化先生所說：

　　　　就學術論爭這一方面而言，「五四」所宣導的基本精神，是理性、平等和自由。但在論爭實踐上所表

---

[27] 同上註。

[28] 鄭敏：《世紀末的回顧：漢語語言變革與中國新詩創作》，《文學評論》1993 年第 3 期。

現的非理性態度也是不可諱言的。比如陳獨秀，雖然他不斷大聲疾呼地宣揚德賽二先生，但討論起問題來卻顯得很專橫，很不民主，如他宣告白話文討論不容提出反對意見，在《泰戈爾與東方文明》一文中痛斥重視東方文明的人是「人妖」等等，都太霸氣了。學衡派也有同樣的情況，如吳宓罵對方吸收西方文化，是「齊人墦祭以驕傲其妾婦，而妾婦恥之」，「劉邕嗜瘡痂」，「賀蘭進明嗜狗糞」，諸如此類，都是反理性的。我們應該反對謾罵的習氣，反對意氣用事。[29]

　　這樣一種看法雖則與贊成方持相反的價值判斷，但是對那種「論爭」模式的認同上，二者並沒有根本差別。無論是「贊成」還是「反對」，研究者都認為「罵」是在一場「論爭」中發生的。

　　但誠如前文所述，「論爭」是一個被建構起來的「文學史」概念，因此，如果不加反思地將其用於對歷史的「敘述」，就會出現諸多錯位。事實上，只要將《新青年》在五四時期的言論實踐過程與鄭振鐸的「論爭」模式予以對照，就會發現兩者之間存在諸多的罅隙乃至矛盾。

　　前文中曾提及，鄭振鐸等「新文學」同人為了鞏固「新文學」的合法性，而將「文學革命」建構成一場「論爭」，而「新文學」自身則成為「論爭」的「勝利者」。但揆諸具體的歷史過程，這樣一種「論爭」實際上並沒有真正展開過。

---

[29] 王元化：《再談「五四」》，《思辨錄》，上海古籍出版社，2004年4月第1版，第29頁。

例如「雙簧信」事件，鄭振鐸就如此描述：「從他們打起了
『文學革命』的大旗以來，始終不曾遇到過一個有力的敵人
們。他們『目桐城為謬種，選學為妖孽』。而所謂『桐城，
選學』也者卻始終置之不理。因之，有許多見解他們便不能
發揮盡致。舊文人們反抗言論既然竟是寂寂無聞，他們便好
像是盡在空中揮拳，不能不有寂寞之感。」[30]這種「盡在空
中揮拳」的「寂寞」狀態，其實正是「論爭」模式最大的破
綻。這實際上表明，在「文學革命」發軔之時，所謂「論爭」
僅僅是《新青年》同人自說自話，即胡適所謂「戲台裡的喝
彩」，而所謂「反對派」根本就沒有予以積極回應：

　　　　《新青年》的主張與當時社會公認的信條正相反
　　對，其引起守舊派的不滿是當然的，不過我們卻不可
　　過信以為當時守舊派對於新思潮是如何明目張膽的來
　　反攻，這種想法是錯誤的。《新青年》的影響仍然在
　　大多數青年之中，守舊派看到這個雜誌的不過是極少
　　數，看了有力量能夠加以反對的更是少數中之極少
　　數，因為大多數的守舊派都是無意識的守舊，他們只
　　是知其然不知其所以然，要他們說出一個反對的理由
　　是非常之困難的。[31]

---

[30] 鄭振鐸：《〈中國新文學大系·文學論爭集〉導言》，《中國新文學大系·
文學論爭集》，上海文藝出版社，2003 年 7 月第 1 版，第 6 頁。
[31] 常乃惪：《中國思想小史》，上海古籍出版社，2009 年 7 月第 1 版，
第 121 頁。

如果說在五四之前的「論爭」中，《新青年》並沒有遭遇到什麼「反對派」的抵抗，那麼在五四之後，《新青年》同人自己卻缺席了「論爭」，而只有「反對派」獨自發聲。鄭振鐸在提及「學衡派」時就認為：「終於『時勢已非』，他們是來得太晚了一些。新文學運動已成了燎原之勢，決非他們的書生的微力所能撼動其萬一的了。」[32]而在「甲寅派」挑起的「論爭」中，則「雙方都是懶洋洋的，無甚精彩的見解」[33]。由此可見，在《新青年》同人與所謂「反對派」的「論爭」過程中，雙方總是處於錯位狀態。

當然，這裡不能迴避「林蔡之爭」：「自陳、胡倡文學革命，聲勢澎湃，大有一日千里之勢：而一般遺老學者，起了切膚之痛，於是有『白話文言』文體之爭，這是五十年來中國思想第一次大衝突，但這一次思想衝突，只見一場混戰，沒見正式的交兵，正式接觸的，只有蔡孑民先生與林琴南先生。」[34]但即使這唯一一次「正式接觸」，也不足以稱之為短兵相接的「論爭」——「基於舊學問體系中嚴格的等級觀念，林紓從未正面與陳獨秀、胡適等『新進少年』交鋒，他選擇了直接質問前清翰林、北京大學校長蔡元培。」[35]從這個意義上說，「林蔡之爭」本身就是《新青年》同人與林紓

[32] 鄭振鐸：《〈中國新文學大系·文學論爭集〉導言》，《中國新文學大系·文學論爭集》，上海文藝出版社，2003年7月第1版，第13頁。
[33] 鄭振鐸：《〈中國新文學大系·文學論爭集〉導言》，《中國新文學大系·文學論爭集》，上海文藝出版社，2003年7月第1版，第15頁。
[34] 郭湛波：《近五十年中國思想史》，山東人民出版社，1991年3月第1版，第208頁。
[35] 楊早：《清末民初北京輿論環境與新文化的登場》，北京大學出版社，2008年8月第1版，第192頁。

「論爭」的一大反例。

當然，我們這裡所否定的「論爭」，並不是指作為歷史現象本身的「爭執」和「話語衝突」，而是指那種被建構起來的「論爭」框架。從研究視域上看，這一「論爭」框架最大的限度，就在於它把五四時期的「言論空間」視為一種既成之物。彷彿那些思想不同、觀念各異的知識份子是天然地處在這樣一個空間之中，並圍繞某些具體的話題進行著思辨意義上的「論爭」。似乎這個「言論空間」本身已經具備了一些先在的自由和規則，使得知識份子既是言論自由的受惠者，又是「論爭」規則的遵守者——正是在這個意義上，《新青年》同人的「罵」才會被視為對言論自由的消解，以及對論爭規則的破壞。

但是歷史本身顯然並非如此簡單，一個公共性的「言論空間」以及一個成熟的「論爭機制」，都不可能先在地存在。1916 年，胡適在《歸國雜感》中曾經慨歎中國思想界的沉悶，稱其「和現在的思想潮流絕無關係」[36]。事實上，這種沉悶並不僅僅來自袁世凱威權政治的壓制，更來自中國思想界和學術界自身的運作機制。在這其中，既有社會道德產生的輿論壓力，也有思想界內部由於「門戶」而形成的思想壁壘，這些都使得「新文化」在舊體系中根本沒有立足之地。在這樣一種時代語境中，「中」與「西」之間，「新」與「舊」之間產生的並非思想的分歧，而是話語的隔膜——前者可以通過「論爭」予以解決，而後者甚至連「論爭」本身都難以

---

[36] 胡適：《歸國雜感》，《新青年》第 4 卷第 1 期，1918 年 1 月 15 日。

發生。

　　因此，以陳獨秀、胡適等人為代表的《新青年》同人，並非先在地處於一個「言論空間」之中，他們也並非一個既成的「論爭」中的某一方。從這個意義上說，《新青年》所遭遇的那種激烈的「話語衝突」，並不是在與持異議者之間產生的，而是在他們與其所處的言論環境之間爆發。所以，我們研究的關鍵不應該是探討既成「言論空間」中《新青年》的話語與其他不同話語的關係，而是應該考察這套話語如何開闢了一個新的「言論空間」本身——在這裡，「言論空間」已經不是預設的框架，而是一個在歷史中不斷展開的過程。從這個意義上看，所謂「新文化運動」也不僅僅是一個思想觀念或知識體系的建構過程，更是一種「新的文化場域」的生成過程。這個「新的文化場域」從根本上說是開放性的，它不僅使得「新文化」得以傳播和確立，甚至也能夠對「舊文化」予以容納和整合。

　　當我們把研究的重心由「言論空間」中的「言論衝突」轉向「言論」與「言論環境」衝突的時候，那種被建構的「論爭」框架顯然已經不敷使用了。在「言論空間」不斷展開的歷史過程中，成熟的「論爭機制」應該算是一種最高級的完成狀態。因此，《新青年》早期遭遇的「言論衝突」與其說是「論爭」，而毋寧說是一種「批評」。當然，這裡所謂「批評」是與「論爭」相對照而言的，我在這裡著重強調的是它的「單向性」，即它尚未構成互動式的「交流」與「對話」。事實上，「批評」與「論爭」有一個邏輯上的先後關係，「批評」是「論爭」的前提，沒有完整、成熟的「批評」，「論

爭」是不可能形成的。而我們綜觀五四時期的言論情形,《新青年》所操持的恰恰是一種「批評話語」,林紓、《國故》等所謂「反對派」與其說是「論爭」的對手,倒不如說是「批評」的對象。而《新青年》對他們的「批評」並非僅僅針對某種具體的思想和言論,而是指涉整個壁壘森嚴、隔膜厚重的話語體系。簡而言之,「批評」意味著對這個體系的破壞,也意味著對自身文化觀念和主張的樹立,這種觀念和主張的樹立本身,就是一個「言論空間」新拓展的邊界。

由此可見,相比「論爭」這一框架而言,「批評」這一詞彙更契合《新青年》在五四時期立論言說的實際情形,也能為我們審視「罵」這一話語的歷史意義提供更為有效的視角。如前所述,在「論爭」這一框架之內,研究者往往偏重於對「罵」的價值判斷,而缺乏對其內涵做必要的辨析。而當我關注由「批評」不斷開闢和拓展的「言論空間」時,這一問題就可以得到有效規避:因為沒有「論爭」,也就不存在一種預設的「論爭規則」,如此,《新青年》思想的「偏激」、言論的「出格」也就沒有那麼重要了,重要的是這種立論言說的話語實踐本身就在參與這個「言論空間」展開的過程。而之於這一「言論空間」而言,「罵」不僅不構成對它的「破壞」,反而是它展開過程的起點,它與「批評」之間其實構成了極為錯綜複雜的關係,而在「言論空間」生成的最初階段,兩者甚至常常不分軒輊。羅家倫就曾在《新潮》中說:「中國因為從來沒有批評這件東西,所以人家對於批評和罵分不清楚,所以我們批評他,他就以為我們罵他;所

以他就要記恨，就要真的還罵。」[37]這固然是一句抱怨，但也呈現出當時語境之下「罵」與「批評」之間界限的模糊。事實上，《新青年》同人所建構起的「批評話語」不是理念化的闡釋，而是充滿了知識份子個性化的「態度」。從這個意義上來說，「罵」正是知識份子一種個性化的話語，它的背後蘊含著知識份子的心態、性情和品格，而這些「非理性」的話語不僅沒有被公共空間所壓制和消解，反而被其激發與釋放，這正是《新青年》的「批評話語」獨具特色的所在。在「論爭」的框架中，「罵」往往被處理成一種修辭，而與這種「批評」相結合，它卻可以成為一個獨立的研究對象，我們完全可以在事實辨析中去挖掘它所承載的豐富的歷史細節和複雜的文化資訊，也完全可以通過它去探討《新青年》言論空間的意義及其限度。

---

[37] 羅家倫：《批評的研究──三 W 主義》，《新潮》第 2 卷第 3 期，1920 年 2 月。

# 第一章 「罵」與《新青年》
# 言論姿態的確立

　　在 1915 年創刊時，《新青年》還僅僅是一份名不見經傳
的同人刊物。但是在短短四五年的時間中，它卻成為中國思
想界和輿論界最富影響力的雜誌。這種影響力不僅僅來自陳
獨秀等《新青年》同人提出了獨具特色的思想理念和文化主
張，也與其獨樹一幟的言論姿態有莫大的關聯。從「批孔」
到「文學革命」，從「雙簧信」到「鬥靈學」，《新青年》
所發動的幾乎每個議題都極具爭議性，並在很大程度上挑戰
著彼時的社會輿論和傳統觀念。而在針對這些話題立論言說
的過程中，《新青年》同人既有「不容反對者有討論之餘地」
式的「專斷」，又有「肆意而罵之」的率性——在當時的思
想界和輿論界，這樣一種言論姿態極具標幟性。從這個意義
上說，探究這樣一種言論姿態的文化內涵，並考察其在《新
青年》中確立與演變的過程，也就具有極大的價值和意義。

## 第一節 「罵」的歷史內涵：
## 同人雜誌中的「文人圈子」話語

　　1922 年，梅光迪曾對《新青年》予以如此評價：「往者

《新青年》雜誌，以罵人特著於時，其罵人也，或取生吞活剝之法，如非洲南洋群島土人之待其囚虜。或出齷齪不堪入耳之言，如村嫗之角口。此風一昌，言論家務取暴厲粗俗，而溫厚慈祥之氣盡矣。」[1]在「五四新文化」發軔期間，《新青年》同人這種「以罵人特著於時」的言論姿態，的確是無可諱言的。這種「罵」的印象不僅來自和自己文化主張全然不同的「論爭」對手，甚至還來自《新青年》的讀者自身。有讀者就在通信中坦言：「每號中，幾乎必有幾句『罵人』的話，我讀了，心中實在疑惑得很！」[2]而另一位讀者汪懋祖更是對此提出嚴厲的批評：「開卷一讀，乃如村婦潑罵，似不容人以討論者，其何以折服人心？此雖異乎文學之文，而貴報固以提倡新文學自任者，似不宜以『妖孽』、『惡魔』等名詞輸入青年之腦筋，以長其暴戾之習也。」[3]事實上，即使是作為《新青年》同人的胡適本人也曾經在信件中勸慰錢玄同等人：「吾輩不當亂罵人，亂罵人實在無益於事」。[4]

　　僅僅從事實判斷上來說，這些批評並不誇張，在《新青年》各個階段的言論中，都不乏「罵詈之詞」。1915 年，《青年雜誌》創刊時尚且反響不大，直到陳獨秀策動「批孔」系列文章時才開始在小範圍內有所反響。事實上，「批孔」不僅打開了「新文化」的一道閘門[5]，而且也確立了《新青年》

<hr />

[1] 梅光迪：《評今人提倡學術之方法》，《學衡》第 2 期，1922 年 2 月。
[2] 愛真：《致陳獨秀》，《新青年》第 5 卷第 6 期，1918 年 12 月 15 日。
[3] 汪懋祖：《讀新青年》，《新青年》第 5 卷第 1 期，1918 年 7 月 15 日。
[4] 胡適：《致錢玄同》，《胡適書信集》上，耿雲志、歐陽哲生編，北京大學出版社，1996 年 9 月，第 209 頁。
[5] 陳方競：《「批孔」：開啟新文化宣導的一道閘門》，《學術月刊》2011 年第 3 期。

觀點鮮明、言辭激烈的言論姿態。作為主撰的陳獨秀不停地
攻擊「孔教」為「失靈之偶像，過去之化石」[6]，並主張「毀
孔子廟罷其祀」[7]。而另一位同人吳虞，也在文中對貴為「聖
人」的孔子大加攻訐，他宣稱：「余謂盜蹠之為害在一時，
盜丘之遺禍及萬世；鄉愿之誤事僅一隅，國愿之流毒遍天下。」
[8]而繼「批孔」而起的「文學革命」，更是將「打雞罵狗」作
為重要的言論策略，這使得「罵詈之詞」得以充斥於《新青
年》的討論文字中。其中，陳獨秀、錢玄同等人將舊體詩文
稱之為「十八妖魔」，甚至「目桐城為謬種，選學為妖孽」，
而在他們對舊體小說和戲曲的討論中，也充滿了「淫猥」「不
通」「惡濫」乃至「誨淫誨盜」之類的詞彙。到了 1918 年第
4 卷第 4 期，劉半農和錢玄同聯合策動的「雙簧信」更是將
本已愈發密集的「罵詈之詞」製造成一場具有輿論效應的「罵
戰」：「當時劉半農就做了一篇什麼連刁劉氏鮮靈芝都包括
進去的一封覆信，狗血噴頭地把這位錢玄同先生的化身王敬
軒罵一頓。這封信措辭輕薄，惹引了不少的反感。」[9]「雙簧
信」發表之後，《新青年》通信欄內接到了大量的讀者來信，
對其提出尖銳的批評。這些批評顯然不僅局限於「雙簧信」
的內容，而多是針對這種「大昌厥詞，肆意而罵之」的言論
方式。對「雙簧信」事件，儘管「新青年社中人，亦甚感懊

---

[6] 陳獨秀：《憲法與孔教》，《新青年》第 2 卷第 3 期，1916 年 11 月 1 日。
[7] 陳獨秀：《再論孔教問題》，《新青年》第 2 卷第 5 期，1917 年 1 月 1 日。
[8] 吳虞：《家族制度為專制主義之根據論》，《新青年》第 2 卷第 6 期，1917
　年 2 月 1 日。
[9] 羅家倫：《北京大學與五四運動》，《我與北大——「老北大」話北大》，
　王世儒、聞笛編，北京大學出版社，1998 年 4 月第 1 版，第 303 頁。

喪」，但是在公開發表的雜誌中，他們不僅沒有接受讀者的批評，反而對自己「罵人」的言論全力辯解。其中，陳獨秀更是聲稱：

> 本志自發刊以來，對於反對之言論，非不歡迎；而答詞之敬慢，略分三等：立論精到，足以正社論之失者，記者理應虛心受教。其次則是非未定者，苟反對者能言之成理，記者雖未敢苟同，亦必尊重討論學理之自由虛心請益。其不屑與辯者，則為世界學者業已公同辯明之常識，妄人尚復閉眼胡說，則唯有痛罵之一法。[10]

所以在此之後，《新青年》中的「罵詈之詞」不僅沒有任何減少，反而愈發密集和尖銳，並且迅速突破了「文學」自身的範疇，而拓展到對了「靈學」「舊劇」「靜坐」「國粹」等「社會現象」的批評中。其中，錢玄同、陳大齊等人甚至將自己的諸多批評物件以「糞」視之，並試圖編輯所謂「糞譜」：「為尊重人道起見，看見有人吃糞，不可不阻止他。……現在我們中國人苦於沒有辨別力，不知道哪種是糞，哪種不是糞；若想阻止人家吃糞，須先指點指點他們……所以我想請你抽出點功夫來，代他們詳詳細細的編一部『糞譜』，把一切糞的尊姓大名都寫出來，宣佈國內，使我們同

---

[10] 陳獨秀：《答崇拜王敬軒者》，《新青年》第 4 卷第 6 期，1918 年 6 月 15 日。

胞見了，也可以知道糞的所在。」[11]

這些言論都表現出，「罵」這一話語在《新青年》立論言說的過程中佔據了極為重要的地位。

一

通常意義上，我們往往把《新青年》與其所「罵」物件之間的言論衝突視為一場「新」「舊」之間的「論爭」。在這個「論爭」框架裡，這種作為「暴力語言」的「罵」不僅破壞了「論爭」的規則和「報刊倫理」[12]，也阻礙了「新」「舊」之間的話語交流。從這個意義上來說，《新青年》同人這種「打雞罵狗」的言論姿態具有極大的負面性，而操持著「罵詈之詞」的陳獨秀、錢玄同、劉半農等人，往往被視為偏激、狂妄。而這一點，也成了「五四新文化」具有「激進主義」性質的一大確證。有研究者就坦言：「對『革命』的宗教式崇拜，暗中滋生和推廣了 20 世紀文學（廣而言之則普遍見於文化）裡的暴力傾向。」[13]但揆諸五四時期具體的歷史情境，這一問題似乎並沒有那麼簡單，「論爭」這種過於涇渭分明的「二元對立」模式，在很多情況下並無法描述《新青年》所處的複雜的時代語境及其言論衝突的性質。

---

[11] 陳大齊：《保護眼珠與換回人眼》，《新青年》第 5 卷第 6 期，1918 年 12 月 15 日。

[12] 馬少華：《論五四時期報刊論爭中的倫理問題和規範意識》，《國際新聞界》2009 年第 11 期。

[13] 李潔非：《對「暴力」的迷戀，或曰撒旦主義——20 世紀文學精神一瞥》，《文學評論》2001 年第 1 期。

　　首先需要指出的是，五四時期的這種「罵」並不是單向的。《新青年》在「罵人」的同時，也一直被「罵」，以至處於「四面受敵」的窘境之中。相比《新青年》同人而言，五四時期所謂「舊派人物」——也就是被諸多研究者視為「文化保守主義者」的人物——的「罵詈之詞」可謂有過之而無不及。例如，著名的翻譯家嚴復就將提倡「新文化運動」的人鄙視為「人頭畜鳴」乃至「名教罪人」。而精通西學的學者辜鴻銘則在外國報紙上撰文，用優美、流暢的英語對《新青年》中的各項主張極盡嘲諷之能事：在他看來，「文學革命」是「極端愚蠢」[14]的，而提出這一主張的胡適等人則被稱為「外表標緻的道德上的矮子（Pretty well dwarfed ethically）」[15]。另一位著名的翻譯家林紓，除了寫出《荊生》《妖夢》兩篇小說專事詆毀「新文學」之外，還在給蔡元培的信中攻訐陳胡諸人「盡反常軌，侈為不經之談，覆孔孟，鏟倫常」[16]。「舊文人」對《新青年》的這種「罵」不僅見諸大眾傳媒之上，也表現在北京大學校園之中。如「針對《新青年》而發的」《國故》月刊，就把《新青年》同人視為「恂愗之徒」，認為他們「未窺舊貫之所由，而徒炫夫殊學」[17]，且「以放蕩為自由。以攘奪為責任」。[18]北大內部對「新文

---

[14] 辜鴻銘：《反對中國文學革命》，《辜鴻銘文集》，黃興濤等譯，海南出版社，2000 年 11 月第 1 版，第 169 頁。
[15] 辜鴻銘：《反對中國文學革命》，《辜鴻銘文集》，黃興濤等譯，海南出版社，2000 年 11 月第 1 版，第 169 頁。
[16] 林紓：《致蔡鶴卿書》，《林紓研究資料》，薛綏之、張俊才編，福建人民出版社，1983 年 6 月第 1 版，第 86 頁。
[17] 俞士鎮：《古今學術溝通私議》，《國故》1919 年第 1 期。
[18] 薛祥綏：《講學救時議》，《國故》1919 年第 1 期。

學」的攻擊是以黃侃為代表，他除了「每次上課必須對白話
文痛罵一番」[19]之外，還在「所編的《文心雕龍箚記》中大
罵白話詩文為驢鳴狗吠」。[20]由此可知，五四時期的「罵」
並非「新派」對「舊派」的「呵斥」，也包括「舊派」對「新
派」的「罵詈」。楊振聲對北大「新舊之爭」的回憶可能描
述出了「新」「舊」之間「罵戰」的典型狀態：

> 　　有人在燈窗下把鼻子貼在《文選》上看李善的小
> 字注，同時就有人在窗外高歌拜倫的詩。在屋子的一
> 角上，有人在搖頭晃腦，抑揚頓挫地念著桐城派古文，
> 在另一角上是幾個人在討論著娜拉出走「傀儡之家」
> 以後，她的生活怎麼辦？念古文的人對討論者表示憎
> 惡的神色，討論者對念古文的人投以鄙視的眼光。[21]

　　由此可知，「罵」實則是「新」「舊」雙方都難以避免
的話語方式，並非《新青年》及「新」的一方獨有。
　　事實上，在對「罵」這一言論予以歷史審視的時候，所
謂「新舊之爭」的視域顯然並不合適。因為「罵戰」甚至也
並不僅僅發生在「新」「舊」之間 —— 無論是在大眾報刊之
上，還是在大學校園中，這種「罵」的言論遠遠超出了「新

---

[19] 楊亮功：《五年大學生活》，《我與北大 ——「老北大」話北大》，王世
　　儒、聞笛編，北京大學出版社，1998 年 4 月第 1 版，第 273 頁。
[20] 劉半農：《〈初期白話詩稿〉序目》，《劉半農研究資料》，鮑晶編，智
　　慧財產權出版社，2011 年 4 月第 1 版，第 206 頁。
[21] 楊振聲：《回憶五四》，《五四運動回憶錄》，中華書局，1959 年 4
　　月第 1 版，第 53 頁。

舊對峙」的範疇。例如，傅斯年曾經回憶：「有幾家報紙天天罵我們，幾乎像他們的職業」。[22]在這裡，傅斯年所指的「罵人」報紙，並非「舊派」，而是頗為「新派」的《時事新報》。該報副刊的主筆張東蓀「今天登一篇罵北京大學的投稿，明天自撰一篇罵北京大學的文，今天指明了罵，明天含譏帶諷的說著。這裡頭雖然有一半是攻擊個人，但是攻擊大學本體的，也有一半，就是那一半攻擊個人的，也還是捨去學問上的討論，專蔑視別人的人格」[23]。如果說「新」與「新」之間會時常爆發話語衝突，那麼所謂「舊派」人物群體也並非鐵板一塊，他們之間的「罵詈」甚至更為頻繁和尖銳，楊振聲這段話足可資證：「在新文學運動前，黃侃先生教駢文，上班就罵散文；姚永樸先生教散文，上班就罵駢文。新文學運動時，他們彼此不罵了，上班都罵白話文。」[24]顯然，在「新文學運動」之前，黃侃與姚永樸之間的「罵戰」絕非所謂「新舊之爭」，而是「舊文學」內部的「駢散之爭」。其實撇開「新」「舊」不談，《新青年》同人群體內部也同樣存在這種「罵」的話語。例如，「罵倒王敬軒」的劉半農就常常是《新青年》同人「罵詈」的對象，魯迅在回憶中提及：「幾乎有一年多，他沒有消失掉從上海帶來的才子必有『紅袖添香夜讀書』的豔福的思想，好容易才給我們罵掉了。」

---

[22] 傅斯年：《〈新潮〉之回顧與前瞻》，《新潮》第 2 卷第 1 期，1919 年 10 月 30 日。

[23] 傅斯年：《答〈時事新報〉記者》，《新潮》第 1 卷第 3 期，1919 年 3 月 1 日。

[24] 楊振聲：《回憶五四》，《五四運動回憶錄》，中華書局，1959 年 4 月 第 1 版，第 53 頁。

[25]而錢玄同更是痛罵「打孔家店」的「老英雄」吳虞名不副實，並攻擊其為「孔家店的老夥計」：「《文錄》中『打孔家店』的話，汗漫支離，極無條理」，「孔家店裡的夥計們，只配被打，決不配打孔家店，這是不消說得的。他們若自認為打孔家店者，便是『惡奴欺主』；別人若認他們為打孔家店者，未免是『認賊作子』！」[26]顯然，這種言辭上的激烈程度一點都不遜色於「新」「舊」之間的「罵詈」。

由上文敘述可知，在五四時期，這種「罵」並不是「新」對「舊」的特例，而是「新」「舊」雙方共有的言論姿態；這種「罵戰」甚至也不僅在「新」「舊」雙方之間發生，也在「舊」與「舊」之間、「新」與「新」之間頻繁出現。從這個意義上來說，「罵」與所謂「新舊之爭」的框架並沒有必然聯繫，而是民初知識份子群體普遍的言論姿態和言說方式。在這種「普遍」性中，把「罵」作為「論爭語言」予以價值評判不僅極為困難，而且也沒有什麼實際意義 —— 那些於歷史之外對雙方觀點正誤或言論是非的明確辨析，在返歸具體歷史語境之中時往往變得含混、曖昧、語焉不詳。因此，暫且放下對雙方「罵詈之詞」是非的判斷、正誤的辨析，而將其視為一個「中性」研究物件，這或可讓我們獲得一種觀察「新文化」發軔期歷史現象的新視角，從而呈現出遠比「新舊之爭」更為豐富和複雜的歷史圖景。

[25] 魯迅：《憶劉半農君》，《魯迅全集》第 6 卷，人民文學出版社，2005年 11 月北京第 1 版，第 74 頁。

[26] 錢玄同：《孔家店裡的老夥計》，《錢玄同文集》第 2 卷，中國人民大學出版社，1999 年 4 月第 1 版，第 57 頁。

## 二

在考察《新青年》「以罵人特著於時」的言論姿態時，自然無法忽略清末民初的輿論環境。眾所周知，晚清以迄民國，知識份子往往通過新興的傳媒進行思想啟蒙和政治鼓吹，報刊已經成為他們最重要的言論平台。由於彼時在這一平台中所持政治、文化主張的不同，知識份子個體和群體之間發生「論爭」乃至「論戰」是不可避免的。但是，20世紀初大眾傳媒繁榮的二十多年間，並沒有形成一個規範、有效的「論爭機制」。正因為此，報刊上的「論爭」顯得混亂、無序，往往淪為言不及義的「罵詈之詞」。藍公武曾對這樣一種狀態有過生動的描述：

> 中國人有個極大的惡習，人人都自以為是，從來不肯服善的。遇著有辯論的時候，不是各說各的，即便吹毛求疵，找些不相干的枝葉問題，攻擊一頓，落後便彼此對罵，把原來所爭論的問題論點，都拋在九霄雲外，不要說旁觀者莫名其妙，即連爭論者也不知他所爭何在，乃至以真面目來討論的人，也因為枝葉紛歧，論點不清，辯了許久，依然是一個不得要領而散。……這種情形，在中國的辯論，是到處皆然，不過其中有亂罵和瞎辯的一種區別罷了。[27]

---

[27] 藍公武：《藍志先答胡適書》，《新青年》第6卷第4期，1919年4月15日。

在這種情形之下，知識份子在表達思想、參與論爭的時候，往往不顧一切地相互罵詈：「在歐美各國，辯論是真理的產婆，愈辯論真理愈出，而在中國，辯論卻是嘔氣的變相，愈辯論論旨愈不清楚，結局只能以罵人收場。」[28]揆諸歷史，從晚清時期《民報》與《新民叢報》之間有關「革命」與「立憲」的「論戰」，到民國成立之後「國民黨」與「進步黨」之間的互相攻訐，這種「罵詈之詞」不僅沒有減弱和消失，反而愈發如火如荼。在這一過程中，黨派紛爭的政壇與眾說紛紜的大眾報刊，顯然加劇了「罵戰」激烈的程度，也使得公共輿論充斥著暴戾之氣。

不可否認，《新青年》處於這樣一種輿論環境之中，它的言論姿態自然不可避免地受其影響。但需要強調的是，《新青年》畢竟不是一份「黨派」的刊物，與當時紛紜擾攘的政界相比，跟它牽連更多的其實是思想界和文壇，而《新青年》同人更多是以知識份子、文人而非政客的身份策動了「文學革命」及「新文化運動」。甚至包括那些對「新文學」和「新文化」持反對態度並激烈咒罵的「舊文人」，也與政壇沒有什麼太過直接的關係。因此就這一點看，圍繞《新青年》各項主張展開的所謂「罵戰」首先並不從屬於政爭、黨爭的範疇，而更可能是彼時「文人圈子」中日常語言的延伸。

當然，按照傳統士大夫的倫理觀，這種激烈的「罵」顯然違背了君子之風，且不為人所重：「夫文人之可貴，首在

---

[28] 藍公武：《藍志先答胡適書》，《新青年》第 6 卷第 4 期，1919 年 4 月 15 日。

志和音雅心醇氣平，學猶其次，……吾國年來報章，他無所表見，惟嫚罵則已成積習，學術界之野蠻，不圖生此文明之世，而躬見之也。黨同伐異，惡聲加人，是為最下，其所言之無理，則更不足責矣。」[29]但從更深層次的文人心態來看，「罵」這種話語方式並不全然是貶抑性的，相反，這種「極不雅馴」的「罵」往往意味著文人個體自我的呈現和個性的釋放。如果參看一些傳記、生平的文字，我們就會發現，「罵」往往會作為一種「文人韻事」為人稱道。如有人點評王闓運為人時便稱：「先生以善嬉笑怒罵名，意所不可，譏彈嘲弄，無所不至，然中懷實和易瀟灑，談言微中，聞者解頤，有曼倩滑稽之風，而無灌夫罵座之惡。」[30]而在提及另一位名士廖平時，也說他「醉後喜諷諼，坦直亢爽，不希榮寵，有古俠士風。」[31]非常明顯，這裡的「罵」是中國傳統文人精神氣質的外在表現。

　　眾所周知，清末民初的思想界、學術界和文壇，本身即是流派紛呈。但是，這裡需要指出的是，他們的思想、學術，尤其是文學觀念，並非一種客觀抽象的知識體系。因此，所謂「文人」之間的「論爭」往往並不圍繞某個具體的「論點」展開，也並不遵循西方理性思辨的嚴格邏輯，而「爭論」最後的結論也並沒有所謂正誤、對錯和是非。這種「爭」更多是一種「意氣之爭」，它帶有更為強烈的個人性，而在「爭」

---

[29] 柳詒徵：《論中國近世之病原》，《學衡》第 3 期，1922 年 3 月。
[30] 王森然：《近代二十家評傳》，書目文獻出版社，1987 年 1 月第 1 版，第 11 頁。
[31] 王森然：《近代二十家評傳》，書目文獻出版社，1987 年 1 月第 1 版，第 61 頁。

的過程中，文人們所操持的語言也更為自由和率意，這樣一種自由和率意的語言出之於口，也就成了「文人」式的「罵」。

具體到民初的思想界和文壇而言，這樣一種充滿個性的「罵」的確是極為普遍的話語方式，「在這一時期出版的報刊上，激憤的罵世之辭隨處可見」[32]。如劉納所說，所謂「罵世」其實形成了民初文人盛極一時的風潮。當然，劉納所說的「罵世」更多是針對文人本身與其所處時代語境之間的關聯，而本書所論及的「罵」則更多是發生在文人群體內部：它既包括文人個體之間的「罵戰」，即所謂「文人相輕」式的「意氣之爭」；更包括某些群體之間的「罵戰」，即因文學流派或治學路徑各異而產生的「門戶之爭」——相對而言，後者與《新青年》言論的形成有更為密切的關係。胡先驌在對《新青年》的批評中提及：「吾國文人素尚意氣，當門戶是非爭執至甚之時，於其所喜者，則升之於九天；於其所惡者，則墜之於九淵。漢宋之爭、今古文之爭、朱陸之爭、洛蜀之爭、古文選體之爭、唐詩宋詩之爭，幾何非獨擅其場，不容他人置喙者耶。且每因學術之相非，而攻及個人。或以個人之相非，而攻及學術。」[33]這自然是《學衡》對《新青年》的攻訐之詞，因此多有偏見，但就事實而言，它的確反映了民初文壇中「意氣之爭」「門戶之爭」紛紜擾攘的樣貌。

由此可見，文人之間的「罵」與黨人政客人身攻訐式的「辱罵」大不相同，它並非如藍公武所說，是「論爭」雙方

---

[32] 劉納：《嬗變——辛亥革命時期至五四時期的中國文學》，中國人民大學出版社，2010年4月第1版，第117頁。

[33] 胡先驌：《論批評家之責任》，《學衡》第3期，1922年3月。

爭持不下時「嘔氣的變相」。從當時特定的歷史語境來看，所謂「罵」更多是指文人在對人物、時事、作品以及學問的點評中，自然流露的批評「態度」，這其中包含著極為豐富的文化資訊。在傳統文化範疇中，人們對人物、時事、作品及學問點評往往被稱之為「臧否」，所謂「臧」與「否」都指涉著「點評者」鮮明的個人態度，只是前者為正面的褒揚，而後者為負面的批評。僅就民初「文人圈子」而言，「臧否」式的點評也是極為普遍的風氣。但對文人知識份子而言，「臧」的情況相對較少，因為「輕易許人」是文人喪失個性的表現。如章太炎「於清儒推汪中、李兆洛，並世推王闓運、吳汝綸、馬其昶三人，此外雖其師俞樾之文亦致不滿。」[34]再比如詩人樊增祥，也是「自負一代詩伯，從不輕許可人詩。某甲自負能詩，每對增祥誦所作，增祥不耐，一日嗤以鼻曰：『君詩多不協韻，且誤用故事，於他人尚不應如此，矧向余賣弄，尤可不必。」錢基博：《現代中國文學史》，嶽麓書社，2010年8月第1版，第158頁。相反，「否」的情形顯然更多，它也比「臧」更能表現出文人個體的鮮明個性。但是這裡需要強調的是，這種「否」，並非一般理性意義上的「否定」，而是一種趣味、性情上的排斥。這裡以時稱「瘋子」的章太炎和「好盛氣攻辯」的林紓為例。其中，章太炎攻擊林紓的文章「辭無涓選，精采雜汙，而更浸潤唐人小說之風。夫欲物其體勢，視若蔽塵，笑若齲齒，行若曲肩，自以為妍，而只益其醜。」[35]而林紓則認為章太炎：「庸妄鉅子，剽襲漢

---

[34] 錢基博：《現代中國文學史》，嶽麓書社，2010年8月第1版，第72頁。
[35] 錢基博：《現代中國文學史》，嶽麓書社，2010年8月第1版，第75頁。

人余唾，以撏扯為能，以餖飣為富，補綴以古子之斷句，塗
堊以《說文》之奇字，意境義法概置勿講。侈言於眾：『吾
漢代之文也。』傖人入城，購縉紳殘敝之冠服，襲之以耀其
鄉里，人即以縉紳目之，吾不敢信也。」[36]顯然，雙方對彼
此的「臧否」並不是理性意義上的「辯論」，與其說他們在
否定對方，倒不如說是在展示「自我」鮮明的態度、性情和
氣質。

　　而在這種「臧否」之中，文人圈子中的「罵」也不同於
政壇中的「人身攻擊」，無論章太炎所說的「笑若齲齒，行
若曲肩」，還是林紓所謂「庸妄鉅子，剽襲漢人余唾」，其
言辭都是尖刻而不污穢，犀利而不齷齪，它所體現的並非「理
性」，而是文人個體在智力上的優越感和道德上的自信力。
揆諸這樣一種語境，我們就會發現，「文人圈子」中的「罵」
不會像政界中人身攻擊式的「辱罵」導致諸多不良的後果，
也並不會使得「論爭」雙方偏離辨析政見、探求真理的本旨。
相反，這種「罵」乃是文人個體、流派、門戶之間的界限，
它恰恰是思想界和文壇極具活力的表徵。


## 三


　　由上文可知，在民初的思想界、學術界和文壇，「罵」
是文人知識份子普遍操持的言論姿態和話語方式。而《新青
年》同人之所以會「以罵人特著於時」，很大程度上就在於

---

[36] 錢基博：《現代中國文學史》，嶽麓書社，2010 年 8 月第 1 版，第 137 頁。

他們也處於這樣一種時代語境之中，且與民初思想界、文壇之間有千絲萬縷的關聯。眾所周知，《新青年》雖然在「文學革命」之後進入了大眾輿論的漩渦，且開創了「新文化運動」的時代潮流，但就其同人個體而言，他們都無一例外地處身於民初的「文人圈子」裡，且與諸多文人、社團都有密切的交往。從這個意義上來說，《新青年》雜誌在其行文、立論之中多有「罵詈之詞」，並不是政界黨爭的延續，而是受到了「文人圈子」通行語言的浸淫和薰染 —— 那種「文人圈子」之中帶有「臧否」意味的「罵」，進入了《新青年》所營構的言論空間中，並形成了他們「以罵人特著於時」的言論風格。這樣一種情形，可以從以下幾個方面看出：

首先，從人物關係上來說，《新青年》同人中以言辭激烈著稱的陳獨秀、錢玄同、劉半農等人，都是與民初「文人圈子」關係最為盤根錯節的人物。如錢玄同，本為章門弟子，對傳統的小學功夫專研頗深。在與桐城派的關係上，他與其師章太炎一樣蔑視林紓的古文。早在其通信中，兩人就已經對林紓等人的文風有所攻訐，如章太炎就曾經在給錢玄同的信中說過：「文辭之壞，以林紓、梁啟超為罪魁……厭聞小學，則拼音簡字諸家為禍始……此輩固當投畀魑魅，而咎不在後生。」[37]而在章門弟子內部，錢玄同又經常與章氏的另一位高足黃侃多有抵牾，其中黃侃「在課堂裡面不教書，只是罵人，尤其是對於錢玄同，開口便說錢玄同是什麼東西，

---

[37] 章太炎：《致錢玄同》，《章太炎書信集》，馬勇編，河北人民出版社2003年1月第1版，第118頁。

他那種講義不是抄著我的呢？」[38]在這種情形之下審視，錢玄同「目桐城為謬種，選學為妖孽」的罵詈之詞，就不僅僅是所謂「新舊之爭」，也交錯著章門弟子與桐城派之間的「門戶之爭」，乃至章門弟子內部的「意氣之爭」。而另一位好罵人的劉半農，則是寫舊體小說出名，他與上海的「鴛鴦蝴蝶派」作家群體有著極深的淵源。正因為此，他在痛罵王敬軒的過程中才多有「刁劉氏」「鮮靈芝」之類的「輕薄措辭」，以至「惹引了不少反感」羅家倫：《北京大學與五四運動》，《我與北大 ── 「老北大」話北大》，王世儒、聞笛編，北京大學出版社，1998 年 4 月第 1 版，第 303 頁。。相比錢玄同、劉半農而言，胡適則呈現出態度溫和、不事謾罵的狀態，這固然有其自身性格和歐美公共言論訓練之功，但在很大程度上也是因為他與本土思想界、文壇之間的關係沒有那麼複雜。

其次，從言論場域上來看，《新青年》的言論風格在其北遷之後有明顯的變化，而這種「罵」聲四起的激烈狀態，則與其所處的北京大學有著頗深的淵源。羅家倫在回憶北大「飽無堂」「群言堂」的情境時說：「在這兩個地方，無師生之別，也沒有客氣及禮節等一套，大家到來大家就辯，大家提出問題來大家互相問難。……這兩個房子裡面，當時確是充滿了學術自由的空氣。」[39]顯然，這裡的「罵」意指著一種「學術自由的空氣」，而在這樣的「問難」中，大家都

---

[38] 羅家倫：《北京大學與五四運動》，《我與北大 ── 「老北大」話北大》，王世儒、聞笛編，北京大學出版社 1998 年 4 月第 1 版，第 304—305 頁。

[39] 羅家倫：《北京大學與五四運動》，《我與北大 ── 「老北大」話北大》，王世儒、聞笛編，北京大學出版社 1998 年 4 月第 1 版，第 306 頁。

「持一種處士橫議的態度」，所以「抬槓」自然是不可避免的，而臧否人物、點評時事肯定也多有激烈的言辭，如羅家倫回憶：「還有一位狄君武(膺)是和傅孟真同房子的，但是他一天到晚咿咿唔唔在做中國小品文學，以斗方名士自命。大家群起而罵他，且當面罵他為『赤犬公』(因狄字為火及犬構成)，他也無可如何。」[40]在這種環境裡，《新潮》的主編、時為北京大學學生的傅斯年則既是「罵人」者，又是「罵己」者，「他從前最喜歡李義山的詩，後來罵李義山是妖，我說：『當時你自己也高興著李義山的時候呢？他回答說：那個時候我自己也是妖。」[41]而前文所提及好「罵人」的黃侃，其身份也正是北京大學的文科教員：「舊教員在教室中謾罵，別的人還隱藏一點，黃季剛最大膽，往往暢言不諱。他罵一般新的教員附和蔡子民，說他們『曲學阿世』，如去校長室一趟，自稱去『阿世』去。」[42]事實上，北京大學文科本身就可視為一個自成一體的「文人圈子」，《新青年》置身其中以後，許多「隔空打牛」式的「爭執」，自然變成了「短兵相接」的「罵戰」。

第三，從雜誌的話題上來看，《新青年》的言論風格隨著討論物件的更迭而有著明顯的變化：在「批孔」過程中，陳獨秀在很大程度上還是沿襲了《甲寅》時代的政論風格，其中雖有「毀孔子廟罷其祀」的憤激之語，但其中行文立論

---

[40] 羅家倫：《北京大學與五四運動》，《我與北大 ──「老北大」話北大》，王世儒、聞笛編，北京大學出版社，1998 年 4 月第 1 版，第 307 頁。

[41] 羅家倫：《北京大學與五四運動》，《我與北大 ──「老北大」話北大》，王世儒、聞笛編，北京大學出版社，1998 年 4 月第 1 版，第 307 頁。

[42] 周作人：《知堂回想錄》，香港三育圖書文具公司，1971 年版，第 523 頁。

卻少有「罵詈之詞」。但一旦進入「文學革命」這一話題時，情形便大為不同。因為相比「孔教」這一政治問題而言，「文學」這一問題與彼時的「文人圈子」有著更錯綜複雜的關聯，而在文學方面，《新青年》同人會更多採用前文所說的那種「臧否」式的話語。值得注意的是，在「文學革命」中首先「罵」人者，恰恰是主張「罵人無益於事」的胡適。他在給陳獨秀的信中反對陳獨秀對謝無量舊體詩的推崇，並譏諷其為「厚誣工部」，而在《文學改良芻議》中談及彼時的中國詩壇更是極盡嘲諷之能事：「嘗謂今日文學之腐敗極矣：其下焉者，能押韻而已矣。稍進，如南社諸人，誇而無實，濫而不精，浮誇淫瑣，幾無足稱者。……更進，如樊樊山、陳伯嚴、鄭蘇戡之流……視南社為高矣，然其詩皆規摹古人，以能神似某人某人為至高目的，極其所至，亦不過為文學界添幾件贗鼎耳，文學云乎哉！」[43]在對文學作品的點評上，如果連胡適這樣的謙恭之士也多有「罵人」之詞，那麼陳獨秀將晚明諸子視為「十八妖魔」，錢玄同「目桐城為謬種，選學為妖孽」也就在情理之中了。相比「孔教」問題而言，對文學的討論顯然更具個人色彩，所以在點評之中出現「罵詈之詞」在所難免。從這個意義上來說，由「文學革命」而引發的「新舊之爭」，與文壇中的「門戶之爭」（如「南社」與「江西詩派」之間的相互攻訐）彼此錯雜，他們操持的「罵」語言也多有交集。

　　就《新青年》而言，「罵」這種「文人圈子」的話語進

---

[43] 胡適：《寄陳獨秀》，《胡適書信集》上，耿雲志、歐陽哲生編，北京大學出版社，1996 年 9 月第 1 版，第 83 頁。

入公共言論空間，「通信欄」這一欄目起著至關重要的管道作用。在此之前，與《新青年》淵源頗深的《甲寅》雜誌已經創設了「通信」的方式，常乃惪就認為，「通信式的討論」最終由《新青年》「發揚光大」[44]。而緊隨《新青年》創辦的《新潮》同樣設立了「通信欄」，以供讀者與編者之間的交流，以及同人內部討論問題。有學者在對晚清報刊的研究中，將編讀通信這一方式追溯到晚清：「從晚清開始，報刊讀者來信已開始成為作者和讀者對話的媒介，並開始在文學傳播、創作、批評中的對話機制中發揮重要作用。」[45]但需要指出的是，作為「同人雜誌」，《新青年》等刊物的「通信欄」與那種大眾傳媒意義上的「編讀交流」有著較為明顯的區別。由於「同人」乃是由諸多知識份子個體聚合而成的鬆散組織，因此在這類刊物中言論的「公共性」似乎並不充分，具體到「通信欄」這一欄目而言，就表現在其「公共」與「私人」的界限極為模糊。在很多情況下，「通信」本身就意味著同人之間彼此過從的私人信函，而這種私人信函雖然公開發表在雜誌上，也仍然無法抹煞其「私人」的性質。綜觀《甲寅》《新青年》和《新潮》這三本同人雜誌的「通信欄」，我們會發現這樣一種情形：許多私人信函公開發表在刊物中，但卻沒有征得發信人本人的同意。如在《甲寅》辦刊過程中，章士釗就曾將陳獨秀給自己的私人通信予以公

---

[44]　常乃惪：《中國思想小史》，上海古籍出版社，2009 年 7 月第 1 版，第 120 頁。

[45]　張天星：《報刊與晚清文學現代化的發生》，鳳凰出版社，2011 年 7 月第 1 版，第 194—195 頁。

開，他在按語中寫道：「此足下之私函，本不應公諸讀者，
然以寥寥數語，實足寫盡今日社會狀態。愚執筆終日，竟不
能為是言，足下無意言之，故愚寧負不守秘密之罪，而妄以
示讀者。」[46]而在輪值編輯《新青年》期間，胡適也是在未
經允許的情況下將任鴻雋給自己的信函公開發表，並對其中
提及的問題予以討論，以至任鴻雋來信抱怨，且叮囑其「此
信請勿再登出，至要」。[47]而在《新潮》創刊過程中，這種
情形更是嚴重，傅斯年竟然將顧頡剛批評《新青年》同人的
信函轉給陳獨秀、胡適等人，並試圖在《新潮》中發表，這
招致了顧頡剛本人的不滿和擔憂：「經此公佈以後，觀者將
誤會為我駁詰《新青年》，或挑動《新青年》使之與我辯論」
[48]。從這些方面來看，「通信欄」與刊物正文中的高頭講章
有著明顯的區別，與其說它是對「公共意見」予以理性討論
的場域，倒不如說它是《新青年》同人進行「個人化」言說
的話語空間。正是因為這種「個人化」的風格，「通信欄」
才成為「罵詈之詞」聚集的空間以及「罵戰」爆發的高頻場
域。

　　「罵」作為一種極具「個人性」的「文人圈子」話語，
卻能進入《新青年》的「言論空間」，獲得了令人矚目的輿
論反響，甚至還參與了「新文化」的生成與建構 —— 而這一
切都與《新青年》自身的諸多特性有密切的關聯。如前文所

---

[46] 章士釗：《〈甲寅〉記者答陳獨秀》，《陳獨秀書信選》，水如編，新華
　　出版社，1987 年 11 月第 1 版，第 3 頁。

[47] 任鴻雋：《致胡適》，《胡適來往書信選》，中華書局，1979 年 5 月第 1
　　版，第 17 頁。

[48] 顧頡剛：《顧頡剛日記》，台灣聯經出版公司，2007 年 5 月版，第 45 頁。

說，作為一本同人刊物，《新青年》不同於一般意義上的「雜誌」，它的言論策略與話語方式也不能按照大眾傳媒的意義予以考量。汪暉在談及「五四新文化」的性質時曾經指出，「五四啟蒙」缺乏「統一的方法論基礎」和「內在的歷史和邏輯」，而「千差萬別的學說、個性各異的人們扭成了一個『思想運動』或『新文化運動』」[49]，其根本原因在於同人之間「態度的同一性」。在他看來，「『態度』不屬於理論的範疇，不具備理性邏輯的意義，而是人們對於物件的一種帶有傾向性的比較穩定的心理狀態。」[50]顯然，「態度」這一概念準確地抓住了「新文化」的核心意涵，而用它來描述《新青年》同人言論形態也同樣有效。具體來說，這種「態度的同一性」恰恰保證了《新青年》同人在思想、理論上的差異性和多元性，如錢玄同就認為：「同人做《新青年》的文章，不過是各本具良心見解，說幾句革新鑱舊的話；但是各人的大目的雖然相同，而各人所想的手段方法，當然不能一致，所以彼此議論，時有異同，絕不足奇，並無所謂『自相矛盾』。」[51]由此可見，《新青年》在言說方式上既不同於傳統士人的「同聲相應、同氣相求」方式，也與 20 世紀 30 年代追求思想理念統一性的左翼文學陣營大異其趣。對《新青年》同人群體而言，「態度的同一性」和「思想的差

---

[49] 汪暉：《「五四」：啟蒙運動的「態度同一性」》，《文學評論》1989 年第 3 期。

[50] 汪暉：《「五四」：啟蒙運動的「態度同一性」》，《文學評論》1989 年第 3 期。

[51] 錢玄同：《答朱經農任鴻雋》，《新青年》第 5 卷第 2 期，1918 年 8 月 15 日。

異性」是其立論言說策略的一體兩面,這使得他們既能夠提出共同的文化主張,又能夠在這種共同主張之下保持「同人」作為個體的「個性」。也就是說,在《新青年》內部,實際上形成了一個極為自由的言論空間,這個空間雖然是「公共性」的,但「同人」個體的個性不僅沒有被遮蔽和壓抑,反而被最大限度地保留下來,甚至得到了激發和張揚。

可以說,「罵」這樣一種言論形態在《新青年》中大量出現,正是其個性張揚最明顯的標誌。從這個意義上來說,我們把《新青年》上的「罵戰」單純視為一場「炒作」是有失偏頗的。不可否認,《新青年》雜誌中諸多「罵詈之詞」的確吸引了讀者的關注,且通過「雙簧信」策劃出的「罵戰」也造成了不小的社會反響。但必須指出的是,這種由「文人圈子」進入同人雜誌中的「罵」,與彼時一般報紙上所登載的「罵」有著根本的區別。劉納在論述民初「罵世」詩文中敏銳地發現其中的「打油」傾向,在她看來:「『打油』很容易將憤怒轉化為嬉笑,甚至轉化為滑稽,我們從1912—1919年間罵世詩文中看到的正是這種情況。令人怵目驚心的社會現象從另一角度看去便成為可笑,而變『可氣』為『可笑』正是中國文人早就熟諳的處世本領。於是寫作『罵世』詩文便成為了這一時期文人百無聊賴中用以解悶遣愁的一種遊戲。中國文學固有的『遊戲性』也正是在這一時期被擴張到極致。」[52]與這種見諸大眾報刊的「遊戲性」的「罵世」詩文相比,《新青年》在言論中所操持的「罵人」的語

---

[52] 劉納:《嬗變——辛亥革命時期至五四時期的中國文學》,中國人民大學出版社,2010年4月第1版,第120頁。

言顯然是嚴肅的：他們關注的是國家、社會、孔教、文學這類莊重的「公共性話題」，只是他們對這些「公共性話題」的討論卻常常用「罵」這一極為個人性的話語而已。這樣一種話語可能會褻瀆乃至消解前者的「神聖性」（如在「文學革命」中，「桐城謬種」「選學妖孽」對「詩文」的高雅的褻瀆和神聖的消解），但並沒有消解問題本身的「嚴肅」與「高尚」。由此可知，《新青年》同人的這些言論並不具有傳媒「炒作」中慣常的表演性，即他們並沒有在公共空間中扮演一個虛偽的角色嘩眾取寵──它不僅不是對真實自我的掩飾，反而是其個人性情、氣質和精神狀態的自然呈現。

事實上，《新青年》這種「以罵人特著於時」的言論姿態，表明了他們獨特的話語建構過程。「新文化」「新文學」並不僅僅是一種知識生產或思想建構，更是一種與自己人生相契合的「態度」。在我們後來對「五四新文化」予以反思和批判的時候，往往會言及它作為一個「思想」的薄弱，比如《新青年》同人對「科學」「民主」理解的膚淺，對「舊戲」藝術性理解的偏差，或者對古典、傳統的「全盤否定」，等等。但這些恰恰不是《新青年》和五四新文化的真正意義，因為五四並非一套理性知識，而是一套與人生相互契合的話語，那種話語通過個性化的方式呈現在公眾視野中，並參與了社會和文化的轉型過程。對《新青年》同人而言，這本刊物不僅是他們表達政治觀點或公共意見的平台，更是他們釋放「自我」的平台。在此種情形之下，公共問題本身顯然不是一個知識深化發展的思辨性過程，而是一個知識份子「主體」的建構過程。「罵」對《新青年》立論言說的參與表明，

這種新型「主體」的建構不是靠理性和知識,而是靠他們個人的性情、態度和精神,從某種意義上說,這其實是對知識份子「自我」的重新建構與呈現。

最後,《新青年》代表的五四報刊所具有的這樣一種「風格」,可以放在「士人」向「知識份子」轉型的歷史過程中予以考量。眾所周知,五四對中國文化最大的功績在於它對「個人」的發現與確立,而所謂「個性解放」也正是五四知識份子真正形成的標誌。但就歷史的進程本身來說,所謂「士人」向「知識份子」轉型的歷史過程並非一蹴而就,「士人」群體所恪守的傳統倫理不僅不是「個性解放」的前提,反而是它需要極力破除的阻力。因此,在「士人」與「知識份子」之間,還應該存在著一個過渡性的環節,這一環節既能夠在很大程度上消解「士人」所恪守的傳統倫理,又能為五四時期的「個性解放」確立一個必要的前提。在我看來,這一過渡性環節就是上文所說「文人圈子」所指涉的「文人」群體。事實上,在「士人」作為一個群體轉型為五四知識份子之前,還經歷了一次分化:即其中一部分向「文人」個體的裂變,它意味著傳統「士人」階層在時代劇烈的變遷中背離了舊倫理的桎梏,而所謂「個性」的張揚正是以「文人性」的方式予以呈現。而從言論風格的演變來看,「罵」在思想界和文壇的盛行正是從「士人」群體裂變為「文人」個體的鮮明標誌。有學者認為,五四時期的知識份子「動輒詈言以對、睚眥必報、『個個像烏眼雞似的,恨不得你吃了我,我吃了你』……終史以觀,這樣的情景幾千年以來的文苑未嘗有過,

令人難免慨歎著『文人之德衰矣！』」[53]其實，這樣一種論斷並不太符合歷史事實，因為所謂「文人之德衰」的情形曾經在魏晉、晚明等諸多時代都有出現。揆諸中國思想文化史，這種「文人之德衰」的時期，往往也是王綱解紐時期，「道德」的衰落總是與個性的張揚相互伴隨，這往往會激發思想的活躍和文學的更新。與魏晉、晚明等時代一樣，王權分崩離析的民初時代，也同樣經歷著「士風」「文風」的劇烈轉變。正是在這種轉變過程中，知識份子叛離了宗法倫理，也悖逆了「庸德之行，庸言之謹」的言說方式，而「罵」的話語的盛行正是這種「君子之風」式微的表現。

　　不可否認，在《新青年》同人身上，「文人」性情遠遠大於「君子」風度，他們是「狂狷之人」，而非「道學之士」。另一本提倡「新文化」的雜誌《新潮》也在其《發刊旨趣書》中申明：「本志以批評為精神，不取乎『庸德之行，庸言之謹』。若讀者以『不能持平』騰誚，則同人更所樂聞。」[54]這實則說明，「罵」及其所代表的「文人氣質」實際上已經構成了「新文化」的重要精神屬性。當然，《新青年》「罵」的話語往往被指責有違君子風度，任鴻雋就在給胡適的信中提及：「用到『尊屁』美號，更覺有傷風雅。……謾罵是文人一種最壞的習慣，應當阻遏，不應當提倡。」[55]但從另一

---

[53] 李潔非：《對「暴力」的迷戀，或曰撒旦主義 —— 20世紀文學精神一瞥》，《文學評論》2001年第1期。

[54] 傅斯年：《〈新潮〉發刊旨趣書》，《新潮》第1卷第1期，1919年1月1日。

[55] 任鴻雋：《致胡適》，《胡適來往書信》，中華書局，1979年5月第1版，第17頁。

方面來看，恰恰是「罵」這樣一種充滿個性化的言論表達，使知識份子能夠從社會宗法關係的虛偽中游離出來，獲得一種自由健全的理想文化人格。從這個意義上說，《新青年》以及「新文化運動」宣導的「個性解放」是通過對士人倫理的悖逆完成，而他們所發現的「個人」實則是以民初「文人性」的釋放為前提。

# 第二節　反對「折中」：
# 「態度的明確」與「思想的獨立」

在「文學革命」發軔的過程中，胡適與陳獨秀曾在《新青年》的言說策略上有過分歧。在 1917 年發表《文學改良芻議》時，胡適「全篇不敢提起『文學革命』的旗子」[56]，在他看來，「這是一個外國留學生對於國內學者的謙遜態度。文學題為『芻議』，詩集題為『嘗試』，是可以不引起很大的反感的了。」[57]他在給陳獨秀信中的姿態也極為低調：「此事之是非，非一朝一夕所能定，亦非一二人所能定。甚願國中人士能平心靜氣與吾輩同力研究此問題！討論既熟，是非自明。吾輩已張革命之旗，雖不容退縮，然亦決不敢以吾輩

---

[56] 胡適：《逼上梁山》，《中國新文學大系·建設理論集》，上海文藝出版社，2003 年 7 月第 1 版，第 26 頁。

[57] 胡適：《逼上梁山》，《中國新文學大系·建設理論集》，上海文藝出版社，2003 年 7 月第 1 版，第 26 頁。

所主張為必是而不容他人之匡正也。」[58]但是被胡適戲稱為
「堅強的革命家」的陳獨秀在贊同胡適主張的同時，卻對那
種「謙遜態度」不以為然：「鄙意容納異議，自由討論，固
為學術發達之原則，獨至改良中國文學，當以白話為文學正
宗之說，其是非甚明，必不容反對者有討論之餘地，必以吾
輩所主張者為絕對之是，而不容他人之匡正也。」[59]在「文
學革命」推進的過程中，陳獨秀的言論策略顯然佔據了上風，
也得到了更多同人的認同。錢玄同就對此贊和說：「此等論
調，雖若過悍，然對於迂謬不化之選學妖孽、桐城謬種，實
不能不以如此嚴厲面目加之。」[60]即使胡適本人後來也承認
陳獨秀策略的有效性，他在後來的文章中指出：「我們一年
多的文學討論的結果，得著了這樣一個堅強的革命家做宣傳
者，做推行者，不久就成為一個有力的大運動了。」[61]

　　事實上，陳獨秀這種「必不容反對者有討論之餘地」的
激烈態度，並不僅僅限於「文學革命」範疇，而且還貫穿了
《新青年》立論言說過程的始終。從某種意義上說，它已經
構成了這份雜誌極為鮮明且具有標誌性的言論姿態，按照王
曉明先生的話來說，就是「有一種措詞激烈，不惜在論述上
走極端的習氣」[62]，而這樣一種「絕對主義的思路」，「不

---

58　胡適：《文學改良芻議》，《新青年》第 3 卷第 3 期，1917 年 5 月 1 日。
59　陳獨秀：《答胡適》，《新青年》第 3 卷第 3 期，1917 年 5 月 1 日。
60　錢玄同：《致胡適》，《新青年》第 3 卷第 6 期，1918 年 8 月 1 日。
61　胡適：《逼上梁山》，《中國新文學大系‧建設理論集》，上海文藝出
　　版社，2003 年 7 月第 1 版，第 27 頁。
62　王曉明：《一份雜誌和一個「社團」——重識五四文學傳統》，《上海文
　　學》1993 年第 4 期。

僅是一種表述的方式，而更是一種思想的方式了。」[63]無論是在「文學革命」與「新文化運動」推進的過程中，還是之後漫長的歷史裡，這種「絕對主義的思路」都飽受爭議。在「新文學」陣營自己看來，「不容反對者有討論之餘地」的原則，是「文學革命」取得勝利的關鍵，如鄭振鐸所說：「陳獨秀們始終抱著不退讓，不妥協的態度的，對於自己的主張是絕對的信守著，『不容反對者有討論之餘地』」[64]，「革命事業乃在這樣的澈頭澈尾的不妥協的態度裡告了成功。」[65]。但與此同時，也有人對此抱有質疑態度，如汪懋祖就曾在給《新青年》的信中質問：「如村嫗潑罵，似不容人以討論者，其何以折服其心？」[66]甚至連同樣作為《新青年》同人的胡適後來也曾表示：「那時獨秀先生答書說文學革命一事，是『天經地義』，不容更有異議。我如今想來，這話似乎太偏執了。」[67]

這種爭議在五四之後的各個時期也都存在，但在 20 世紀90 年代以後，學界對《新青年》言論姿態的質疑與反思則達到了一個前所未有的程度。一方面，在文化保守主義的視域中，「五四新文化運動」被定性為「全盤反傳統」的「激進主義」思潮，因此《新青年》「不容反對者有討論之餘地」

---

[63] 王曉明：《一份雜誌和一個「社團」——重識五四文學傳統》，《上海文學》1993 年第 4 期。

[64] 鄭振鐸：《〈中國新文學大系·文學論爭集〉導言》，《中國新文學大系·文學論爭集》，上海文藝出版社，2003 年 7 月第 1 版，第 5 頁。

[65] 鄭振鐸：《〈中國新文學大系·文學論爭集〉導言》，《中國新文學大系·文學論爭集》，上海文藝出版社，2003 年 7 月第 1 版，第 3 頁

[66] 汪懋祖：《讀新青年》，《新青年》第 5 卷第 1 期，1918 年 7 月 15 日。

[67] 胡適：《答汪懋祖》，《新青年》第 5 卷第 1 期，1918 年 7 月 15 日。

的言論姿態就被冠以「極端」「暴烈」「偏激」「非理性」等惡名。而與此同時，自由主義在中國思想界也浮出水面，以此思想原則為基礎，人們逐漸開始發現了「折中」「調和」的價值。在他們看來，「折中」「調和」意味一種將「論爭」從「對抗」關係轉換成一種「對話」關係的可能性，因此它們被作為一種「妥協」的智慧或「寬容」的精神予以推崇。在這種情形之下，與《新青年》言論風格迥異的《甲寅》《東方雜誌》則被重新發現，而章士釗、杜亞泉等人所宣揚的「調和主義」則被視為「寬容」「理性」的典範而得到肯定。

　　不可否認，對「折中」「調和」精神的發現是中國思想界進步的表徵，但是基於「折中」「調和」而將《新青年》和「新文化運動」定性為「激進主義」予以指摘卻有諸多問題。而這其中最大的問題就在於，人們忽略了「思想」和「言論」這兩者的區別。其實無論《新青年》的「激烈」「偏激」也好，還是《甲寅》《東方雜誌》的「調和」也罷，它們都不能視為一種思想，而只是視為一種言論態度。綜觀五四時期的所謂「新舊之爭」就會發現，思想上的「新」與「舊」與言論上的「激烈」與「溫和」並不是平行對應的，也就是說，「思想」與「言論」是兩個層面的問題：「激進主義」思想並不意味著在言論上不寬容、不理性；而所謂「文化保守主義者」，也同樣可能「以吾輩所主張者為絕對之是，而不容他人之匡正也」[68]。從這個意義上看，《新青年》與所謂「調和主義」和「折中派」關係必須從言論層面予以探討。

---

[68] 陳獨秀：《答胡適》，《新青年》第3卷第3期，1917年5月1日。

一

　　「調和」與「折中」的涵義，必須在民初「新舊之爭」
（或「中西之爭」）的視域中予以審視。從思想的層面來看，
「調和」往往被視為一種超越「中西」的中立態度，而具體
到實踐層面，「折中」也就成為「新」「舊」之間的中間項。
它們似乎能夠保持一種和諧、平衡的狀態，前者在思想上呈
現出一種「寬容」，而後者則在實踐上呈現出一種「穩健」。

　　具體到《新青年》的話語實踐過程來說，他們所遭遇的
「折中主義者」往往就是《新青年》自身的讀者。如鄭振鐸
所說：「當時有一班類乎附和的人們在《新青年》上發表了
不少的言論，卻往往是趨於凡庸的折中論。」[69]他所舉出的
例子包括曾毅、方孝岳和余元濬等，「他們都是『改良派』，
恐矯枉過正，反貽人之唾棄。急進反緩。不如姑緩其行」[70]的
人物。陳獨秀在《本志罪案之答辯書》中也提及：「社會上
非難本志的人，約分二種：一是愛護本志的，一是反對本志
的。這第一種人對於本志的主張，原有幾分贊成；惟看見本
志上偶然指斥那世界公認的廢物，便不必細說理由，措詞又
未裝出紳士的腔調，恐怕本志因此在社會上滅了信用。像這
種反對，本志同人，是應該感謝他們的好意。」[71]由此也可

---

[69] 鄭振鐸：《〈中國新文學大系·文學論爭集〉導言》，《中國新文學大系·
　　文學論爭集》，上海文藝出版社，2003 年 7 月第 1 版，第 5 頁。
[70] 鄭振鐸：《〈中國新文學大系·文學論爭集〉導言》，《中國新文學大系·
　　文學論爭集》，上海文藝出版社，2003 年 7 月第 1 版，第 5 頁。
[71] 陳獨秀：《本志罪案之答辯書》，《新青年》第 6 卷第 1 期，1919 年 1
　　月 15 日。

看出，所謂「折中派」並非《新青年》在思想、主張上的「反對派」，相反，他們反倒常常聲稱自己是「文學革命」等主張的贊成者，而只是對《新青年》言論姿態和話語方式持有異議。用劉炎生的話來說就是：「文學革命興起以後，有一種人對它持著一種折中的態度。即一方面表示贊同文學必須革命，但另方面又提出某些與文學革命相背的看法。因而文學革命宣導者跟他們之間便不免有所論辯」。[72]劉氏在其著作中列出《新青年》與「折中派」爭執的三個議題：「其一，文學革命是否應『姑緩而行』。其二，對『用典』和『對仗』的不同態度。其三，對『純用白話』的不同看法。」[73]

　　這裡要強調一點，劉炎生在著作中對「折中派」的定義主要局限於「文學革命」這一範疇，但考察《新青年》雜誌，會發現「折中派」的言論貫穿始終，在「文學革命」之前的「批孔」，以及之後的文化批評中，這種「折中派」的言論多有出現。在「批孔」過程中，他們承認批孔的意義，但是反對把「孔子之學」一概抹殺。例如，常乃惪在通信中告訴陳獨秀：「故先生謂孔子不必尊，僕亦謂孔子不必尊；然謂孔子不必尊則可，謂孔學為純然專制之學，則猶未敢以為信也。」[74]而汪懋祖則也認為：「知十三經不適於共和，不讀可也；以孔子為不足尊崇，不祀可也；焚經毀廟，果有裨於

---

[72] 劉炎生：《中國現代文學論爭史》，廣東人民出版社，1999 年 12 月第 1 版，第 18 頁。

[73] 劉炎生：《中國現代文學論爭史》，廣東人民出版社，1999 年 12 月第 1 版，第 19 頁。

[74] 常乃惪：《致陳獨秀》，《新青年》第 2 卷第 6 期，1917 年 2 月 1 日。

思想之革新耶？」[75]而在「文學革命」過程中，則主要是反
對「白話」對「文言」的全面取代，如常乃惪所說：「至專
以古典填塗，而全無真義禦之，如近世浮薄詩家所為，固在
必革之列。然若因此而盡屏古典，似不免矯枉過正……」[76]另
一位折中主義者余元濬則對胡適提倡白話小說的主張持有異
議：「胡先生所謂『以施耐庵曹雪芹吳趼人為文學正宗』之
論，究竟是否適合於今日之所需，亦不可不加考研。……鄙
意於胡先生之說，既不敢取絕對的服從，則有折中之論在
乎？」[77]相比前兩者而言，方孝嶽的言論更具「改良主義」
氣息，在「折中主義」者中也最具代表性：「吾人既認白話
文學為將來中國文學之正宗，則言改良之術，不可不依此趨
向而行。然使今日即以白話為各種文字，以予觀之，恐矯枉
過正，反貽人之唾棄。急進反緩，不如姑緩其行。」[78]由此
可知，「折中主義者」大多都不反對《新青年》的各種主張，
但認為《新青年》同人的主張有「矯枉過正」之嫌，其言辭
也過於激烈。因此，他們總是以對《新青年》有限度的「贊
和」為前提，提出自己「矯正糾偏」的意見和建議。

在對《新青年》提出的意見和建議中，「折中主義」大
多以「改良主義」者自居，強調「學理討論」的重要性。如
常乃惪所說：「生辟孔道另具苦衷，僕亦頗能領悟。惟竊以

---

[75] 汪懋祖：《讀新青年》，《新青年》第 5 卷第 1 期，1918 年 7 月 15 日。

[76] 常乃惪：《致陳獨秀》，《新青年》第 2 卷第 4 期，1917 年 2 月 1 日。

[77] 余元濬：《讀〈文學改良芻議〉》，《新青年》第 3 卷第 3 期，1917 年 5 月 1 日。

[78] 方孝嶽：《我之改良文學觀》，《新青年》第 3 卷第 2 期，1917 年 4 月 1 日。

為今日國中尊孔之主持者，不過少數迂儒。此輩坐病亦只在頭腦稍舊，見理不真，尚未必有蓄意淆亂是非之心。倘能因其勢而喻以公理，未必竟不能翻然覺悟。今日反對贊成兩方，各旗鼓相當，所缺者局外中立之人，據學理以平亭兩造者耳。」[79]基於這樣一種對「學理」的恪守，他們往往會對《新青年》那些僭越「學理」的主張予以否定，如余元濬就對錢玄同「廢漢文」的主張予以批評：「改良應在中國文學自身以內改良，不應出此自身以外而言改良。如某君之主張用羅馬拼音，某君之主張用英法文，某君之主張用世界語，均系離此自身而言改良。非改良文學也，直互換文字耳。改良文學與更換文字截為二事，為建設的革命計，吾意只應討論改良之法，不宜涉及更換問題。[80]在他看來，這樣一種僭越「學理」的主張「徒亂觀聽，而且造成思想界一種極危險的 Anarchy」[81]。事實上，這樣一種看法與其說是「反對」，倒不如說是一種提醒，它表明了「折中主義者」對彼時言論環境逼仄狀態的憂慮，如常乃惪所說：「若公斷之言，稍涉偏倚，則不惟無以折尊孔者之心，誠恐意見所激，則解決此問題之法，將不在學理而在他種之勢力，此豈吾人所欲乎？」[82]因此，他們往往建議《新青年》在其話語實踐過程中「提倡積極之言論，不提倡消極之言論；提倡建設之言論，不提倡破壞之言論」[83]。

---

[79] 常乃惪：《致陳獨秀》，《新青年》第 3 卷第 2 期，1917 年 4 月 1 日。
[80] 余元濬：《讀〈文學改良芻議〉》，《新青年》第 3 卷第 3 期，1917 年 5 月 1 日。
[81] 余元濬：《讀〈文學改良芻議〉》，《新青年》第 3 卷第 3 期，1917 年 5 月 1 日。
[82] 常乃惪：《致陳獨秀》，《新青年》第 3 卷第 2 期，1917 年 4 月 1 日。
[83] 常乃惪：《致陳獨秀》，《新青年》第 3 卷第 1 期，1917 年 3 月 1 日。

## 二

　　面對「折中派」讀者對自身這種看似「有理有節」的意見和建議，《新青年》同人則表達了自己毫不妥協的態度，他們並不承認「折中派」作為《新青年》「矯正者」的角色。陳獨秀在答覆這類信件的時候曾經一再申明「不塞不流，不止不行」的宗旨：「尊意吾輩重在一意創造新文學，不必破壞舊文學，以免唇舌；鄙意卻以為不塞不流，不止不行……欲謀改革，乃畏阻力而牽就之，此東方人之思想，此改革數十年而毫無進步之最大原因也。」[84]表面看來，「折中派」的主張在原則上與《新青年》同人並無分歧，但《新青年》對他們的「好言相勸」卻嗤之以鼻，而對自己那種激烈的言論姿態卻不斷回護，這似乎也坐實了自己「不寬容」的歷史事實。但需要強調的是，這樣一種認知實際上誤解了《新青年》與「折中派」之間在言論上的關係，而這種誤解的原因就在於我們對「新舊之爭」的理解與五四時期複雜的歷史情境不相契合。

　　一般而言，我們把《新青年》發軔的「文學革命」乃至整個「新文化運動」視為一場「新舊之爭」。在這樣「論爭」的視域之中，我們所看到的五四圖景是「新」與「舊」之間話語權力的爭奪，兩者之間自然是「對抗」「鬥爭」的關係。鄭敏把這種「新舊之爭」理解為一種「僵化的，形而上學」的「二元對抗」模式：「這種思維方式產生於形而上學中心

---

[84]陳獨秀：《答易宗夔》，《新青年》第5卷第4期，1918年10月15日。

主義，往往站在一個中心的立場將現實中種種複雜的矛盾簡單化為一對對抗性的矛盾，並從自己的中心出發去擁護其一項，打倒另一項。這樣就將現實中矛盾的互補、互換、多元共存、求同存異等複雜而非敵對的關係強扭成對抗的敵我矛盾。」[85]正是在這樣一種被視為「敵我矛盾」的「論爭」框架之中，「折中」才凸顯其「寬容」和「穩健」的意義。而《新青年》對「折中派」的反對，才會顯得「不寬容」「不理性」：「白話文的先驅們在實踐行不通時，不但沒有停下來仔細問一個為什麼，反而壓制一切有不同看法者，不容『有討論的餘地』……一時將學術討論完全置於政治運動之下，弄得壁壘森嚴，以至文學與語言的關係這一場十分重要的學術探討沒有能健康地進行下去。」[86]

　　但反顧具體的歷史語境，就會發現這樣一種「二元對抗」的思維模式顯得過於抽象，而把這種「對抗」的結果視為「新文學」戰勝了「舊文學」，「新文化」取代了「舊文化」更是失之簡單。事實上，在「新文化運動」發軔之時，並不存在一個「新舊之爭」的先在場域，而從《新青年》立論言說的過程來看，無論「新」還是「舊」都充滿了不確定性，而兩者之間的「論爭」也只是一個不斷展開的動態過程。因此，所謂「折中派」與「新」「舊」雙方的關係需要在具體的歷史空間中重新予以梳理和定位。

---

[85] 鄭敏：《關於〈如何評價「五四」白話文運動？〉商榷之商榷》，《文學評論》1994 年第 2 期。

[86] 鄭敏：《世紀末的回顧：漢語語言變革與中國新詩創作》，《文學評論》1993 年第 3 期。

其實反顧具體的歷史語境可知,《新青年》中的「折中」派,與五四之前盛行的「調和主義」思潮有密切的關聯。眾所周知,與《新青年》淵源頗深的章士釗和他所主編的《甲寅》雜誌就是「調和主義」有力的提倡者。在民初紛亂擾攘的政壇中,章士釗宣導「調和主義」,意在「調和」當時愈演愈烈的「黨派之爭」。對他而言,「調和論」的提出,意味著他對黨派政治的超越。[87]但這裡需要強調的是,章士釗所謂「調和立國論」儘管有其現實針對性和歷史合理性,但是在現實操作性上卻過於理想化,且容易滋生「偽調和」之流弊。對這一點,包括章士釗在內的《甲寅》同人也多有反思,如李大釗就撰寫了《辟偽調和》,批評「調和論」在政治實踐中逐漸背離初衷的情形:

> 此等立說之本意,乃在望異派殊途之各個分子深信此理之不可或違,而由忠恕之道自範於如分之域,仍本其政治信念以進,非在使一部分人超然以棄其所確信,專執調和之役,徘徊瞻顧於二者之間也。而在不學闕養如吾之國民,精理明言,恒所未喻,歧解者二三,誤解者亦復七八,即如調和論之在今日,幾為敷衍遷就者容頭過身之路,其黠者乃更竊為假面,以掩飾其挑撥利用之行。末流之弊,泯棼齷齪之象,全釀成於敷衍挑撥之中,而言調和者遂為世所詬病所唾棄。[88]

---

[87] 參見郭華清:《寬容與妥協 —— 章士釗的調和論研究》,天津古籍出版社,2004 年 7 月第 1 版。

[88] 李大釗:《辟偽調和》,《太平洋》第 1 卷第6期,1917 年 8 月 15 日。

在李大釗看來，此種「幾於遍國中而皆是」[89]的「偽調和」已經嚴重侵蝕了國民的心性，給民國時局造成了巨大的危機：「人人相與以虛偽，事事相尚以顢頇。全國之內，無上無下，無新無舊，無北無南，無朝無野，鮮不懷挾數副假面。共和則飾共和，帝制則飾帝制，馴至凡事難得實象，舉國無一真人。為惡不終，為善不卒，舉人類之精靈、血氣、理性、感情，全淪於不痛不癢之夭。此真亡國滅種之象，萬劫而不可複者也。」[90]更值得一提的是，這樣一種為了調和「黨爭」而倡議的政治主張，在進入思想啟蒙的層面之後，其流弊則更加嚴重。事實上，章士釗針對「黨爭」提出「調和」，正在於他能夠跳脫出「黨爭」之外，以一個「去政治化」的知識份子身份去對各個「黨派」予以批評，這其中旨歸即在於它通過「思想」「文化」對「政治」的「超軼」。但是作為一個已經在身份上「去政治化」的知識份子，在談及思想、文化的問題時，如果仍然「依違調和」、超然世外，反倒會造成了其思想與社會現實的隔膜。如此，李大釗談及的那種「偽調和」其實就是「調和之偽」。

眾所周知，《新青年》承續《甲寅》雜誌而來，兩者之間有密不可分的歷史傳承性。但相比《甲寅》而言，《新青年》已經在諸多方面與之大異其趣。楊琥很好地區分了這兩本雜誌之間在思想路徑和文化策略上的區別：「《甲寅》仍希冀在現有政治體制內活動而爭取民主權利，《新青年》則

---

[89] 李大釗：《辟偽調和》，《太平洋》第 1 卷第 6 期，1917 年 8 月 15 日。
[90] 李大釗：《辟偽調和》，《太平洋》第 1 卷第 6 期，1917 年 8 月 15 日。

開始注重大多數國民對民主權利的自覺,號召個人人格的獨立和「倫理」的覺悟,將政治上爭取民主權利的鬥爭擴展到社會上來。」[91]作為一個更為純粹的思想啟蒙刊物,《新青年》恰恰背棄了《甲寅》一以貫之的「調和主義」主張。陳獨秀在與讀者討論「孔教」時就非常明確地指出:「勿依違,勿調和,——依違調和為真理發見之最大障礙!」[92]而汪叔潛在《青年雜誌》創刊號中提出「新舊問題」,更表明他們一開始就亮明了「反折中主義」的激烈態度:

> 吾國自發生新舊問題以來。迄無人焉對於新舊二語。下一明確之定義。在昔前清之季。國中顯分維新守舊二黨。彼此排抵。各不相下。是謂新舊交哄之時代。近則守舊黨之名詞。早已隨前清帝號以俱去。人之視新。幾若神聖不可侵犯。即在昌言復古之人。亦往往假託新義。引以為重。夷考其實。則又一舉一動。罔不與新義相角觸。因此之故。一切現象。似新非新。似舊非舊。是謂新舊混雜之時代。[93]

在汪叔潛看來,造成「新舊混雜」的原因有三種,即「偽降派」「盲從派」和「折中派」,其中,汪氏對「折中派」

[91] 楊琥:《〈新青年〉與〈甲寅〉月刊之歷史淵源》,《北京大學學報》(哲學社會科學)2002 年第 6 期。
[92] 陳獨秀:《孔子之道與現代生活》,《新青年》第 2 卷第 2 期,1916 年 10 月 1 日。
[93] 汪叔潛:《新舊問題》,《青年雜誌》第 1 卷第 1 期,1915 年 9 月 15 日。

做了如此描述：「往當新舊二派明張旗鼓之時。國中輒有一部分之人。好為調停之說。以為二者可以並行不悖。新者固在所取法。舊者亦未可偏廢。一方面提倡維新。一方面又調護守舊。所謂折中派是也。」[94]他尖銳地指出：「此派言論。對於認理不真之國民。最易投合。且彼自身處於不負責任之地位。而能周旋於二者之間。因以為利。彼之自處。可謂巧矣。故養成此不新不舊之現象者。尤以此派為最有力。」[95]

　　按照這樣一種歷史情境審視《新青年》與「折中派」之間的爭執，我們就必須對「新」「舊」「折中」三者之間的關係予以重新描述。對《新青年》同人而言，「折中主義」並不是在《新青年》發表所謂「激進主義」言論之後產生的反應和「矯正」，恰恰相反，《新青年》的「激烈」的言論在很大程度上正是針對「調和主義」的社會思潮而發。揆諸當時的歷史來看，可以說，在五四之前，整個思想文化界其實都是籠罩在「折中」「調和」的氛圍之中，這構成了《新青年》立論言說的輿論情境。在此種情形之下，自晚清綿延而來的「新舊之爭」已經不再具有引領時代思想潮流的功能和意義：「猶繫於此。獨至新舊混雜。非但是非不明。且無辨別是非之機會。循此不變。勢必至於舉國之人。不復有精神上之作用。吾不知國果何所與立也。……故從前新舊之爭。如火如荼。近則新舊之爭。為鬼為蜮。磊落光明之態度。一

[94] 汪叔潛：《新舊問題》，《青年雜誌》第1卷第1期，1915年9月15日。
[95] 汪叔潛：《新舊問題》，《青年雜誌》第1卷第1期，1915年9月15日。

變而為昏沉曖昧。一旦積久而卒發。將有過當傾側之虞。[96]

　　由此可知，彼時所謂「調和」並不意味著「寬容」「理性」或者「平衡」，而是指稱著思想界的混沌、混亂與沉悶：「中國現在的國民思想，卻是混混沌沌，不可說他新，也未便說他舊，只是恍惚遊移，『合古今中外於一爐』罷了。所以對於一切事項，都難得親切著名，都是在雲裡霧裡的現象。」[97]羅家倫在評價當時以「調和主義」聞名的《東方雜誌》時，就將其稱之為「雜亂派」：「這個上下古今派的雜誌，忽而工業，忽而政論，忽而農商，忽而靈學，真是五花八門，無奇不有。你說他舊嗎？他又像新。你說他新嗎？他實在不配。……這樣毫無主張，毫無特色，毫無系統的辦法，真可以說對於社會不發生一點影響，也不能盡灌輸新智識的責任。」[98]而具體到「新舊」與「中西」關係而言，「調和」則往往會造成附會，這也是《新青年》同人對其不滿的根本原因，錢玄同就曾對這種「附會」予以過辛辣的嘲諷：

　　　　近來中國人常說：大同是孔夫子發明的；民權議員是孟夫子發明的；共和是二千七百六十年前周公和召公發明的；立憲是管仲發明的；陽曆是沈括發明的；大禮帽和燕尾服又是孔夫子發明的。（這是康有為說

[96] 汪叔潛：《新舊問題》，《青年雜誌》第 1 卷第 1 期，1915 年 9 月 15 日。

[97] 羅家倫：《中國今日之雜誌界》，《新潮》第 1 卷第 4 期，1919 年 4 月 1 日。

[98] 羅家倫：《中國今日之雜誌界》，《新潮》第 1 卷第 4 期，1919 年 4 月 1 日。

的。）此外如電報、飛行機之類，都是「古已有之」。
這種瞎七搭八的附會不單可笑，並且無恥。[99]

　　相比錢玄同來說，魯迅的看法則更為痛切和深刻，他以
清末的「二重兵制」類比「調和折中派」那種「二重思想」，
他引用黃郛的話，認為「今日政局之所以不寧，是非之所以
無定者，簡括言之，實亦不過一種『二重思想』在其間作祟
而已。」[100]在他看來，這樣一種以「調和」為根基的「二重
思想」已經深入中國人的社會心理：「既許信仰自由，卻又
特別尊孔；既自命『勝朝遺老』，卻又在民國拿錢；既說是
應該革新，卻又主張復古：四面八方幾乎都是二三重以至多
重的事物，每重又各各自相矛盾。一切人便都在這矛盾中間，
互相抱怨著過活，誰也沒有好處。」[101]

　　由上文可知，在這種「新舊混雜」「是非不明」的語境
中，「新」所面臨的問題首先不是來自「舊」的阻礙，而恰
恰在於「新」本身與「舊」之間「為鬼為蜮」「昏沉曖昧」
的錯綜關聯。正因為此，即使後來主張「容忍比自由更重要」
的胡適，也極力提倡「洪水猛獸」之言，他在給江亢虎的信
中就提及：「今日思想閉塞，非有『洪水猛獸』之言，不能
收振聵發聾之功。今日大患，正在士君子之人云亦云，不敢

---

[99] 錢玄同：《隨感錄五十》，《新青年》第 6 卷第 2 期，1919 年 2 月 15
日。
[100] 魯迅：《隨感錄五十四》，《魯迅全集》第 1 卷，人民文學出版社，2005
年 11 月第 1 版，第 361 頁。
[101] 魯迅：《隨感錄五十四》，《魯迅全集》第 1 卷，人民文學出版
社，2005 年 11 月第 1 版，第 361 頁。

為『洪水猛獸』耳。適於足下所主張,自視不無扞格不入之處,然於足下以『洪水猛獸』自豪之雄心,則心悅誠服,毫無間言。」[102]而在留學日記中,他也曾記錄:「與人言調和之害。調和者,苟且遷就之謂也。張亦農言:『凡人之情,自趨於遷就折中一方面。有非常之人出,而後敢獨立直行,無所低回瞻顧。如此,猶恐不能勝人性遷就苟且之趨勢。若吾輩自命狂狷者亦隨波逐流,則天下安可為耶?』此言甚痛,為吾所欲言而不能言,故追記之。」[103]

因此可以推知,之於「《甲寅》時代的處處嚴守論理」[104]而言,《新青年》那種「大半毗於武斷」的「論斷態度」和「震驚世俗」的言論姿態恰恰是一種進步。常乃惪自己就承認:「若不是陳、錢諸人用宗教家的態度來武斷地宣傳新思想,則新思想能否一出就震驚世俗,引起絕大的反響尚未可知,可見物各有長短,貴用得其當罷了。」[105]事實上,「折中派」並非「新」「舊」兩派之間的一個平衡、穩健的「中間項」,也並不是對《新青年》思想主張和言論姿態的「矯正者」,相反,它們是《新青年》同人立論言說、確立自身「新思想」「新文化」必須予以徹底破除的巨大阻力。從這個意義上說,對「折中派」的反對,並不是《新青年》同人

---

[102] 胡適:《答江亢虎》,《胡適書信集》上,耿雲志、歐陽哲生編,北京大學出版社,1996 年 9 月第 1 版,第 85 頁。

[103] 胡適:《胡適留學日記》,岳麓書社,2000 年 11 月第 1 版,第 567 頁。

[104] 常乃惪:《中國思想小史》,上海古籍出版社,2009 年 7 月第 1 版,第 122 頁。

[105] 常乃惪:《中國思想小史》,上海古籍出版社,2009 年 7 月第 1 版,第 122 頁。

對「論爭」對手的態度，而是他們對「新文化」「新思想」
予以「立論」的前提。《新青年》同人若要在這種語境中立
論言說，建構起自身的「新思想」和「新文化」，就必須把
那種「為鬼為蜮」「昏沉曖昧」的「新舊問題」予以徹底澄
清。

　　對此，《新青年》同人採取的具體做法是，將「新學」
視為「西洋文化」，把「舊學」視為「中國文化」，通過兩
種文化之間的「異質性」來區分界限模糊的「新舊關係」，
即如汪叔潛所說：「所謂新者無他。即外來之西洋文化也。
所謂舊者無他。即中國固有之文化也。如是。則首當爭辨者。
西洋文化與中國文化。根本上是否可以相容。」[106]這種以「中
西」區分「新舊」的策略不失為一個美好的設想，但是具體
到《新青年》的話語實踐過程來說，它卻有著難以克服的困
難。其最大的問題就在於，宣導「新文化」的《新青年》同
人「西學」素養的匱乏。留美學生張奚若就在給胡適的信中
提及：「《新青年》中除足下外，陶履恭似乎還屬學有根底，
其餘強半皆蔣夢麟所謂『無源之水』。」[107]張奚若的話雖有
偏激刻薄之嫌疑，但從「西學」角度來看，他對《新青年》
多數同人「學無根底」的批評也不算誇張。而與此相反的是，
這些「西學」素養匱乏的《新青年》同人，卻長期寢饋於「中
國文化」之中，並在諸多傳統學問上造詣頗深。如此，《新

---

[106] 汪叔潛：《新舊問題》，《青年雜誌》第 1 卷第 1 期，1915 年 9 月 15
　　日。
[107] 張奚若：《致胡適》，《胡適來往書信》，中華書局，1979 年 5 月第 1
　　版，第 31 頁。

青年》同人處於一個極為矛盾的境地之中：作為「新文化」的提倡者，他們對其所欲提倡的「西學」知之甚少；而作為「舊文化」的反對者，他們卻對其欲一力排詆的傳統學問瞭解甚多。但這裡要指出的是，這種對「中國文化」與「西洋文化」瞭解的不平衡性，是五四時期中國思想界、學術界較為普遍的情形，而所謂「西學」素養的匱乏與「中學」造詣的精湛，更是一代中國知識份子的共性：那些一力詆毀「西學」的「守舊派」自不待言，即使像章士釗、杜亞泉這類「中西調和論」者也很難稱得上西學深湛。從某種意義上來說，所謂「新」「舊」兩派在很大程度上有著相同的知識背景、相似的學術旨趣，正因為此，「新」與「舊」的差別很難從知識體系的層面予以區分。由於這種對「中國文化」與「西洋文化」瞭解的不平衡性，《新青年》同人也很難從「知識」層面上對自身的「新思想」「新文化」有所樹立。

　　事實上，「新思想」「新文化」的樹立過程中，起到關鍵作用的並非作為知識的「西洋文化」本身，而是《新青年》同人對「西洋文化」和「中國文化」的「態度」。正是在這種「態度」上，《新青年》同人與那些「調和」「折中」論者產生了根本的分歧。就「調和」「折中」論者而言，他們主張的「既新且舊」「相容中西」看似公正平和，但是卻把「思想者」自身懸置起來，彷彿成了超然於「新舊」或「中西」之外的人。這種看似超越性的見解把認知主體抽離出來，使得某種具體的主張流於事不關己的流俗之論。而具體到「中西」「新舊」關係來說，他們則忽視乃至迴避了「西學」與「中學」在中國的不平衡性，更迴避了他們自身對「西學」

認知匱乏的問題。可以說，這已經構成某種知識上的自負和態度上的虛偽，也正因為此，汪叔潛才會認為：「折中之說。非但不知新。並且不知舊。非直為新界之罪人。抑亦為舊界之蟊賊。」[108]

　　而與「調和」「折中」主義者不同，《新青年》同人對自身有著清醒的認知和明晰的定位，即他們並不以「新」相標榜，也決不自視為「新派人物」。如劉半農所說：「我們這班人，大家都是『半路出家』，腦筋中已受了許多舊文學的毒。──即如我，國學雖少研究，在一九一七年以前，心中何嘗不想做古文家，遇到幾位前輩先生，何嘗不以古文家相助；先生試取《新青年》前後所登各稿比較參觀之，即可得其改變之軌轍。」[109]錢玄同也非常坦然地承認：「我是因為自己受舊學之害者幾及二十年，現在良心發現，不忍使今之青年再墮此陷阱，只因自己是過來人，故於此中之害知之較悉，於是常常在《新青年》空白的地方，用不雅馴的文筆，發幾句極淺薄的議論。雖然要竭力擺脫古文的句調，頑舊的議論，究因陷溺太深，所以『烏煙瘴氣』、『古今中外』的議論，終不免時時流露。連『穩健的新黨』還是遠趕不上，還說什麼『激烈』呢？」[110]對於這一點，魯迅也表述過類似的看法，他在談及自己與舊學問關係時指出：「別人我不論，若是自己，則曾經看過許多舊書，是的確的，為了教書，至

---

[108] 汪叔潛：《新舊問題》，《青年雜誌》第 1 卷第 1 期，1915 年 9 月 15 日。

[109] 劉半農：《致錢玄同》，《劉半農研究資料》，鮑晶編，智慧財產權出版社，2011 年 4 月第 1 版，第 108 頁。

[110] 錢玄同：《答鄧萃英》，《新青年》第 5 卷第 1 期，1918 年 7 月 15 日。

今也還在看。因此耳濡目染，影響到所做的白話上，常不免
流露出它的字句、體格來。但自己卻正苦於背了這些古老的
鬼魂，擺脫不開，時常感到一種使人氣悶的沉重。」[111]

　　事實上，這樣一種「態度」在《新青年》「新思想」「新
文化」的建構之中起到了至關重要的作用。在這種情形之下，
所謂「新文化」首先並不是一套客體化「知識」，也並非「形
而上」的「思想」，而恰恰是靠這種充滿「自我否定」式的
「態度」：「因為從舊壘中來，情形看得較為分明，反戈一
擊，易制強敵的死命。」[112]

## 三

　　由前文可知，「新」與「舊」之間劃分的界限是《新青
年》同人自身的「態度」而非「知識」，因此在所謂「新舊
之爭」的視域中，《新青年》同人的諸多憤激之詞並非要將
「舊」派徹底「打倒」「推翻」和「取代」，而是意味著要
將「新」「舊」予以涇渭分明的區分。

　　只有在這樣一種語境之下，我們才能夠理解《新青年》
中那些憤激之詞背後的文化意涵。錢玄同曾在給周作人的信
中說：

[111]　魯迅：《寫在〈墳〉後面》，《魯迅全集》第 1 卷，人民文學出版社，
　　　 2005 年 11 月第 1 版，第 301 頁。
[112]　魯迅：《寫在〈墳〉後面》，《魯迅全集》第 1 卷，人民文學出版社，
　　　 2005 年 11 月第 1 版，第 302 頁。

　　我近來覺得這幾年來的真正優秀分子之中，思想
最明白的人卻只有二人：①吳敬恒，②陳獨秀是也。
雖然他倆在其他種種主張上我們不表同意的也有——
或者也很多。但就——將東方化連根拔去，將西方化
全盤採用這一點上，我是覺得他倆最可佩服的。關於
這一點，梁啟超固然最昏亂，蔡元培也欠高明，胡適
比較的最明白，但思想雖清楚，而態度則不逮吳、陳
二公之堅決明瞭，故也還略遜一籌。[113]

　　錢玄同認為胡適在「新文化」推進中的地位不及吳敬恒
和陳獨秀，其根本原因就在於他的態度「不逮吳、陳二公之
堅決明瞭」。這實際上表明，在《新青年》立論言說的過程
中，對「態度」的強調，遠遠大於對「知識」的建構，因為
前者在區分「新舊」的時候會更為有效。從這個意義上說，
《新青年》對「折中主義」的反對，正是其立論言說的前提，
也正是因為有這樣一種「不依違，不調和」的徹底態度，《新
青年》才能夠在紛紜擾攘的民初思想界獨樹一幟。甚至可以
說，「態度的明確性」，實際上就是「思想的獨立性」。誠
如羅家倫所說：「《新青年》的好處，只是議論透徹，批評
一切事項，總不肯模糊放過，總用尋根澈底、毫不留情、全
不猶豫的態度。讀者若能對於這種手段取為己用，自然思想
上是另一番境界。」[114]

---

[113] 錢玄同：《致周作人》，《錢玄同文集》第 6 卷，中國人民大學出版
　　社，1999 年 4 月第 1 版，第 65 頁。
[114] 羅家倫：《中國今日之雜誌界》，《新潮》第 1 卷第 4 期，1919 年 4 月
　　1 日。

　　也正是基於這種「態度的明確性」的要求，《新青年》在「新舊之爭」中對「舊派」與「折中派」實際採取的應對方式頗有些出乎意料：陳獨秀等人對與自己針鋒相對的「舊派」往往抱持寬容，而對於那些聲稱「贊和」自己主張的「折中主義者」卻極端反感和排斥。

　　綜觀《新青年》不同時期的言論就可以看出，《新青年》儘管多次聲稱「不容反對者有討論之餘地」，但是他們對「反對者」卻常常有一種尊重的態度，尤其是那些與自己主張「針鋒相對」的人士，《新青年》同人甚至會予以同情乃至激賞。例如，在與王庸工討論國體問題的時候，陳獨秀就認為：「予覺諸人主張君憲，猶屬過崇歐化。不若辜鴻銘之勸歐人毀壞憲章，改奉中國孔子春秋尊王之教，更覺切中時弊也。」陳獨秀：《答王庸工》，《青年雜誌》第 1 卷第 1 期，1915 年9 月 15 日。而對於康有為，他則認為「康南海以禮教代法治之說，尚成一家之言，有一駁之價值也」[115]。同樣，當有讀者鼓動《新青年》同人痛罵姚叔節的文章時，錢玄同則不予贊同，因為：「姚氏此文，其發揮經義，頗為精當，竟把孔教的壞處完全顯出，我們主張推翻孔教，此文頗可為間接之幫助，我們如何可以罵他呢？」[116]

　　而與對「舊派」的態度相反，《新青年》同人對那些觀點「溫和」的「折中主義者」，則往往嗤之以鼻。陳獨秀在

---

[115] 陳獨秀：《答〈新青年〉愛讀者》，《新青年》第 3 卷第 5 期，1917 年7 月 1 日。
[116] 錢玄同：《姚叔節之孔經談》，《新青年》第 6 卷第 2 期，1919 年 2月 15 日。

給畢雲程的信中就寫道：「所謂國粹，所謂國情，所謂中西歷史不同，所謂人民程度不足，所謂事實上做不到，所謂勿偏於理想，所謂留學生自海外來不識內情，是皆囿於現象者之心理也。一切文明制度，皆為此等心理所排棄。亡中國者，即在此等心理。反不若仇視新法者，或有覺悟之日也。」[117]。在《新青年》的立論言說中，到處都充滿了對「折中主義者」激烈的指斥。陳獨秀在討論「孔教」問題時就指出：「倘以舊有之孔教為是，則不得不以新輸入之歐化為非。新舊之間，絕無調和兩存之餘地。吾人只得任取其一。記者倘以孔教為是，當然非難歐化而以頑固守舊者自居，決不忸怩作『偽』欺人，裡舊表新，自相矛盾也。」[118]在這裡，陳獨秀所說的「自相矛盾」，既指「調和」造成的「非此即彼」的邏輯矛盾，也指其「作偽欺人」「裡舊表新」的道德矛盾。在《新青年》同人看來，「調和」本就是一種首鼠兩端的「無特操」行徑。事實上，《新青年》對「折中主義」的諸多指斥都充滿了道德譴責的意味，如錢玄同就描述：「那些自命為『折中派的文學家』，一面在那裡搖頭晃腦，讀所謂『駢文』，讀他的什麼『古文』……一面逢人便道，『文學是要革新的』，『我不反對白話文』。這種蝙蝠派的文人，我以為比清室舉人林紓還要下作。」[119]劉半農也在《覆王敬軒書》中對「能篤於舊學者，始能兼采新知」的「折中論」大加駁斥：「把

<hr>

[117] 陳獨秀：《答畢雲程》，《新青年》第 2 卷第 4 期，1916 年 12 月 1 日。
[118] 陳獨秀：《答佩劍青年》，《新青年》第 3 卷第 1 期，1917 年 4 月 1 日。
[119] 錢玄同：《寸鐵十二則》，《錢玄同文集》第 2 卷，中國人民大學出版社，1999 年 4 月第 1 版，第 37—38 頁。

種種學問，鬧得非驢非馬，全無進境……此等人，錢玄同先生平時稱他為『古今中外黨』，半農稱他為『學願』。」[120]從這一點上，錢玄同、劉半農對「折中」的批評，與早期李大釗與汪叔潛對「調和」的批評有密切的相關性，他們所譴責的都是那種「調和」「折中」之虛偽。早在《闢偽調和》中，李大釗就認為：「今日最終之希望，惟在各派各人反省悔悟，開誠相與，剖去種種之假相，而暴露其真面目，鼓蕩其真血氣。為善可也，作惡亦可也；急進可也，緩進亦可也；調和可也，決裂亦可也。」[121]而汪叔潛也指出：「新舊交哄之時。姑無論其是否。然人各本其良心上之主張。不稍假借。國家一線之生機。」[122]由此可以說，《新青年》同人對「折中主義」者的痛斥承接了李大釗和汪叔潛的一貫思路，也表明了他們在「新文化」「新思想」建構過程中對「修辭立誠」精神的秉持與堅守。

從《新青年》立論言說的角度來看，陳獨秀和錢玄同等人之所以能夠對康有為、辜鴻銘和姚叔節等人抱有尊重和激賞，其根本原因就在於，這些所謂「舊派」人物的觀點雖與自身相互抵牾，但他們對思想文化的「態度」卻與自己同樣鮮明，是一種言行一致的表現。如有人攻擊康有為因宣揚「孔教」而「出乖露醜」的時候，陳獨秀反倒為康有為辯護：「康有為為人好歹，我們不去論他。至於他跟著張勳復辟，正是他的好處，因為他相信孔教，便要實行孔教教義，孔教的政

---

[120] 劉半農：《答王敬軒》，《新青年》第 4 卷第 3 期，1918 年 3 月 15 日。
[121] 李大釗：《闢偽調和》，《太平洋》第 1 卷第 6 期，1917 年 8 月 15 日。
[122] 汪叔潛：《新舊問題》，《青年雜誌》第 1 卷第 1 期，1915 年 9 月 15 日。

治思想，他這始終一貫的精神，倒可佩服……」[123]在這樣一種坦誠相待的「態度」交鋒中，「新」「舊」雙方恰恰劃分出彼此明確的界限，也彰顯出了各自的獨特性，構成了一種「相反相成」的「對話」關係。

　　而與「舊派」不同，「折中派」雖然常常以《新青年》贊和者和矯正者的態度出現，但他們所謂的「改良」以及對《新青年》「矯枉過正」的反撥，卻對「新文化」的產生有著巨大的威脅。眾所周知，「改良」的說法本是政治術語，它常常和「革命」對比，以描述和指稱政治策略或進程。但是，當把「改良」拉入思想層面的時候，它的有效性其實就消失了。本書所說的「折中主義者」，就以「改良」自居，在他們的理解中，一個主張在「程度」上會有大小和強弱。如此一來，《新青年》同人策動的「革命」與他們自居的「改良」之間的區別僅僅在於「程度」的不同，「方式」的各異。正是在這一點上，他們才會指斥《新青年》的諸多主張激烈、偏激、矯枉過正。但實際上，任何思想都是一個獨立的體系，所謂「激烈的思想」與「溫和的思想」，其實從本質上來講就是兩種不同的思想，而不是一種思想的兩個程度。事實上，對一種思想的制衡，必須以另外一種異質性的思想為制衡點，而不是在這一思想本身中予以「程度」的削弱——從「程度」上削弱一種思想，其本質上就是取消了這一思想。所以對《新青年》而言，所謂「折中」的主張並不是降低了「思想」本身的激烈程度，而恰恰是取締了思想本身。與「新舊

---

[123] 陳獨秀：《答張壽朋》，《新青年》第5卷第6期，1918年12月1日。

之爭」不同，作為「激烈派」的《新青年》與「折中派」的
對立並不是思想的對立，而是「思想」與「無思想」的對立。
如果說「舊派」激烈的尖銳的反對言辭能讓「新」與「舊」
涇渭分明，而「折中派」則往往把「新舊」之間的界限抹殺，
並把「新思想」本身淹沒和消解於一片混沌之中。也正是在
這個意義上，鄭振鐸才會說，「這些折中論派的言論，實足
以阻礙文學革命運動的發展」[124]

## 第三節　　從討論到「戰鬥」：
## 以「憤世嫉俗」的方式「移風易俗」

　　張奚若在給胡適的信中，曾對《新青年》的言論做過一
個極為精確的描述：「他們說話好持一種挑戰的態度，── 謾
罵更無論了，── 所以人家看了只記著無道理的，而忘卻有
道理的。這因人類心理如此，是不能怪的。」[125]不可否認，
在「文學革命」及「新文化運動」推進的過程之中，正是這
種「挑戰的態度」標識出《新青年》鮮明的文化身份，而那
種所謂的「謾罵」也在很大程度上使他們所推行的文化主張
獲得了輿論的關注。但在時過境遷之後，這種激烈的言論姿

---

[124] 鄭振鐸：《〈中國新文學大系·文學論爭集〉導言》，《中國新文學大
　　系·文學論爭集》，上海文藝出版社，2003 年 7 月第 1 版，第 5 頁。。
[125] 張奚若：《致胡適》，《胡適來往書信》，中華書局，1979 年 5 月第 1
　　版，第 31 頁。

態卻顯得頗受爭議，即使《新青年》同人自身對這種曾經的言說方式在內心裡也顯得極為複雜和矛盾。1920 年，錢玄同在給周作人的信中提及：「因為我近來很覺得兩年前在《新青年》雜誌上做的那些文章，太沒有意思。……仔細想來，我們實在中孔老爹『學術思想專制』之毒太深，所以對於主張不同的論調，往往有孔老爹罵宰我，孟二哥罵楊、墨，罵盆成括之風。其實我們對於主張不同之論調，如其對方面所主張，也是二十世紀所可有，我們總該平心靜氣和他辯論。我近來很覺得要是拿王敬軒的態度來罵人，縱使所主張新到極點，終之不脫『聖人之徒』的惡習，所以頗憚於下筆撰文。」[126]錢玄同堪稱《新青年》陣營中「罵人」頻率最高的人之一，也是「雙簧信」的策劃者，而他在「文學革命」銷聲匿跡之後做出如此懺悔與反思，的確令人唏噓。而在 1925 年的通信中，劉半農和周作人同樣對「文學革命」中的言行多有追悔，劉半農甚至「後悔當初之過於唐突前輩」，他在信中說：「我們做後輩的被前輩教訓兩聲，原是不足為奇，無論他教訓得對不對」[127]，語氣中已無當年的疏狂，反而充滿了謙卑。但令人錯愕的是，在劉半農的這番言論發表之後，本已「憚於下筆撰文」的錢玄同卻又批評劉半農「長前輩的志氣，滅自己的威風」：「一九一九年林紓發表的文章，其唐突我輩可謂至矣。我記得那時和他略開玩笑的只有一個和我輩關係較淺的程演生。我輩當時大家都持『作揖主義』的態度，半農

---

[126] 錢玄同：《致周作人》，《錢玄同文集》第 6 卷，中國人民大學出版社，1999 年 4 月第 1 版，第 33 頁。

[127] 劉半農：《致周作人》，《語絲》第 20 期，1925 年 3 月 30 日。

亦其一也。有誰『過於唐突』他呢？至於他那種議論，若說唐突我輩，倒還罷了；若說教訓我輩，哼，他也配!!!」[128]事實上，錢玄同這種態度上的反復表徵了他對五四時期《新青年》言論姿態的雙重印象：如果從思想辨析和學術討論角度來看，他就會追悔當年「拿王敬軒的態度來罵人」的唐突言論；但如果將「新文化運動」視為一場「文學革命」和「倫理革命」時，他卻會追憶《新青年》同人「打雞罵狗」的「戰鬥」情懷。

如果我們反顧《新青年》各期的具體內容，就會發現「討論」與「戰鬥」兩種姿態都在他們的立論言說過程中有所呈現。但在這一過程之中，那種思想、學理意義上的「討論」始終沒有充分展開，而《新青年》所操持的話語則愈發激烈和尖銳，最終以充滿「戰鬥性」的言論姿態呈現在五四時期的公眾視野和之後的歷史敘述之中。那麼，是什麼促使《新青年》在言說策略上做出了如此選擇，而「討論」與「戰鬥」之間又有怎樣的內在邏輯，這是本節試圖探討的核心問題。

一

在《青年雜誌》創刊時，陳獨秀並沒有表現出什麼「戰鬥性」，他在創刊的《社告》中宣稱：「本志之作，蓋欲與青年諸君商榷將來所以修身治國之道。」[129]而在雜誌創刊時

---

[128] 錢玄同：《寫在半農給啟明的信的後面》，《錢玄同文集》第 2 卷，中國人民大學出版社，1999 年 4 月第 1 版，第 133 頁。
[129] 陳獨秀：《社告》，《青年雜誌》第 1 卷第 1 期，1915 年 9 月 15 日。

設置「通信欄」，也正表現出陳獨秀「歡迎討論」的姿態，他在《社告》中即表明：「本志特闢通信一門，以為質析疑難，發舒意見之用。」[130]而在第 2 卷第 1 期中，「讀者論壇」開始出現，該欄目「不問其『主張』『體裁』是否與本志相合，但其所論確有研究之價值者，即皆一體登載。以便讀者諸君自由發表意見」[131]。但是，在此之後的雜誌運作中，「討論」更多是在雜誌同人內部展開，而編讀之間的「質析疑難」則並沒有持續太久。誠如李憲瑜所說，自第 4 卷開始，「綜合主題的選擇、學術性的加強、編輯方式的改動，這些『通信』，事實上已經成為了『學術討論筆談』；而『通信』欄目，也成了這個學術群體『自己的園地』。」[132]與此同時，「讀者論壇」的功能也逐漸消失，甚至「成了一個『充門面』的欄目」[133]。伴隨著欄目「討論」功能喪失而改變的，是《新青年》自身的言論姿態：從前面的「質析疑難，發舒意見」到後來的「不容反對者有討論之餘地」，再到所謂「惟有痛罵之一法」，《新青年》「挑戰」的姿態越發鮮明，言辭也愈發尖刻，而令後人聚訟紛紜的「戰鬥性」也凸現出來。

欲把握《新青年》「討論」難以為繼的原因，首先必須釐清以陳獨秀為代表的《新青年》同人自己對「討論」本身

---

[130] 陳獨秀：《社告》，《青年雜誌》第 1 卷第 1 期，1915 年 9 月 15 日。

[131] 陳獨秀：《社告》，《青年雜誌》第 1 卷第 1 期，1916 年 9 月 1 日。

[132] 李憲瑜：《「公眾論壇」與「自己的園地」——〈新青年〉雜誌「通信」欄》，《大眾傳媒與現代文學》，陳平原、山口守編，新世界出版社，2003 年 1 月第 1 版，第 275 頁。

[133] 李憲瑜：《「公眾論壇」與「自己的園地」——〈新青年〉雜誌「通信」欄》，《大眾傳媒與現代文學》，陳平原、山口守編，新世界出版社，2003 年 1 月第 1 版，第 275 頁。

的看法。而這一點，可以從陳獨秀與讀者之間的通信互動中
窺見一斑。首先值得注意的是，在第 2 卷第 1 期中，讀者陳
恨我就陳獨秀對「孔教」的諸多主張提出異議，並請陳獨秀
一一作答。但陳獨秀在回信中卻答覆說：「愚誠無詞以答，
祈足下取本志第六號《孔子平議》篇及《吾人最後之覺悟》
篇中倫理的覺悟一段，平心靜氣讀之，以代愚之答詞。以後
如有析理辯難之文見賜，必當照錄，以資討論。否則無取焉。」
[134]在這裡，陳獨秀對讀者的問題並未回應，而是採取了一種
「拒絕」的姿態，這表明了「討論」的困難。值得一提的是，
這樣一種「拒絕」式的答覆在陳獨秀的通信中其實還有很多，
比如《新青年》第 3 卷第 1 期，陳獨秀答佩劍青年：「足下
所謂文學不必革命，孔教不必排斥，請更詳示以理由。倘能
持之有故，言之成理，記者當虛心歡迎之，決不效孔門專橫
口氣，動以『非聖者無法』五字，假君權以行教權，排異議
而杜思想之自由也。」[135]而在第 3 卷第 3 期中，陳獨秀對毛
義的答覆更是措辭嚴厲，已經帶有一些「痛罵」的強硬口氣：
「來書應答之辭，已散見本志，足下倘未能細心一讀，雖再
答何益，茲惟敬揭來書，以作尊孔諸君之當頭一棒。」[136]由
陳獨秀對這些通信的態度可知，他所歡迎的「討論」是有條
件的，即異議者的話語必須「持之有故，言之成理」，從而
能夠使其與自己形成一種「析理辯難」的情形。綜觀《新青
年》「通信欄」，能夠與陳獨秀形成這樣一種「析理辯難」

---

[134] 陳獨秀：《答陳恨我》，《新青年》第 2 卷第 1 期，1916 年 9 月 1 日。
[135] 陳獨秀：《答佩劍青年》，《新青年》第 3 卷第 1 期，1917 年 3 月 1 日。
[136] 陳獨秀：《答毛義》，《新青年》第 3 卷第 3 期，1917 年 5 月 1 日。

情形的時候少之又少，只有俞頌華、常乃悳等聊聊幾人能夠如此。所以，陳獨秀才會在給俞頌華的信中提及：「愚自執筆本志討論孔教問題以來，所獲反對之言論，理精語晰，未有能若足下者。」[137]這也從反面證明，陳獨秀在更多的時候對「討論」的對手處於失望之中。

當然不可否認，《新青年》在早期遭遇的「討論」的困境與其未受輿論關注的現實有密切關聯。在第 2 卷第 1 期回復陳恨我的通信中，陳獨秀就坦言：「本志出版半載，持論多與世俗相左，然亦罕受駁論，此本志之不幸，亦社會之不幸。」[138]但這其中更為重要的問題，則在於陳獨秀等《新青年》同人在知識背景上的特點。眾所周知，《新青年》提倡「新文化」，且以輸入「西學」為職志。但由於西學素養的匱乏，他們只能把「西學」當成一種「常識」來介紹，而無法對歐美思想整體予以把握和闡釋。事實上，這樣一種對「西學」「常識化」的理解導致陳獨秀等人產生了兩種態度：

第一，是「西學」自身不言自明的正確性。對他們來說，「真理」是以「公理」的形式存在的，也就是說，它不是需要探求的「目標」，而是一個思考的起點和衡量的標準，是一個放之四海而皆準的「常識」。如果對方不承認這種「公理」的存在，那就自然喪失了「析理辯難」的資格。正如陳獨秀在答覆「崇拜王敬軒者」的信中所說：「討論學理之自由，乃神聖自由也；倘對於毫無學理毫無常識之妄言，而濫用此神聖自由，致是非不明，真理隱晦，是曰『學願』；『學

---

[137] 陳獨秀：《答俞頌華》，《新青年》第 3 卷第 1 期，1917 年 3 月 1 日。
[138] 陳獨秀：《答陳恨我》，《新青年》第 2 卷第 1 期，1916 年 9 月 1 日。

願』者,真理之賊也。」[139]

第二,以這種「常識化」的「公理」為起點,陳獨秀建構起一個清晰的話語邏輯,但這一邏輯不是系統性的思辨,因此它算不上「推理」,而首先只能是一種「判斷」。比如在論述孔教與歐化之關係時,陳獨秀認為:「倘以舊有之孔教為是,則不得不以新輸入之歐化為非。新舊之間,絕無調和兩存之餘地。」[140]如果從邏輯學的意義上來看,這樣一種「倘以……為是,則不得不以……為非」的思維,正是形式邏輯中用以判斷命題的「排中律」。所謂「排中律」就是把兩個命題納入一個「非此即彼」的二元邏輯之中,此命題為是,則彼命題必為非,反之亦然。在這樣一種「排中律」之下,陳獨秀既可以通過自身的「正確性」判斷對方的「錯誤」,也可以通過對方的「錯誤」論證自身的「正確性」。

結合以上兩點來看,陳獨秀把正確性不言自明的西學「常識」視為思維起點處的公理,而其論述又是通過「排中律」而進行的判斷,這樣一種思維並不導向一個完整、系統的知識體系的建構,而是在於得出一個清晰、明確的結論。因此,他的文化論述往往成為一個循環論證,即他們最終證明的結論往往就是開始的預設。這一點在《本志罪案之答辯書》中表現得最為明顯:「要擁護那德先生,便不得不反對孔教、禮法、貞節、舊倫理、舊政治。要擁護那賽先生,便不得不

---

[139] 陳獨秀:《答崇拜王敬軒者》,《新青年》第 4 卷第 6 期,1918 年 6 月 15 日。

[140] 陳獨秀:《答佩劍青年》,《新青年》第 3 卷第 1 期,1917 年 4 月 1 日。

反對舊藝術、舊宗教。要擁護德先生又要擁護賽先生，便不得不反對國粹和舊文學。」[141]在這裡，「德先生」「賽先生」即是作為常識性的公理存在，它的正確性本身已經自動證明了《新青年》所批評物件的錯誤。由此可知，陳獨秀等人的「討論」很難從「學理」「思想」的層面上予以展開，因為他們基於常識所做的判斷是必然正確的，根本就不必通過「討論」予以辨析。而在陳獨秀等人的眼中，那些與《新青年》持不同觀點的「反對者」們既「不懂常識」，又「不通邏輯」，因此他們的言論「無一在析理辯難之內」。

更重要的是，對西學「常識」性的認知，導致了《新青年》同人在「思想啟蒙」過程中的急躁情緒。因為「常識」意味著「簡單」和「舉世公認」，但如此「簡單」且「舉世公認」的「常識」卻不為中國大眾所認知和接受，這令他們倍感絕望。陳獨秀在給畢雲程的信中表達了這種悲觀情緒：「僕誤陷悲觀罪戾者，非妄求速效，實以歐美之文明進化一日千里，吾人已處於望塵莫及之地位。然多數國人猶在夢中，而自以為是，不知吾之道德、政治、工藝，甚至於日用品……無一不在劣敗淘汰之數。雖有極少數開明之士，其何救於滅亡之運命。迫在目前，蓋若烈火焚居，及於眉睫矣。」[142]顯然，陳獨秀以「極少數開明之士」自居，是把自身視為一種「常識」的「介紹者」，但在這一「介紹」過程中，他們一方面感受著所「介紹」之「西學」的「常識性」，但另一方

---

[141] 陳獨秀：《本志罪案之答辯書》，《新青年》第 6 卷第 1 期，1919 年 1 月 15 日。

[142] 陳獨秀：《答畢雲程》，《新青年》第 2 卷第 3 期，1916 年 11 月 1 日。

面卻又感受著這種「介紹」工作的急迫性，在無數次的反覆
申說之中，就會呈現對自身話語的虛無感。從某種意義上說，
陳獨秀「不容反對者有討論之餘地」的說法其實就是這樣一
種心態最典型的表現：「蓋以吾國文化，倘已至文言一致地
步，則以國語為文，達意狀物，豈非天經地義，尚有何種疑
義必待討論乎？」[143]魯迅在通信中也表達過類似的情緒，他
曾在《渡河與引路》中指出：「明明白白全是毫無常識的事
情，《新青年》卻還和他們反覆辯論，對他們說『二五得一
十』的道理，這功夫豈不可惜，這事業豈不可憐。」[144]在這
樣一種邏輯之中，《新青年》同人經常產生思想啟蒙的困頓
之感是不可避免的。而這樣一種心態，實際上自始至終籠罩
在《新青年》的字裡行間，最終形成諸多對於大眾這一言說
物件的憤激之詞：

> 　　我們中國人，大概可分作兩種：一種是頑固，無
> 論世間有什麼新事理，他們決不肯平心研究，只是一
> 筆抹殺，斥之為「叛逆」為「數典忘祖」。一種是糊
> 塗，無論世界上潮流激盪到怎麼樣，他們只是醉生夢
> 死，什麼事都不聞不問。第一種人，可稱之為「准狗」；
> 因為狗是喜歡吃屎的，你要叫他不吃屎，他定要咬你。
> 第二種人，可稱之為准豬，因為豬是一輩子昏天黑地，
> 預備給人家殺的。唯其如此，所以可愛可敬的中國人，

---

[143] 陳獨秀：《答胡適之》，《新青年》第 3 卷第 3 期，1917 年 5 月 1 日。
[144] 魯迅：《渡河與引路》，《新青年》第 5 卷第 5 期，1918 年 10 月 15 日。

快要進化到原人時代去了！[145]

## 二

　　在對常識普及的絕望與對庸眾麻木的憤激之中，《新青年》同人的言說策略發生了根本的變化：「吾人講學，以發明真理為第一義，與施政造法不同。但求別是非，明真偽而已，收效之遲速難易，不容計及也。哥白尼倘畏難而順社會的惰性，何以發明天象？哥侖布倘畏難而不逆社會的惰性，何以發見新世界？一切科學家，哲學家，倘畏難而不肯違反俗見，何以有今日之文明進步？」[146]在這裡，陳獨秀「以發明真理為第一義」，但這裡的「真理」已經不再是一套作為認知客體的抽象知識。《新青年》注重的並非對「真理」本身的辨析和探討，他們更關心的是，一種既定的、常識性的「真理」如何能克服「社會的惰性」，打破「俗見」的阻礙，從而在社會層面予以傳播和踐行。如此一來，《新青年》同人對自身的定位也發生了變化，他們不再是真理的探求者，而更像是真理的捍衛者和踐行者。在這樣一個邏輯之下，《新青年》的立論言說已經導向了「學理」以外的範疇。在這一點上，第2卷第4期孔昭銘的來信頗值得思考：「然積人存國，我固社會中之一分子，人人苟能標榜個體改良主義，積累進行，互事勸勉，積之既久，安知他日之中國，不朝氣光

---

[145] 錢玄同：《文學革新與青年救濟》，《新青年》第5卷第1期，1918年7月15日。

[146] 陳獨秀：《答俞頌華》，《新青年》第3卷第3期，1917年5月1日。

融、欣欣向上耶？固僕年來頗確守『個人與社會宣戰主義』。」
[147]而陳獨秀的答詞頗耐人尋味：「惟已成之社會，惰力極強，
非誠心堅守足下所云『個人與社會宣戰主義』，則自身方為
社會所同化，決無改造社會之望。社會進化，因果萬端，究
以有敢與社會宣戰之偉大個人為至要。自來進化之社會，皆
有此偉大個人為之中樞，為之模範也。」[148]在這樣一套言說
策略中，《新青年》的「中學」與「西學」之間的「論爭」，
實際上轉變成了「個人」與「社會」之間的對抗。它其實表
明，陳獨秀「介紹西方學說，改造社會」的宗旨並非思想的
建構或知識的普及，而是對社會習俗的變革與移易。

　　如果結合「文學革命」和「新文化運動」時期的社會情
境來看，所謂形而上的思想建構並非時代主題，而對中國知
識份子來說，對「社會習俗」的變革與移易恰恰是當務之急。
魯迅在悼念劉半農的文章中回憶了「文學革命」時期《新青
年》所遭遇的社會壓力：「那是十多年前，單是提倡新式標
點，就會有一大群人『若喪考妣』，恨不得『食肉寢皮』的
時候，所以的確是『大仗』。現在的二十左右的青年，大約
很少有人知道三十年前，單是剪下辮子就會坐牢或殺頭的
了。然而這曾經是事實。」[149]「若喪考妣」「食肉寢皮」雖
則略有誇張，但魯迅卻借此形象地描述出一個時代的言論困
境。在這樣一個語境之中，任何改革都是動輒得咎，而「新

---

[147] 孔昭銘：《致陳獨秀》，《青年雜誌》第 2 卷第 4 期，1916 年 12 月 1 日。
[148] 陳獨秀：《答孔昭銘》，《青年雜誌》第 2 卷第 4 期，1916 年 12 月 1 日。
[149] 魯迅：《憶劉半農君》，《魯迅全集》第 6 卷，人民文學出版社，2005
　　 年 11 月第 1 版，第 73 頁。

思想」總不免激烈，不能不被公眾視為「異端」。這樣一種苛酷的社會語境，實際上已經構成了對「言論」的壓制。從這個意義上來說，一種「新思想」的建立與傳播，會不可避免地與「社會習見」相互抵牾。因此，言論的「激烈」不僅是必然的，而且是必要的，誠如魯迅所說：「中國人的性情總喜歡調和，折中的。譬如你說這屋子太暗，須在這裡開一個窗，大家一定不允許的。但如果你主張拆掉屋頂，他們就會來調和，願意開窗了。沒有更激烈的主張，他們總連平和的改革也不肯行。」[150]

　　在這個意義上，我們就可以理解《新青年》立論言說，為什麼會「好持一種挑戰的態度」。對他們而言，這種「挑戰」既非道理的辯論，也不是人身攻擊，他們「挑戰」的對象是社會整體的習見。在本章第二節中曾經論及，「折中派」在給《新青年》提出意見時，常常提醒他們言論超出「學理」的危險性。如常乃惪所說：「若公斷之言，稍涉偏倚，則不惟無以折尊孔者之心，誠恐意見所激，則解決此問題之法，將不在學理而在他種之勢力，此豈吾人所欲乎？」[151]易宗夔也認為：「諸君須知道吾國的國民，和那驚風的小兒相似，越恐嚇他，他越是不肯服藥呢。所以壽朋想要勸諸君不要鬧那『文字革命』，只說個『改良文字』就夠了。」[152]事實上，從陳獨秀的角度來看，他的「文化主張」本身就不是一種可

---

[150] 魯迅：《無聲的中國》，《魯迅全集》第 4 卷，人民文學出版社，2005 年 11 月第 1 版，第 14 頁。

[151] 常乃惪：《致陳獨秀》，《新青年》第 3 卷第 2 期，1917 年 4 月 1 日。

[152] 易宗夔：《論〈新青年〉之主張》，《新青年》第 5 卷第 4 期，1918 年 10 月 15 日。

以「平亭兩造」的「學理」，而所謂「他種勢力」不僅「殊無慮及之理由」，反而是《新青年》「變革社會習俗」的對象所在。正是在與「社會習見」等「他種勢力」的激烈衝突中，《新青年》的立論言說才能真正展開和推進。這就是為什麼陳獨秀要把「孔教與現代生活不合」的邏輯矛盾，轉化成「毀孔子廟罷其祀」的激烈主張；這也是為什麼他要把胡適小心翼翼的「文學改良」轉變成「敢冒天下學究之大不韙」的「文學革命」。因為前者是一場不關痛癢的「討論」，而後者卻是與變革社會習俗密切相關的「戰鬥」過程。

在給陳獨秀的信中，讀者李亨嘉禮節性地言及《新青年》「代表輿論」，這反而導致了陳獨秀的極大不滿，他在回信中專門澄清：「本志宗旨，重在反抗輿論。來書所謂代表輿論，乃同流合污媚俗阿世之卑劣名詞，記者所不受，不忍受也。」[153]從這個意義說，《新青年》的「言論」已經具有了充分的「實踐意義」，而所謂「激起他種勢力」不僅僅不是《新青年》著力避諱的傾向，而恰恰成了主動採取的言論策略。但有意味的是，《新青年》以「反抗輿論」自我標識，最終卻成了「輿論的弄潮兒」、時勢的引導者。在《新青年》立論言說的過程中，那種「持論多與時俗相左」的策略顯得極為成功，而他們所激起「他種勢力」的行為不僅沒有構成阻力，反而能夠「振聾發聵」「驚世駭俗」，為其文化主張的推行和傳播增加了助力。因此可以說，《新青年》的話語言說形成了一種「反抗輿論」的輿論。

---

[153] 陳獨秀：《答李亨嘉》，《新青年》第 3 卷第 3 期，1917 年 5 月 1 日。

## 三

　　如果從思想建構的層面來看，《新青年》那種對「真理」常識性的看法的確失之簡單，那一條條言之鑿鑿的「判斷」並無法組織成一個完整、系統的知識體系。但是，當這種常識性的「真理」被作為一種「批判的武器」去挑戰社會習俗時，它卻有著異乎尋常的威力。如陳獨秀所說：「真理與俗見，往往不能並立。服從真理乎？抑服從俗見乎？其間固不容有依違之餘地，亦無法謀使均衡也。」[154]由此可知，「真理」已經成為「俗見」之外的另一條更具權威的判斷標準，因此，在探究「真理」問題的時候，也就不必依違「俗見」，誠如陳獨秀所說：「據學理以平亭兩造，惟常較其是非而下論斷，偏倚與否，殊無慮及之理由。若恐學理是非之討論過明，或激成他種勢力之反抗，則吾輩學者尚有何討論學理之餘地乎？」[155]從某種意義上說，正是因為以「真理」的捍衛者和踐行者自居，陳獨秀和《新青年》才具有了應對各種「社會俗見」的膽量和底氣。因為對他們而言，那些被「社會俗見」視為「離經叛道」「非聖無法」的激烈主張，在他們自己看來卻僅僅是「常識」而已。

　　這一點可以錢玄同「廢除漢文」的主張為例。錢玄同提出的「廢除漢文」的主張，在公眾眼中顯得驚世駭俗，但在《新青年》同人自己看來卻沒什麼大不了，誠如魯迅所說：

---

[154] 陳獨秀：《答俞頌華》，《新青年》第 3 卷第 3 期，1917 年 5 月 1 日。
[155] 陳獨秀：《答常乃惪》，《新青年》第 3 卷第 2 期，1917 年 4 月 1 日。

「這本也不過是一種文字革新，很平常的」。[156]其實，就「廢漢文」這一主張本身來說，可商榷之處頗多，即使陳獨秀本人也承認：「像錢先生這種『用石條壓駝背』的醫法，本志同人多半是不大贊成的」[157]。但是問題的關鍵並不在於這一主張本身，而恰恰在於公眾對這一主張的反應：「社會上有一班人，因此怒罵他，譏笑他，卻不肯發表意見和他辯駁，這又是什麼道理呢？難道你們能斷定漢文是永遠沒有廢去的日子嗎？」[158]由這樣一種不同態度可知，《新青年》中的所謂「激烈」言論，更多是對那些據「社會俗見」發言的公眾而言，而對他們自己來說，這些「激烈言論」卻是以平常語氣出之的「常識」。從歷史進程中來看，這樣一種「常識」性的言說，其意義並不在於「常識」本身的對錯，而是在於它把那些難以被公眾接受的「異端」思想予以「常識化」，從而使其能夠嵌入社會之中，完成對那些「習見」的改良和移易。因此，「廢漢文」這一主張本身雖然有諸多問題，但它作為一個「激烈」的「常識性」言論，卻大大擴寬了社會言論本身寬容的尺度。

事實上，這樣一種舉重若輕的「常識性」表述，才是《新青年》言說策略的關鍵所在，它的本質並不在於思想建構或知識普及，而正是在於對「社會習見」的破除，把「異端」

---

[156] 魯迅：《無聲的中國》，《魯迅全集》第 4 卷，人民文學出版社，2005年 11 月第 1 版，第 13 頁。

[157] 陳獨秀：《本志罪案之答辯書》，《新青年》第 6 卷第 1 期，1919 年 1月 15 日。

[158] 陳獨秀：《本志罪案之答辯書》，《新青年》第 6 卷第 1 期，1919 年 1月 15 日。

轉化為「常識」。這一點，可以由陳獨秀的《本志罪案之答辯書》一文得到有效證明。首先，題目中的「罪案」一詞看似聳人聽聞，但卻生動地表達了《新青年》所處的社會語境，以及其遭遇的社會壓力。陳獨秀在一開頭就表示：「本志經過三年，發行已滿三十冊；所說的都是極平常的話，社會上卻大驚小怪，八面非難，那舊人物是不用說了，就是呱呱叫的青年學生，也把《新青年》看作一種邪說、怪物，離經叛道的異端，非聖無法的叛逆。」[159]但是對這些「罪案」的「答辯」，卻不是慣常的辯白、開脫與澄清，相反，陳獨秀把所有的指責、攻擊一例延攬、毫無推辭：「這幾條罪案，本社同人當然直認不諱。」[160]在此之後，陳獨秀卻筆鋒一轉，帶出了「科學」與「民主」的話題：「本志同人本來無罪，只因為擁護那些德莫克拉西和賽因斯兩位先生，才犯了這幾條滔天的大罪，要擁護那德先生，便不能不反對孔教、禮法、貞節、舊倫理、舊政治；要擁護那賽先生，便不得不反對舊藝術、舊宗教。要擁護德先生又要擁護賽先生，便不得不反對國粹和舊文學。」[161]事實上，「科學」和「民主」在五四時期並非一種「先鋒」觀念，它恰恰是晚清思想啟蒙以來的影響力極大的主流社會思潮。而陳獨秀和《新青年》通過它們來與那些指責自己的舊派人士對峙，實際上是佔據了話語權的制高點。在今天看來，陳獨秀對「科學」和「民主」的

---

[159] 陳獨秀：《本志罪案之答辯書》，《新青年》第 6 卷第 1 期，1919 年 1 月 15 日。

[160] 陳獨秀：《本志罪案之答辯書》，《新青年》第 6 卷第 1 期，1919 年 1 月 15 日。

[161] 陳獨秀：《本志罪案之答辯書》，《新青年》第 6 卷第 1 期，1919 年 1 月 15 日。

理解自然是膚淺的，但對陳獨秀自身而言，「科學」與「民主」並非一套知識體系和思想觀念，而是一種作為「常識」的真理。在這裡，「科學」與「民主」被人格化為「德先生」和「賽先生」，並成了《新青年》攻擊「社會習見」的有力武器。從這個意義上來看，陳獨秀和《新青年》實際上把那些「離經叛道」「非聖無法」的言論予以「非罪化」了，它使得「新文化」諸多問題的討論避免了與社會習見的過多糾纏，而在一個預設的「真理討論」中獲得了自身的合法性。

值得一提的是，這種「非罪化」不僅是就「言論」而言，它也意味著《新青年》同人自己在身份危機上的化解。就當時的語境而言，「文化」與「政治」之間的界限並未截然分明，因此，對《新青年》言論「激烈」的指責往往帶有一些政治攻訐的意味。如有讀者來信指責說：「特據余讀先生之論調，極似一國民系之言論家。其願以引導青年得政治知識為前提，若夫詰責當代政治家，則非所敢望；深恐當局以國民系暴烈分子視先生，則屬望《新青年》之青年，將呼負負也。」[162]對於這樣一種指責，陳獨秀的反應與《本志罪案之答辯書》類似，他仍然是對「國民系暴烈分子」的頭銜予以承認，他甚至宣稱：「吳稚暉先生有言：我輩雖非國民黨信徒，而死後飆骨頭揚灰，無一粒非國民黨而為他黨；此言余亦云然。」[163]這樣一種承認呈現出他自身坦蕩磊落的姿態，也使得那些據「社會俗見」立論的「反對者」顯得「大驚小

---

[162] 陳獨秀：《文學改革及宗教信仰》，《新青年》第 4 卷第 6 期，1918 年 6 月 15 日。

[163] 陳獨秀：《文學改革及宗教信仰》，《新青年》第 4 卷第 6 期，1918 年 6 月 15 日。

怪」：「至國民目為暴烈分子與否，故無所容心焉；倘有人竟以暴烈分子稱之，則殊慚愧；可憐之支那人，尚何暴烈之可言！」[164]事實上，這樣一種言論的反轉，不僅洗脫了「國民系」中人「暴烈」的汙名，而且也使得他進行的「文學革命」「倫理革命」悄然轉換了含義。自晚清以來，「革命」思潮就一直在中國社會中激蕩不已，即使是在民國成立以後也餘波猶在。依據一般的社會習見看來，所謂「革命」總是斷頭流血的暴力行為，且具有很大的顛覆性和破壞性。但在陳獨秀看來，「革命」卻另有含義。他在給讀者卓魯的通信中表示：「革命者，一切事物革故更新之謂也。中國政治革命，乃革故而未更新。嚴格言之，似不得謂之革命……」[165]而在《文學革命論》中，他則批評了國人對「革命」的無知和恐懼：「吾苟偷庸懦之國民，畏革命如蛇蠍」[166]，而革命失敗的原因則在於「吾人疾視革命，不知其為開發文明之利器故。」[167]這種「開發文明之利器」的說法其實表明，陳獨秀的「革命」已經超越了政治意義上的「暴烈」。這種以「革故更新」為旨歸的「革命」化解了「政治革命」本身的暴戾之氣，而具有某種「改良主義」氣息。正因為此，在「文學革命」的過程中，《新青年》同人才能夠避免「暴烈分子」的尷尬，而以「文化革新者」的身份立論言說，推進其各項事業穩步前進。

---

[164] 陳獨秀：《文學改革及宗教信仰》，《新青年》第 4 卷第 6 期，1918 年 6 月 15 日。

[165] 陳獨秀：《答卓魯》，《新青年》第 3 卷第 5 期，1917 年 7 月 1 日。

[166] 陳獨秀：《文學革命論》，《新青年》第 2 卷第 6 期，1917 年 2 月 1 日。

[167] 陳獨秀：《文學革命論》，《新青年》第 2 卷第 6 期，1917 年 2 月 1 日。

其實從根本上來講，以陳獨秀為代表的《新青年》以「常識性」的公理抨擊「社會俗見」，乃是民初知識份子爭取言論自由的一個重要部分。早在民國建立初期，「言論自由」就已經寫入憲法，而在《新青年》創刊之時，政治環境也已經相對寬鬆。但是問題在於，「言論自由」不僅僅是一個抽象的法律權利，從「言論自由」到「自由言論」的過程也並非一蹴而就。就彼時的《新青年》而言，對他們的「自由言論」構成阻力的並非政治環境和法律限制，而恰恰是這種無處不在的「社會俗見」。事實上，正是在面對這種「社會俗見」時，《新青年》同人才展現出「推翻桐選誅邪鬼，打倒綱倫斬毒蛇」的戰鬥姿態。

1935 年對劉半農逝世的悼念，可視為《新青年》同人對這種「戰鬥」精神追懷的一次爆發。在悼念劉半農的諸多挽聯和文章中，舊派人士更多提及了他在語音學研究上的功績，但《新青年》同人自己卻難以忘記他們在五四期間並肩「戰鬥」的歷史。如錢玄同就在挽聯中念及他「痛詆乩壇，嚴斥臉譜」[168]的勳勞，即使「不事謾罵」的胡適也在追懷劉半農的「拼命精神，打油風趣」[169]。而在這一點上，魯迅的看法則更為明確，他極力反對把劉半農視為「復古的先賢」，在他看來：「古之青年，心目中有了劉半農三個字，原因並不在他擅長音韻學，或是常做打油詩，是在他跳出鴛蝴派，

---

[168] 錢玄同：《挽劉半農》，《劉半農年譜》，徐瑞岳編，中國礦業大學出版社，1989 年 11 月第 1 版，第 198 頁。

[169] 胡適：《挽劉半農》，《劉半農年譜》，徐瑞岳編，中國礦業大學出版社，1989 年 11 月第 1 版，第 199 頁。

罵倒王敬軒，為一個『文學革命』陣中的戰鬥者。[170]

　　事實上，魯迅等人對劉半農的評價表明了他對五四時期《新青年》言論方式的深切體認。如前文所說，《新青年》的所謂「戰鬥」乃是對「社會俗見」而言，他們通過「憤世嫉俗」的方式達到「移風易俗」的目的。但這樣一種言論方式的悖論就在於：其「戰鬥」的目的，是把為「社會習見」所不容的「異端」予以「常識」化表述；而其「戰鬥」勝利的結果，卻是「異端」變為「常識」，而成為「社會俗見」的一部分。所以當時過境遷之後，風氣轉移之時，人們卻往往忘記了「戰鬥者」本身「反抗輿論」的勳勞。也正因為此，魯迅才用「若喪考妣」和「食肉寢皮」這樣略顯誇張的字眼復活了「五四新文化」發軔時期「新思想」動輒得咎的時代語境，只有這樣，才能重新記起劉半農「陣中的戰鬥者」的形象。

---

[170]　魯迅：《趨時和復古》，《魯迅全集》第 5 卷，人民文學出版，2005 年 11 月第 1 版，第 564 頁。

# 第二章「文學革命」：
# 「罵」與《新青年》的「文學批評」

「文學革命」的啟動與《新青年》言論姿態的轉型有著密切的關聯。在「批孔」過程之中，雖然也有諸多「毀孔子廟罷其祀」的言論，但陳獨秀等人整體的立論行文都仍然具有「甲寅」時代的「處處嚴守論理」的特色。可在「文學革命」開始以後，那種極具攻擊性的「罵詈之詞」卻開始大量出現，《新青年》同人「目桐城為謬種，選學為妖孽」，稱舊體白話小說「誨淫誨盜」，甚至通過偽造的「雙簧信」痛罵王敬軒。從這個意義上來說，劉半農所說的「打雞罵狗」的確已經成為《新青年》同人推行「文學革命」的主要策略。在這種情形之下，「罵」也自然進入了「文學批評」的建構過程，並形成了它獨具個性的話語形態。

## 第一節　「謬種」與「妖孽」：
## 作為「精神趣味」的「舊文學」

在《新青年》策動「文學革命」的過程之中，「桐城謬種」「選學妖孽」是一句極為著名的口號，也是無可諱言的

「罵詈之詞」。但在很多「文學革命」的參與者與支持者看來，這一口號卻有著積極的歷史意義。魯迅就認為其「形容愜當」，「流傳也較為永久」[1]，而胡適則認為這一口號「為文學革命找到革命的物件」[2]。在《新青年》中，這一口號最早出現，是在 1917 年第 2 卷第 6 期錢玄同給陳獨秀的信中：「頃見六號《新青年》胡適之先生《文學芻議》，極為佩服。其斥駢文不通之句，及主張白話體文學，說最精闢。公前疑其所謂文法之結構為請求 Grammar，今知其為修辭學，當亦深以為然也。具此識力，而言改良文藝，其結果必佳良無疑。惟選學妖孽，桐城謬種，見此又不知若何咒罵。雖然，得此輩多咒罵一聲，便是價值增加一分也。」[3]。此時，胡適的《文學改良芻議》剛剛發表，「文學革命」尚未全面展開，而錢玄同卻已經將「桐城」與「選學」設想為「假想敵」了。而在第 3 卷第 6 期給胡適的信中，錢玄同再次提及「桐城謬種」「選學妖孽」，其本意則在於贊和陳獨秀「不容反對者有討論之餘地」的言論策略，在他看來：「此等論調，雖若過悍，然對於迂謬不化之選學妖孽、桐城謬種，實不能不以如此嚴厲面目加之。因此輩對於文學之見解，正與反對開學堂，反對剪辮子，說洋鬼子腳直，跌倒爬不起者，其見解相同。知識如此幼稚，尚有何種商量文學之話可說？」[4]從這個意義上

---

[1] 魯迅：《五論「文人相輕」——明術》，《魯迅全集》第 6 卷，人民文學出版，2005 年 11 月第 1 版，第 396 頁。

[2] 胡適、唐德剛：《胡適口述自傳》，廣西師範大學出版社，2005 年 8 月第 1 版，第 154 頁。

[3] 錢玄同：《致陳獨秀》，《新青年》第 2 卷第 6 期，1917 年 2 月 1 日

[4] 錢玄同：《致胡適》，《新青年》第 3 卷第 6 期，1918 年 8 月 1 日。

說，以錢玄同為代表的《新青年》同人並沒有把「桐城」「選學」視為「論爭」的對手，而是視為「批評」的對象。而他們這種「目桐城為謬種，選學為妖孽」的「罵詈之詞」，也隱含著極為豐富的歷史資訊。

一

在「文學革命」的範疇中，「桐城」與「選學」都屬於「文言文」範疇，所以《新青年》同人攻擊「桐城」與「選學」，與其「廢文言用白話」的主張密切相關。誠如胡適所說：「文學革命的作戰方略，簡單說來，只有『用白話作詩作文』一條是最基本的。這一條的中心理論有兩個方面；一面要推倒『舊文學』，一面要建立白話為一切文學的工具。」[5]而在這一過程中，「歷史進化的文學觀」成為他們「當時採用的作戰方法」：「我們要用這個歷史的文學觀來做打倒古文學的武器，所以屢次指出古今文學變遷的趨勢，無論在散文或韻文方面，都是走向白話文學的大路。」[6]如此一來，就構成了「白話」與「文言」的「正宗」之爭，「從文學史的趨勢上承認白話文學為『正宗』，這就是正式否認駢文古文律詩古詩是『正宗』。這是推翻向來的正統，重新建立中國文學史上的正統」[7]。正是通過這一過程，原來居於「正宗」

---

[5] 胡適：《〈中國新文學大系·建設理論集〉導言》，《中國新文學大系·建設理論集》，上海文藝出版社，2003 年 7 月第 1 版，第 18 頁。

[6] 胡適：《新文學運動小史》，《五四新文學論戰集彙編》，台灣長歌出版社，1975 年版，第 32 頁。

[7] 胡適：《〈中國新文學大系·建設理論集〉導言》，《中國新文學大系·建

的「桐城」「選學」分別變成了「謬種」與「妖孽」。胡適
對此也顯得頗為自詡，他自誇道：「那歷史進化的文學觀，
初看去好像貌不驚人，其實是一種『哥白尼的天文革命』：
哥白尼用太陽中心說代替了地中心說，此說一出就使天地易
位，宇宙變色；歷史進化的文學觀用白話正統代替了古文正
統，就使那『宇宙古今之至美』從那七層寶座上倒撞下來，
變成了『選學妖孽，桐城謬種』！（這兩個名詞是玄同創的）
從『正宗』變成了『謬種』，從『宇宙古今之至美』變成了
『妖魔』『妖孽』。這是我們的哥白尼革命。」[8]

　　自然，在推進「文學革命」的過程中，胡適這種「歷史
進化的文學觀」起到了至關重要的作用，它通過對「文學史」
的重新描述，完成了「白話文」與「傳統」的對接，從而為
語體變革提供了合法性支援。但在「文學革命」之後，這樣
一種「歷史進化的文學觀」卻成為我們觀照《新青年》和「文
學革命」的預設裝置。在這樣一套裝置裡，「文學革命」被
視為一場「文學史」內部的「新舊代興」過程。而很多「白
話文」的反對者在批評「文學革命」時，也往往是從這種「歷
史進化的文學觀」入手，歷數「文言」（包括「桐城」與「選
學」）在文學上的種種優長，並否定「白話」的文學意義。
因此，在對「文學革命」的聚訟紛紜之中，爭論焦點落在了
「文言」與「白話」的優劣上。但在筆者看來，這種「優劣
之爭」本身並無太大意義：首先，判斷文學的優劣帶有極大

---

設理論集》，上海文藝出版社，2003 年 7 月第 1 版，第 20 頁。
[8] 胡適：《〈中國新文學大系·建設理論集〉導言》，《中國新文學大系·
　建設理論集》，上海文藝出版社 2003 年 7 月第 1 版，第 21—22 頁。

的主觀性，而這種優劣的分歧也不僅體現在「文言」與「白話」之間，也體現在文言內部，如「桐城」與「選學」歷時悠久的「駢散之爭」。第二，可能也是更為關鍵的一點，即這種「優劣」與歷史文化的變遷根本沒有必然聯繫，一種文體在歷史中存留或者廢棄，在很大程度上並不決定於自身文學價值的「優劣」，反而與社會變革本身的要求密切相關。所以從這兩點來看，所謂「白話」與「文言」的「優劣」是一個偽問題，如果我們要對「文學革命」成功的原因做更深入的探討，首先要判明的乃是「選學」與「桐城」所指的社會形態上的意涵，而不是它們的文學審美價值。

事實上，錢玄同等人「目桐城為謬種，選學為妖孽」，其著眼點並不是歷時性的文體流變，而是一種共時性的話語衝突，這種衝突不在於對文學內部各個文體認同上差異與分歧，而是由於他們對「文學」這一觀念本身的理解與「桐城」「選學」大異其趣。就《新青年》而言，他們與「桐城」「選學」之間的爭執並不是民初文壇一般意義上的「門戶之爭」「流派之爭」，而是傳統「大文學」範疇內的「文質之辯」。陳獨秀在《新青年》創刊初期，就標榜所謂「寫實主義」文學。值得注意的是，這種「寫實主義」固然指稱著歐美 19世紀興起的「現實主義」和「自然主義」文學，但也表徵著陳獨秀對民初中國本土文風的救正：「士之浮華無學，正文弊之結果。浮詞誇語，重為世害；以精深偉大之文學救之，不若以樸實無華之文學救之也。即以文學自身而論，世界潮流，固已棄空想而取實際；若吾華文學，以離實憑虛之結果，

墮入剿竊浮詞之末路，非趨重寫實主義無以救之。」[9]在這一點上，胡適的看法與陳獨秀可謂一脈相承，且其觀點更為明確：「綜觀文學墮落之因，蓋可以『文勝質』一語包之。文勝質者，有形式而無精神，貌似而神虧之謂也。欲救此文勝質之弊，當注重言中之意，文中之質，軀殼內精神。」[10]

由於對「樸實無華」的追求，《新青年》同人實則對「駢文」與「古文」表現出完全不同的態度。相比而言，《新青年》同人對「古文」的評價遠遠高於「駢文」，如胡適所說：「平心而論，古文學之中，自然要算『古文』（自韓愈至曾國藩下的古文）是最正當最有用的問題。駢文的弊病不消說了。那瞧不起唐、宋八家以下的古文的人，妄想回到周、秦、漢、魏，越做越不通，越古越沒有用，只替文學界添了一些似通非通的假古董。……學桐城古文的人，大多數還可以做到一個『通』字；再進一步的，還可以做到應用的文字。」[11]甚至在某些言論中，他們還流露出對韓愈、柳宗元等古文家的激賞。如陳獨秀在《文學革命論》中就對發軔於唐朝的「古文運動」不吝溢美之詞：「韓、柳崛起，一洗前人纖巧堆朵之習，風會所趨，乃南北朝貴族古典文學，變而為宋、元國民通俗文學之過渡時代。韓、柳、元、白，應運而出，為之中樞。俗論謂昌黎文章起八代之衰，雖非確論，然變八代之

[9]　陳獨秀：《答程師葛》，《新青年》第 2 卷第 1 期，1916 年 9 月 1 日。
[10]　胡適：《文學改良芻議》，《新青年》第 2 卷第 5 期，1917 年 1 月 1 日。
[11]　胡適：《五十年來中國之文學》，《胡適文集》第 3 卷，歐陽哲生編，北京大學出版社，1998 年 11 月第 1 版，第 205 頁。

法，開宋、元之先，自是文界豪傑之士。」[12]

　　當然，在近代思想文化變遷的視域中，《新青年》同人的「文質觀」已經具備了新的內涵，即這種「文質觀」與清末民初不斷發展的「啟蒙文章」相互對接，並以此將自身的旨趣區別於「桐城」「選學」。對「新文學」與清末民初「啟蒙文章」的淵源，《新青年》自身從不避諱，錢玄同就聲稱：「梁任公實為創造新文學之一人。雖其政論諸作，因時變遷，不能得國人全體之贊同；即其文章，亦未能盡脫帖括蹊徑；然輸入日本新體文學，以新名詞及俗語入文，視戲曲小說與論記之文平等（梁君之作《新民說》、《新羅馬傳奇》、《新中國未來記》，皆用全力為之，未嘗分輕重於其間），此皆其識力過人處。鄙意論現代文學之革新，必數梁君。」[13]而胡適在《五十年來中國之文學》一書中敘述文學革命的歷史背景時，也把「嚴復、林紓的翻譯文章」「譚嗣同、梁啟超一派的議論的文章」「章炳麟的述學的文章」「章士釗一派的政論的文章」列入其中。在對這幾種文體的點評中，胡適總是圍繞「應用」這一核心詞彙，每種文體的優劣成敗皆與「應用」有關。在他看來：「這四派都是應用的古文。當這個危急的過渡時期，種種的需要使語言文字不能不朝著『應用』的方向變去。故這四派都可以叫做『古文範圍以內的革新運動』。」[14]而他們最終失敗的原因，則在於「不肯從根

---

[12] 陳獨秀：《文學革命論》，《新青年》第 2 卷第 6 期，1917 年 2 月 1 日。

[13] 錢玄同：《反對用典及其他》，《新青年》第 3 卷第 1 期，1917 年 3 月 1 日。

[14] 胡適：《五十年來中國之文學》，《胡適文集》第 3 卷，歐陽哲生編，北京大學出版社，1998 年 11 月第 1 版，第 201 頁。

本上做一番改革的工夫，都不知道古文只配做一種奢侈品，只配做一種裝飾品，卻不配做應用的工具。」[15]從這個意義上來說，胡適在《文學改良芻議》中所說的「質」首先即在於「應用」，而所謂「白話文」正是這種「應用性」充分發揮的必然要求：「今日所需乃是一種可讀，可聽，可歌，可講，可記的言語。要讀書不須口譯，演說不須筆譯，要施諸講壇舞台而皆可，誦之村嫗婦孺皆可懂。不如此者，非活的言語也，決不能成為吾國之國語也，決不能產生第一流的文學也。」[16]

　　由上述論證可知，《新青年》的「文學革命」首先並不是在「文學」（現代意義上的文學）範疇內發生，而是在這種「非文學」的「應用」層面展開，「白話文」首先就是一種「應用的工具」。因此，在「文學革命」發軔之時，區分「應用之文」與「文學之文」是《新青年》同人討論最多的問題。早在給胡適的信中，陳獨秀就表示：「僕擬作《國文教授私議》一文，登之下期《青年》，然所論者應用文字，應用之文但求樸實說理紀事，其道甚簡。而文學之文，尚須有斟酌處，尊兄謂何？」[17]在「文學革命」開始以後，常乃惪也給陳獨秀的信中表達了類似的主張：「為今之計，欲改革文學，莫若提倡文史分途，以文言表美術之文，以白話表

[15] 胡適：《五十年來中國之文學》，《胡適文集》第 3 卷，歐陽哲生編，北京大學出版社，1998 年 11 月第 1 版，第 201 頁。

[16] 胡適《〈中國新文學大系·建設理論集〉導言》，《中國新文學大系·建設理論集》，上海文藝出版社，2003 年 7 月第 1 版，第 18 頁。

[17] 陳獨秀：《答胡適》，《陳獨秀書信集》，水如編，新華出版社，1987 年 11 月第 1 版，第 46 頁。

實用之文，則可不致互相牽掣矣。」[18]這主張自然也得到了
陳獨秀的首肯：足下意在分別文學之文，與應用之文作用不
同，與鄙見相合。」[19]而在這種區分中，劉半農則借用了西
方的文學觀念，他在《我之文學改良觀》中提出：「欲定文
學之界說，當取法於西文，分一切作物為文字 Language 與文
學 Literature 二類。……是文字之用，本與語言無殊，僅取其
人人都能瞭解、可以布諸遠方、以補語言之不足，與吾國所
謂『言之無文，行而不遠』正相符合。至如 Literature 則界
說中既明明規定為『The class of writings distinguished for
beauty of style，as poetry，essays，history，fictions，or belles
－letters 』自與普通僅為語言之代表之文字有別。」[20]

　　但這裡需要強調的是，在「文學革命」的初期階段，這
種區分「應用之文」與「文學之文」的主張，重點並不在於
現代意義上的「文學」從原有的「文」中獨立出來，獲得自
身的價值和意義，反而意味著「應用之文」要從傳統的「文
學」範疇剝離出去，以便更充分地發揮「應用」的職能。誠
如劉半農所說：「就不佞之意，凡科學上應用之文字，無論
其為實質與否，皆當歸入文字範圍。即胡陳錢三君及不佞今
茲所草論文之文，亦系文字而非文學。以文學本身亦為各種
科學之一。」[21]在這裡，「文學」成為「各種科學之一」，

---

[18] 常乃惪：《致陳獨秀》，《新青年》第 2 卷第 6 期，1917 年 2 月 1 日。
[19] 陳獨秀：《答常乃惪》，《新青年》第 2 卷第 6 期，1917 年 2 月 1 日。
[20] 劉半農：《我之文學改良觀》，《新青年》第 3 卷第 3 期，1917 年 5
　月 1 日。
[21] 劉半農：《我之文學改良觀》，《新青年》第 3 卷第 3 期，1917 年 5 月 1
　日。

已經不再具有統攝意義，而「應用之文」也有了自身獨特的
功能：「不好高騖遠，不講派別門戶，只求在短時間內使學
生人人能看普通人應看的書，及其職業上所必看的書。人人
能作普通人應作的文章，及其職業善所必須作的文章。」[22]在
這樣一種變化之中，「應用之文」不僅與「文學之文」區分
開來，而且產生了某種對峙關係，即「應用之文」如果要充
分發揮其「應用性」，其前提就在於剔除其「文學」審美價
值，誠如劉半農所說：「文字為無精神之物，非無精神也。
精神在其所記之事物，而不在文字之本身也。故作文字如記
帳，只須應有盡有，將所記之事物，一一記完便了，不必矯
揉造作、自為增損。」[23]從這個意義上來看，《新青年》與
「桐城」「選學」的衝突，並不是什麼「正宗」地位之爭，
而正是「應用之文」與「文學之文」的對峙，而《新青年》
同人對「桐城」「選學」的攻擊與謾罵，正秉持了他們「不
濫用文學，以侵害文字」的基本宗旨。在《新青年》同人眼
中，「桐城」「選學」並不僅僅是一種「文體」，更是一種
被「濫用」的、「侵害文字」的「文學」。

二

　　由上文可知，《新青年》同人對「桐城」「選學」的「謾
罵」是在共時性的空間之中產生，就具體的歷史情境而言，

---

[22] 劉半農：《應用文之教授》，《新青年》第 4 卷第 1 期，1918 年 1 月 15
　　日。

[23] 劉半農：《我之文學改良觀》，《新青年》第 3 卷第 3 期，1917 年 5 月 1
　　日。

與其說這場「謾罵」是「文學」在「歷史進化」意義上的興替與沿革，倒不如說是社會文化機制在變革上的必然要求。具體到《新青年》而言，這場變革主要發生在與他們牽連頗深的教育領域。

事實上，「應用之文」與「文學之文」區分的原因，可以追溯到 1905 年科舉制度的廢除，隨著各級各類新式學堂的建立，「『四部之學』終於在西學成為學術主流後，被消融、分解，演化成『七科之學』，近代中國的知識系統在以西學為核心的新學體制下得以重新整合和建構。教科書作為文化教育轉型和學術知識重構的表徵，它的出現與成熟深刻而具體地表現了這一漫長而又迅捷的裂變過程。」[24]這場變革的本質，在於中國以科舉為主體的「精英教育」走向崩潰，而「大眾教育」「普及教育」成為不可遏制的潮流。在這種情形之下，對文學「應用性」的要求自然就提到了一個非常重要的地位。在這樣一種前所未有的變革要求之下，「作為聖賢之道載體的『古文』，也形影相隨，悄然褪去了往日的神聖和光彩。『古文』變成了『國文』。」[25]吳微將張謇視為「真正從現代意義上闡發『國文』概念的第一人」，而在張謇看來，「適用國文者，切事切理之文也。然若不能通貫，如何能切事切理，不常讀常作，如何能通貫，不通貫之國文，即不適用」[26]，在這種鮮明的「應用」要求之下，「國文」

---

[24] 吳微：《桐城文章與教育》，安徽大學出版社，2012 年 6 月第 1 版，第 20 頁。
[25] 吳微：《桐城文章與教育》，安徽大學出版社，2012 年 6 月第 1 版，第 20 頁。
[26] 張謇：《論國文示師範諸生》，轉引自《桐城文章與教育》，吳微著，安徽大學出版社，2012 年 6 月第 1 版，第 20 頁。

在審美意義上的標準就大大降低了，「不華可以，不雄可也，不美可也，不博不深甚至不長均可也」[27]。這裡的「國文」已經不再是一種純粹的精英教育，而凸顯了「大眾普及」意義上的「應用」功能。顯然，《新青年》同人對「應用文」的主張與張謇闡釋「國文」的宗旨一脈相承，他們同樣是基於新式教育的要求。也正是基於這一點，錢玄同才主張：「國文一科，雖可選讀古人文章，亦必取其說理精粹，行文平易者。彼古奧之周秦文，堂皇之兩漢文……淫靡之六朝文，以及搖頭擺尾之唐宋八大家文，當然不必選讀。」[28]

但是，「應用性」的要求雖已經提出，社會現實本身卻並不令人滿意，無論是教育領域還是社會領域，那種「以文學侵害文字」的現象仍然極為普遍。以「選學」為代表的「駢文」為例。據劉納研究，「中華民國成立以後的幾年間，駢文是普遍應用的公文形式」[29]，「會寫駢文能做大總統府秘書，也能入都督幕，時尚使然」[30]。錢玄同曾提及：「章太炎先生嘗謂公牘中『水落石出』、『剜肉補瘡』諸詞為不雅。亡友胡仰曾君謂曾見某處告誡軍人之文，有曰：『此偶合之烏，難保無害群之馬。果爾以有限之血蚨，養無數之飛蝗』，此不通已極。滿清及洪憲時代司法不獨立，州縣長官遇婚姻

---

[27] 張謇：《論國文示師範諸生》，轉引自《桐城文章與教育》，吳微著，安徽大學出版社，2012 年 6 月第 1 版，第 20 頁。

[28] 錢玄同：《論應用之亟宜改良》，《新青年》第 3 卷第 5 期，1917年 7 月 1 日。

[29] 劉納：《嬗變 —— 辛亥革命時期至五四時期的中國文學》，中國人民大學出版社，2010 年 4 月第 1 版，第 155 頁。

[30] 劉納：《嬗變 —— 辛亥革命時期至五四時期的中國文學》，中國人民大學出版社，2010 年 4 月第 1 版，第 155 頁。

訟事,往往喜用濫惡之四六為判詞。既自炫其淹博,又藉以肆其輕薄之口吻。」[31]其實,除了公牘文告外,駢文還出現在通電、檄文、新聞廣告乃至通俗小說創作中,誠如劉納所說:「駢文在 1912—1919 年間成為社會性的嗜好」[32]。事實上,在教育領域內部,「駢文」的勢力已經沒有什麼太大的影響,但這種盛極一時的社會風氣卻必然影響到新式學堂的「國文」教育,胡適就曾經不無揶揄地調侃:「現今大總統國務總理的通電都是用駢體文做的;就是豆腐店裡寫一封拜年信,也必須用『桃符獻瑞,梅萼呈祥,遙知福履綏和,定卜籌祺迪吉』……等等刻板文字,我們若教學生『一律做白話文字』,他們畢業之後,不單不配做『府院』的秘書,還不配當豆腐店的掌櫃呢!」[33]

與「選學」相比,「桐城」雖然沒有在社會上形成浩大的聲勢,但卻在教育領域中保持著頑強的生命力。這其中的原因在於,諸多「桐城」古文家在劇烈的教育體制變革中,能夠順應時勢、調整策略,誠如吳微所說:「新學盛行,舊學則黯然退讓。古文家們切身感受到了『經史之學』的消退,感受到了古文空前的消亡危機,惶恐、悲憤、不甘交織在一處,奮力而起,編寫教科書,編選讀本,以『國文』之名而行『古文』之實,在新式教育中為『古文』的生存而奔波,

---

[31] 錢玄同:《反對用典及其他》,《新青年》第 3 卷第 1 期,1917 年 3 月 1 日。

[32] 劉納:《嬗變 —— 辛亥革命時期至五四時期的中國文學》,中國人民大學出版社,2010 年 4 月第 1 版,第 166 頁。

[33] 胡適:《答盛兆熊》,《新青年》第 4 卷第 5 期,1918 年 5 月 15 日。

並竭力爭奪與擴充『古文』在新式文學教育中的領地。」[34]從歷史的長時段來看，這樣一種應對自然是回天乏術，但從短時期來看，它卻保證了「桐城」古文家兼具的教育家身份，也使得他們能夠據守教育系統之要津，最大限度地發揮自身的影響力。

這其中一個有趣的現象是：當胡適等人把文學作為歷史對象予以觀照時，他們對「桐城」的評價遠遠高於「選學」，但是在具體的批評實踐中，他們對「桐城」的攻擊卻更為猛烈，誠如陳平原所說：「新文化運動在橫掃『舊文學』時，明顯地『厚此薄彼』……『謬種』不斷挨批，而所謂的『妖孽』基本無恙。」[35]這其中的原因自然有人事因素：「五四新文化人中舊學修養好、有能力從學理上批評『選學』的，基本都是章門弟子。」[36]但更為重要的問題，可能在於「桐城」古文家卻往往與知識份子切身的文化活動有著更為密切的相關，如林紓與嚴復基於「桐城筆法」的翻譯活動。其實嚴格來講，《新青年》攻擊最力的嚴復和林紓都不是桐城派的嫡傳，而作為桐城正宗傳人的馬其昶、姚永樸、姚永概等人則很少波及。由此也可以看出，《新青年》同人批評的基點並不在於「文體」，而在於他們通過「古文」所從事的「應用性」活動本身。劉半農在攻擊嚴復時就說：「吾國舊時科

---

[34] 張謇：《論國文示師範諸生》，轉引自《桐城文章與教育》，吳微著，安徽大學出版社，2012年6月第1版，第30頁。

[35] 陳平原：《作為學科的文學史》，北京大學出版社，2011年2月第1版，第22頁。

[36] 陳平原：《作為學科的文學史》，北京大學出版社，2011年2月第1版，第23頁。

學書，大部並藝術為一談。……近自西洋物質文明，稍稍輸入中國，凡移譯東西科學書籍者，都已不復有此惡習。而嚴復所撰英文漢話，雖全書取材，悉系彼邦至粗淺之文法，乃竟以文筆之古拙生澀，見稱於世。若取此書以為教材，是非使學徒先習十數年國文，即不許其研究英文，試問天下有是理乎？」[37]而具體到「文學革命」來說，由於「桐城派」在教育界的影響遠遠高於「選學家」，因此他們的「文學」觀念也為更多人所接受：「一知半解之學生，對於文學，早有一種成見。以為文必求古，字必求奧；聖經賢傳，中國之粹；國粹若亡，國何以立？平日又受頑固教師之誘迪，益堅其信。吾輩之言，當然被斥為妄談。」[38]

由上文論述可知，《新青年》同人「目桐城為謬種，選學為妖孽」，並非由於歷史意義上的「文體」沿革，而是基於社會文化變遷、教育轉型出現的新的要求，正如錢玄同自己所說：「玄同年來深慨於吾國文言之不合一，致令青年學子不能以三五年之歲月，通順其文理，以適於用。而彼『選學妖孽』與『桐城謬種』，方欲以不通之典故，與肉麻之語調，戕賊吾青年，因之時興改革文學之思……」[39]也正是從這個意義上，胡適才認為「選學妖孽」「桐城謬種」的口號「為文學革命找到了革命的物件」[40]

---

[37] 劉半農：《我之文學改良觀》，《新青年》第 3 卷第 3 期，1917 年 5 月 1日。

[38] 張護蘭：《致陳獨秀》，《新青年》第 3 卷第 3 期，1917 年 5 月 1 日。

[39] 錢玄同：《答胡適之》，《新青年》第 3 卷第 6 期，1917 年 8 月 1 日。

[40] 胡適、唐德剛：《胡適口述自傳》，廣西師範大學出版社，2005 年 8 月第 1 版，第 154 頁。。

## 三

　　《新青年》同人在「文學革命」初期對「應用之文」與「文學之文」的區分，是淵源於晚清以來啟蒙知識份子對文章「應用性」的要求。但是，從五四啟蒙話語的範疇來看，這樣一種基於「應用性」的區分卻存在一個重要的問題：如果「應用之文」可以袪除「文學性」來充分發揮「應用」之功能，那麼傳統的「文學之文」（包括「古文」與「駢文」）自然也可以通過對「應用性」的去除予以不加變革的留存，而成為文人個體純粹的「美術」活動。胡適在對「文學革命」的反顧中就注意到了這一點，在他看來：「這種見解，初看去似不重要，其實很有關係。有許多人只為打不破這種種因襲的區別，故有『應用文』與『美文』的分別；有些人竟說『美文』可以不注重內容；有的人竟說『美文』自成一種高尚不可捉摸，不必求人解的東西，不受常識與論理的裁制！」[41]這樣一種區分體現在「語體變革」的範疇上，就表現為以「文言」為「文學之文」，而以「白話」為「應用之文」的主張。事實上，這一主張也一直是晚清以來「白話文運動」的一個主流。胡適在文中很形象地描述了這些人的兩面心理：「這種心理的基礎觀念是把社會分作兩個階級，一邊是『我們』士大夫，一邊是『他們』齊氓細民。『我們』是天

---

[41] 胡適：《五十年來中國之文學》，《胡適文集》第 3 卷，歐陽哲生編，北京大學出版社，1998 年 11 月第 1 版，第 229 頁。

生聰明睿智的，所以不妨用二三十年窗下功夫去學那『萬國莫有能逮及之』的漢字漢文。『他們』是愚蠢的，是『資質不足以識千餘漢字之人』，所以我們必須給他們一種求點知識的簡易法門。『我們』不厭繁難，而『他們』必求簡易。」[42]而這種區分導致的最終結果就在於：「士大夫始終迷戀著古文的殘骸，『以為宇宙古今之至美，無可以易吾文者』。但他們又哀憐老百姓無知無識，資質太笨，不配學那『宇宙古今之至美』的古文，所以他們想用一種『便民』文字來教育小孩子，來『開通』老百姓。他們把整個社會分成兩個階級了：上等人認漢字，念八股，做古文；下等人認字母，讀拼音文字的書報。」[43]

　　這樣一種主張在《新青年》的讀者中也不乏其人。如在「文學革命」提出區分「應用之文」與「文學之文」的同時，就有人把傳統的「古文」或「駢文」代表的「文言」視為一種「文學之文」，並試圖把它們以「美文」的形式保留下來。這其中最具代表性的人物就是常乃惪。他在給陳獨秀的信中就認為「美術之文，雖無直接之用，然其陶鑄高尚之理想，引起美感之興趣」[44]，因此他主張「一面改革史學，使趨於實用之途，一面改良文學，使卓然成為一種完全之美術」[45]。而這種「美術」即指被錢玄同所蔑棄為「妖孽」的駢文：「吾

---

[42] 胡適《〈中國新文學大系·建設理論集〉導言》，《中國新文學大系·建設理論集》，上海文藝出版社，2003 年 7 月第 1 版，第 11 頁。
[43] 胡適《〈中國新文學大系·建設理論集〉導言》，《中國新文學大系·建設理論集》，上海文藝出版社，2003 年 7 月第 1 版，第 13 頁。
[44] 常乃惪：《致陳獨秀》，《新青年》第 2 卷第 4 期，1916 年 12 月 1 日。
[45] 常乃惪：《致陳獨秀》，《新青年》第 2 卷第 4 期，1916 年 12 月 1 日。

國之駢文實世界唯一最優美之文（他國文學，斷無有能於字數音節意義三者對整，而無參差者），而非可以漫然拋棄者也。」[46]對於這一點，《新青年》同人顯然不能接受，陳獨秀在回信中就指出：「惟鄙意固不承認文以載道之說，而以為文學美文之為美，卻不在駢體與用典也。結構之佳，擇詞之麗（即俗語亦麗，非必駢與典也），文氣之清新，表情之真切而動人：此四者，其為文學美文之要素乎？應用之文，以理為主，文學之文，以情為主。駢文用典，每易束縛情性，牽強失真。六朝之文，美則美矣，即犯此病。後人再踵為之，將日惟神話妄言是務，文學之天才與性情，必因以汩沒也。」[47]

　　在文章趨於「應用」的時代趨勢之下，「駢文」的應對之策是追求「華美」的形式，並在「文學之文」與「應用之文」的區分中將自身以「美文」保存下來。而與「駢文」不同，桐城古文也開始對自己「非應用」的部分予以凸顯，而其最為重要的就是對其「義法」的強調。當然，這種強調與國文教育變革的過程密切相關，誠如有學者指出的那種強調「形式」「義法」的傾向，是教材變革中不得已的無奈選擇：「在新式學堂中，『修身』、『倫理』已單獨成科，『國文』成了純粹的文學訓練，因為講求技法、追尋文法成了合乎時尚的需求。」[48]而針對知識份子基於「應用」的觀念對「桐

[46] 常乃悳：《致陳獨秀》，《新青年》第 2 卷第 4 期，1916 年 12 月 1 日。

[47] 陳獨秀：《答常乃悳》，《新青年》第 2 卷第 4 期，1916 年 12 月 1 日。

[48] 吳微：《桐城文章與教育》，安徽大學出版社，2012 年 6 月第 1 版，第 32 頁。

城義法」予以排斥,他們其實也開始強調了「義法」的美學意義。錢玄同曾借王敬軒的口吻形容「義法」的好處:「散體則起伏照應。章法至為謹嚴。其曲折達意之處。多作波瀾。不用平筆。令讀者一唱三歎。能得弦外餘音。非深明桐城義法者。又不能工也。」[49]這也從一個側面表明了彼時桐城文人對「形式美學」強烈的追求。但必須指出的是,這樣一種「審美」意義上的「義法」其實已經在很大程度上背離了「桐城」家法,而成為一種民初特有的「精神趣味」。而在《新青年》同人看來,「義法」就更是一種故弄玄虛的存在:「教育部所定的中學課程,卻有『文法』和『修辭學』,於是又想出一個『拔彼趙幟,宏我漢京』的辦法,刻《文學津梁》等書,拿什麼『神理氣味』之類算做文法;或拿『文成法立』、『文無定法』的話來,說『這是中國的文法』。這些議論,大概研究國文的人,最容易上他的當。」[50]

很顯然,把「桐城」與「選學」視為「文學」的觀念,並對其從「美學」意義上大加褒獎,其本質是與《新青年》提倡白話的主張相衝突的,因為此時《新青年》所提倡的「白話」已經不僅僅具有晚清啟蒙意義上的「應用性」,其本身也已經具備了「文學」性:「現在我們認定白話是文學的正宗:正是要用質樸的文章,去剷除階級制度裡的野蠻款式;正是要用老實的文章,去表明文章是人人會做的,做文章是

---

[49] 錢玄同:《文學革命之反響》,《新青年》第 4 卷第 3 期,1918 年 3 月 15 日。

[50] 錢玄同:《新文體》,《錢玄同文集》第 1 卷,中國人民大學出版社,1999 年 4 月第 1 版,第 326 頁。

直寫自己腦筋裡的思想，或直敘外面的事物，並沒有什麼一
定的格式。對於那些腐臭的舊文學，應該極端驅除，淘汰淨
盡，才能使新基礎穩固。」[51]因此，《新青年》同人所宣導
的「文學革命」並不是一種「文學的流變」，而是要對整個
「文學」的觀念本身進行變革，把「引車賣漿者流」的「白
話」賦予和「士大夫」同等的「文學」意義。這其實意味著
胡適和陳獨秀這些新興知識階級要消解「漢文的尊嚴和權
威」，要打破「士大夫」階層對古文「『宇宙古今之至美』
的迷夢」[52]。

　　事實上，將「駢文」或「古文」視為「美文」予以保留
是「語體變革」過程中一個普遍的主張，這其中的原因與它
們自身的性質有密切關聯。在前文中曾提及，「駢文」和「古
文」的衰落決定於社會文化機制的變遷。從一個長時段的歷
史來看，「詩文」為主體的「文學」的確會隨著「經史之學」
的衰落而消亡，但是在一個特定歷史變遷中，這種「衰落」
卻並非一蹴而就。因此，1905 年科舉制度的廢除和民初「經
學」的棄置儘管註定了「詩文」消亡的歷史命運，但是作為
一種「文化活動」，它們不僅沒有立即終結，反而出現了一
次迴光返照式的興盛期。劉納就曾在論及民初駢文時指出：
「在 1912—1919 年間，當文人們已經感受到中國傳統文學幕
落花凋的末運，作為中國文學獨特品種的駢文竟有了一次迴

---

[51] 錢玄同：《〈嘗試集〉序》，《新青年》第 4 卷第 2 期，1918 年 2 月
15 日。

[52] 胡適《〈中國新文學大系·建設理論集〉導言》，《中國新文學大系·建設
理論集》，上海文藝出版社，2003 年 7 月第 1 版，第 13 頁。

光返照般的興盛，形成了奇特的文學景觀。」[53]而「桐城」
古文家如林紓、吳闓生等人也通過對「國文選本」的編選延
續了「古文」的生命力，以至「桐城選本在『國文』的新領
地仍然獨領風騷」[54]。更重要的是，作為一種精神層面的活
動，「駢文」與「古文」和社會文化體制的關聯不像「八股」
這種「應制文」那麼緊密。相反，科舉的廢除反倒使得這些
失去仕進之路的「士人」更為頻繁地以「詩文」感遇抒情、
寄託懷抱。因此，「八股文」隨著科舉制度的廢止而立即消
亡，但「駢文」和「古文」不僅擺脫了對特定制度的寄生關
係，而且能夠生存下來，成為「文人」在困境中自遣的重要
手段。正是在這個意義上，錢玄同才會認為「『桐城派』與
『選學家』，其為有害文學之毒菌，更烈於八股試帖，及淫
書壁畫」[55]，在他看來：「至於八股試帖，人人但以為騙『狀
元』『翰林』之敲門磚，從沒有人當他以綜合那個學問看待；
淫書穢畫，則凡稍具腦筋之人，無不痛斥為不正當之頑意兒；
故雖有人中毒，尚易消除。至『桐城派』與『選學家』，則
無論何人，無不視為正當之文章，後者流毒已千餘年，前者
亦數百年……」[56]也正是基於此，他對那些在民初文壇中迴
光返照式的復古活動深惡痛絕：「民國成立以來，因為他們

---

[53] 劉納：《壇變 —— 辛亥革命時期至五四時期的中國文學》，中國人民大學
出版社，2010年4月第1版，第154頁。

[54] 吳微：《桐城文章與教育》，安徽大學出版社，2012年6月第1版，第
31頁。

[55] 錢玄同：《文字改革及宗教信仰》，《新青年》第4卷第6期，1918年6
月15日。

[56] 錢玄同：《文字改革及宗教信仰》，《新青年》第4卷第6期，1918年6
月15日。

所謂『暴徒』也者偶然吃了幾個月的安逸飯,以致一班遺老、遺少、名士、國粹家、大文豪氣得『三屍神炸,七竅生煙』,大倡復古之論,恨不得立時三刻把戊戌到辛亥十五年間發生的一點『新』萌芽,『芟夷蘊崇,勿使能殖』,方才遂了他們的心,除了他們的氣。首先復古的東西便是文學,所以什麼樓的『文鈔』,什麼書的『文萃』,什麼書的『精華』之類,層出不窮。」[57]

當然,由於「士人」階層整體在社會變遷中的衰落,他們文化活動的內涵也逐漸發生了變化。由於科學制度和「經學」的先後廢止,士大夫寄託懷抱的「詩文」失去了根基,而逐漸變成了「文人」群體的圈子活動乃至私人活動。而清末民初激蕩的思想啟蒙之中,那些僅僅用來感懷和酬唱的「詩文」已經失去了原本所具有的崇高性和莊嚴感。它從開始的寄託懷抱,到之後的自遣,直到最後自娛,變得愈發具有遊戲性。從這個意義上來說,包括「桐城」與「選學」在內的「詩文」已經從「士人」的精神,變成了文人褊狹的趣味。在這樣一種情形之下,「文風」走向「浮華」,文人創作愈發注重形式的繁縟,也就墮入了胡適所言及的「文勝」之弊——「桐城」的義法、「選學」的駢偶、用典,乃至詩詞的格律、平仄都被突出和強調,甚至到了無以復加的程度。在下面一段話中,蔡元培就生動地描繪了這種所謂「技巧的」文章的形態:

---

[57] 錢玄同:《新文體》,《錢玄同文集》第 1 卷,中國人民大學出版社,1999 年 4 月第 1 版,第 298 頁。

作一篇文章，滿紙的奇字奧句故意叫人不認得，不理會。我聽人說：「有人作文章，作好了以後，拿說文上本字去改他。」我有一時作八股文很喜歡用《經傳釋詞》上的古字，《古書疑義舉例》上的古句，好像同人開玩笑一樣。又譬如作「五言八韻」的律詩，故意用些不容易對的聯子取巧，其實一句同一句全不相聯。如「月到中秋分外明」，只許用一個「月」，一個「中秋」，又拉了多少「月」和「中秋」的典故填進去。又譬如詩鐘，出一個「粉筆」和「袁世凱」，一個「菊」字和一個「靜」字，或則分詠，或則嵌字。這種並不是應酬文章，實在不過一種技巧。好像象牙上刻得很精細的花紋，或者一個圖章上刻一篇《蘭亭序》，實在沒有什麼好看，不過知道他不容易就是了。
58

在民初文壇，這樣一種偏重精神的「技巧」之文可謂比比皆是、蔚為大觀。更吊詭的是，這樣一種失去精神內核的「技巧」之文，在時代風氣中卻以「學問」相標榜。誠如錢玄同所說：「自後世文人，無鑄造新詞之材，乃力競趨於用典，以欺世人，不學著從而震驚之，以淵博相稱譽。於是習非成是，一若文不用典，即為儉學之征，此實文學窳敗之一大原因。」59事實上，《新青年》同人對「駢文」的批評，

---

58 蔡元培：《論國文的趨勢及國文與外國語及科學之關係》，《蔡子民先生言行錄》，嶽麓書社，2010 年 1 月第 1 版，第 68 頁。
59 錢玄同：《論世界語與文學》，《新青年》第 3 卷第 4 期，1917 年 6 月 1 日。

正是圍繞這種形式化的傾向：「世人說到『文學』一名詞，即存心以為必須堆砌種種陳套語、表像詞，刪去幾個虛字，倒裝賓主名動，效法『改「龍門」為「虬戶」、易「東西」為「甲辛」』之故智，寫許多費解之怪事，以眩惑愚眾，學選體者濫填無謂之古典，宗桐城者頻作搖曳之醜態。弟以為此等怪物，止可稱為『事類賦』、『八股文』之重佁，斷斷講不到『文學』二字。文學之真價值，本在內容，不在形式。」[60]在《新青年》同人看來，這種刻意追求「形式」的文學「自命典贍古雅」，但實際上背離了文學的本旨：「所謂華美，其界說果何若，殊有難言。一般鸚鵡學舌之所謂華美，不外弟上文所說『堆砌陳套語、表像詞……』而已。大約中國之所謂文人學士研究文學，即在此種地方。」[61]他們因此主張：「今日而言文學改良，當『先立乎其大者』，不當枉廢有用之精力於微細纖巧之末。此吾所以有廢駢廢律之說也。即不能廢此兩者，亦但當視為文學末技而已，非講求之急務也。」[62]這樣一種批評的意義，在於讓文學家與「學問家」分途，而讓文學複歸於「獨抒性靈」的「創造」，從而為「新文學」的創作開闢了廣闊的道路。

事實上，《新青年》「目桐城為謬種，選學為妖孽」的「謾罵」並不是針對「桐城」與「選學」所持的「文學觀念」，

---

[60] 錢玄同：《論世界語與文學》，《新青年》第 3 卷第 4 期，1917 年 6 月 1 日。

[61] 錢玄同：《論世界語與文學》，《新青年》第 3 卷第 4 期，1917 年 6 月 1 日。

[62] 錢玄同：《論世界語與文學》，《新青年》第 3 卷第 4 期，1917 年 6 月 1 日。

而正是指向了這種文學所代表的文化活動。就這一點考察，《新青年》對「舊文學」的批評，其實已經遠遠超出了文學本身的範疇。例如，錢玄同與劉半農對「壽序」「祭文」「挽對」「墓誌」等「酬世之文」也予以了嚴厲的攻擊。錢玄同認為：「這些什麼『壽序』『祭文』『挽對』『墓誌』之類，是頂沒有價值的文章，我們提倡文學革新，別的還不過是改良；惟有這一類的文章，應該絕對的排斥消滅。『壽序』一類，就是《選》學家，桐城派，也曉得不該做……」[63]而劉半農也認為：「酬世之文（如頌辭、壽序、祭文、挽聯、墓誌之屬），一時雖不能盡廢，將來崇實主義發達後，此種文學廢物，必在自然淘汰之列。」[64]在有些情況下，所謂「古文」不僅是一種「文體」，還關聯著某種「字體」，如錢玄同所說：「況且做古文，覺得總要寫上幾個規規矩矩的什麼『正楷』，就是隨便些，亦還要寫幾個什麼『行楷』，字體最好是依照《字學奉隅》，就是隨便些，亦還得要寫幾個『所有本』的帖體。那東倒的形狀和破體小寫的字體，是萬不可用的。因為古文自有他古文的身價，彷彿一個紳士老爺，總得要穿上天青緞子馬褂，藍寧綢袍子，粉底皂靴，才算合格。要是還穿上一件竹布長衫，一條外國呢褲，再是一雙形狀古怪的白帆布鞋子，那便失掉了紳士的體統了。」[65]錢玄同末

---

[63] 錢玄同：《新文學與今韻問題》，《新青年》第 4 卷第 1 期，1918 年 1 月 15 日。

[64] 劉半農：《新文學與今韻問題》，《新青年》第 4 卷第 1 期，1918 年 1 月 15 日。

[65] 錢玄同：《文學革新雜談》，《錢玄同文集》第 1 卷，中國人民大學出版社，1999 年 4 月第 1 版，第 159 頁。

句提及了「紳士的體統」，實際上表明「舊文學」並非純粹的文學問題，而那種令人厭惡的「文人趣味」其實指涉著「士紳」階層一整套的文化系統和精神生活。

如此看來，《新青年》同人對「文學」的理解有著更為宏闊的「社會文化」意義，而「文學革命」也遠遠超越了狹隘的文學範疇。誠如陳獨秀在《文學革命論》中所說：「此種文學，蓋與吾阿諛誇張虛偽迂闊之國民性，互為因果。今欲革新政治，勢不得不革新盤踞於運用此政治者精神界之文學。使吾人不張目以觀世界社會文學之趨勢，及時代之精神，日夜埋頭故紙堆中，所目注心營者，不越帝王，權貴，鬼怪，神仙，與夫個人之窮通利達，以此而求革新文學，革新政治，是縛手足而敵孟賁也。」[66]而錢玄同則說得更為直接：「一九一一年革命以後，上有袁皇帝，下有一班死不盡的遺老、遺少（什麼叫做『遺少』呢？現在有一班二三十歲的少年人，或學老前輩的樣子，做什麼書的『考證』，什麼書的『箚記』；或則想做大文豪，學蒲松齡的爛調文，王次回的肉麻詩。）這兩種人的文章裡，照例用干支紀年，陰曆紀月日，籍貫必須寫滿清時代的舊地名，神聖曾左而盡賊洪楊，追念滿廷而咒詛民國。」[67]在陳獨秀和錢玄同這裡，「文學」顯然不只是藝術範疇的事，而是與整個的社會精神文化密切相關，因此可以說，他們對「文學」的改良，是與其對社會風氣的扭轉同步的。

---

[66] 陳獨秀：《文學革命論》，《新青年》第 2 卷第 6 期，1917 年 2 月 1 日。
[67] 錢玄同：《文學革新與青年救濟》，《新青年》第 5 卷第 1 期，1918 年 7 月 15 日。

　　從這個意義上來說，《新青年》對「桐城」「選學」的批評，並非基於某種抽象的文學理念，而是在於那種牽涉深廣的「舊文人趣味」。錢玄同在批評「桐城」與「選學」時寫道：「世人說到『文學』一名詞，即存心以為必須堆砌種種陳套語、表像詞，刪去幾個虛字，倒裝賓主名動，效法『改「龍門」為「虯戶」、易「東西」為「甲辛」』之故智，寫許多費解之怪事，以眩惑愚眾，學選體者濫填無謂之古典，宗桐城者頻作搖曳之醜態。弟以為此等怪物，止可稱為『事類賦』、『八股文』之重儓，斷斷講不到『文學』二字。」[68]在這裡，錢玄同並不是對「舊文學」做出學理意義上的否定判斷，而通過情感對其「精神」「趣味」以激烈排斥。事實上，所謂「文人趣味」本就不是抽象的思想或者觀念，而是勾連著一種生活方式和生命狀態。舊學造詣精深的《新青年》同人對這種狀態顯然有著深切的感知和體認，因此他們總會用形象的筆觸來描述之，所謂「搖頭擺尾，口角噓唏」[69]，所謂「彎腰駝背，規行矩步」[70]，所謂「搖頭擺尾，說來說去，不知道說些甚麼」[71]。這樣一種描述使得那種「自命典贍古雅」的「文人趣味」躍然紙上，成為一種鮮活但卻可笑、滑稽的生命狀態。這其實表現出，中國「古文」作為一種文章，不僅是出之於筆端的文字，也因其音韻鏗鏘而出之於口

---

[68] 錢玄同：《致陳獨秀》，《新青年》第 3 卷第 4 期，1917 年 6 月 1 日。

[69] 錢玄同：《論世界語與文學》，《新青年》第 3 卷第 4 期，1917 年 6 月 1 日。

[70] 錢玄同：《新文體》，《錢玄同文集》第 1 卷，中國人民大學出版社，1999 年 4 月第 1 版，第 326 頁。

[71] 陳獨秀：《文學革命論》，《新青年》第 2 卷第 6 期，1917 年 2 月 1 日。

頭，甚至能夠製造出一種「文人」式的情境。在《新青年》同人看來，那些「桐城派」和「選學家」正是將自己沉浸於一個封閉虛幻的情境裡，孤芳自賞、顧影自憐，乃至忸怩作態。

因此在宣導「新文化」的《新青年》同人看來，「選學」之所以為「妖孽」，「桐城」之所以是「謬種」，並不僅僅在於其文章體式，更在於那種令「舊文人」沉醉其中的精神狀態。正因為此，《新青年》同人在提及「桐城」與「選學」時，往往以「毒」稱之，如錢玄同所說：「青年子弟，讀了這種舊文章，覺其句調鏗鏘，娓娓可誦，不知不覺，便將為其文中之荒謬道理所征服。其中毒之程度，亦未能減於讀《四書五經》及《參同契》《黃庭經》諸書。」[72]連《新青年》的讀者在提及「桐城」時也說道：「桐城派之影響，至於今而不絕者，實賴有姚姬傳之《古文辭類纂》一書，以痛毒於社會。」[73]其實對《新青年》而言，「桐城」「選學」所營構的那種「精神趣味」並非他者，也籠罩著他們自身，誠如劉半農所說：「我們這班人，大家都是『半路出家』，腦筋中已受了許多舊文學的毒。……故現在除自己洗刷自己之外，還要替一般同受此毒者洗刷，更要大大的用些加玻力克酸，把未受毒的清白腦筋好好預防，不使毒菌侵害進去……」[74]因此可以說，阻礙「白話文」推進的並不僅僅是一種「舊

[72] 錢玄同：《中國今後之文字問題》，《新青年》第 4 卷第 3 期，1918 年 4 月 15 日。

[73] 李濂堂：《致陳獨秀》，《新青年》第 3 卷第 2 期，1917 年 4 月 1 日。

[74] 劉半農：《致錢玄同》，《劉半農研究資料》，鮑晶編，智慧財產權出版社，2011 年 4 月第 1 版，第 108 頁。

文學」的思想理念，也不只在於「文言」的正宗地位，而正是這種「精神趣味」，如胡適所說：「有些人說：『做白話很不容易，不如做文言的省力。』這是因為中毒太深之過。受病深了，更宜趕緊醫治，否則真不可救了。……做白話並不是難事，不過人性懶惰的居多數，捨不得拋『高文典冊』的死文字罷了。」[75]

綜上所述，《新青年》同人與「桐城」「選學」之爭，並非「思想之爭」或「理念之爭」，而更是一種「精神趣味」之爭。顯然，在這樣一種精神和趣味的衝突面前，就不存在什麼「道理」可言，而《新青年》對他們的批評也必然會以「謾罵」出之，正如錢玄同自己所說：「此等文章，除了謾罵，更有何術？」[76]所以我們看到，《新青年》同人在各個場合對「舊文學」極盡謾罵嘲笑之能事。陳獨秀「把大批古文宗師一棒打成『十八妖魔』」[77]，錢玄同則「目桐城為謬種，選學為妖孽」，譏諷「美文」為「金漆馬桶」，而劉半農則把駢文比喻為「醜婦濃妝，橫施脂粉，適成其為怪物」，並聲稱「徒欲從字句聲韻上賣力，直如劣等優伶，自己無真實本事，乃以花腔滑調博人叫好。」[78]從這個意義上來說，《新青年》對「桐城」與「選學」的「謾罵」並非僅對一種

---

[75] 胡適：《建設的文學革命論》，《新青年》第 4 卷第 4 期，1918 年 4 月 15 日。

[76] 錢玄同：《文字改革及宗教信仰》，《新青年》第 4 卷第 6 期，1918 年 6 月 15 日。

[77] 胡適、唐德剛：《胡適口述自傳》，廣西師範大學出版社，2005 年 8 月第 1 版，第 154 頁。

[78] 劉半農：《我之文學改良觀》，《新青年》第 3 卷第 3 期，1917 年 5 月 1 日。

文章體式或文學觀念的理性批判，也不只是傳媒炒作的修
辭，而是對那種包括自己在內的、「自命典贍古雅」的「精
神趣味」的破除與消解。

# 第二節　「誨淫誨盜」「青年良好讀物」 　　　　　以及「人的文學」

在對「文學革命」的回顧中，人們往往會提及它所包含
的兩重含義，胡適自己就曾經如此概括：「我們的中心理論
只有兩個：一個是我們要建立一種『活的文學』，一個是我
們要建立一種『人的文學』。前一個理論是文字工具的革新，
後一種是文學內容的革新。中國新文學運動的一切理論都可
以包括在這兩個中心思想的裡面。」[79]當然在胡適看來，所
謂「活的文學」與「人的文學」在「文學革命」推進的過程
中並非同步進行，「我們認定文學革命須有先後的程式：先
要做到文字體裁的大解放，方才可以用來做新思想新精神的
運輸品。」[80]在胡適看來，正是在這樣一個先後有序的過程
中，「活的文學」和「人的文學」兩者相輔相成、彼此呼應，
並分別在「形式」與「內容」兩個方面確立了「新文學」的
邊界和內涵。但是問題在於，《新青年》同人所策動的「文
學革命」並不是一個理論建構的過程，而是一個文化實踐的

---

[79] 胡適：《〈中國新文學大系·建設理論集〉導言》，《中國新文學大系·
　　建設理論集》，上海文藝出版社，2003 年 7 月第 1 版，第 18 頁。
[80] 胡適：《〈中國新文學大系·建設理論集〉導言》，《中國新文學大系·
　　建設理論集》，上海文藝出版社，2003 年 7 月第 1 版，第 27 頁。

過程。在這一過程中，無論是「活的文學」還是「人的文學」都不是抽象的學理概念，而是一個具體的文化主張，它在實踐過程中與彼時中國的社會現實和文化語境有著錯綜複雜的關聯。所以，當我們把「文學革命」視為一個文化實踐而非理論建構的過程時，就會發現「活的文學」和「人的文學」不僅僅有相互呼應、彼此配合的一面，也有相互抵牾、尖銳矛盾的一面。事實上，這樣一種抵牾和矛盾在「文學革命」發軔之時就已現端倪，而陳獨秀、胡適和錢玄同在《新青年》通信中圍繞白話小說展開的討論，更是將這種矛盾呈現得淋漓盡致。

一

自胡適在《新青年》第 2 卷第 5 期發表《文學改良芻議》以來，《新青年》同人開始通過通信的方式對「文學革命」各項具體問題展開廣泛的討論。這一場討論不僅涉及了傳統的「詩文」，也涉及了白話小說和戲曲。而這些討論的最初目標，即在於通過發掘小說、戲曲的文學價值，而貶抑「詩文」的正宗地位，從而為「白話」取代「文言」提供合法的支援。但是隨著討論的不斷深入，白話小說和戲曲愈發凸顯了自身的豐富性和複雜性，而成為一個獨立的問題被予以關注。在這種情形之下，《新青年》同人的討論實際已經偏離了文學「正宗之爭」的範疇，而進入對白話小說思想價值的探討。在這些探討中，陳、胡、錢三人對白話小說思想上的負面價值大加貶斥，其點評式的語言也顯得犀利、尖刻，甚

至充滿了諸如「不通」「淫褻」「惡濫」「誨淫誨盜」等「罵
詈之詞」。從某種意義上甚至可以說,周作人的《人的文學》
雖然尚未發表,但《新青年》同人卻已經提前觸及了與「人
的文學」相關的諸多問題。

誠如胡適所說,「文學革命」在發軔之時,其目標主要
在「活的文學」一維,這表現在《新青年》同人批判中國傳
統的「詩文」,而大力提倡「小說、戲曲」的地位,即所謂
「神聖施曹而土芥歸方」[81]。正是在這樣一個語境之中,小
說、戲曲的地位被大力提高。陳獨秀在其《文學革命論》中
表示:「元、明劇本,明、清小說,乃近代文學之粲然可觀
者」[82],他毫不猶豫地指出:「國人惡習,鄙夷戲曲小說為
不足齒數,是以賢者不為,其道日卑。此種風氣,倘不轉移,
文學界決無進步之可言。」[83]當然,對小說的重視並非《新
青年》首開風氣,追其遠因,有梁啟超「欲改良群治,必自
小說界革命始」[84]的說法;而溯其近源,則為《甲寅》雜誌
之提倡,常乃惠就認為「注意文學小說」為《甲寅》「替後
來的運動預備下」的「幾個基礎」之一[85]。但是這裡需要指
出的是,由於五四時期的「文學革命」是以「語體革命」的
形式發生,所以胡適等人對小說的看法與梁啟超等人有很大

---

[81] 錢玄同:《文學革命之反響》,《新青年》第 4 卷第 3 期,1918 年 3 月
    15 日。
[82] 陳獨秀:《文學革命論》,《新青年》第 2 卷第 6 期,1917 年 2 月 1 日。
[83] 陳獨秀:《答錢玄同》,《新青年》第 3 卷第 1 期,1917 年 4 月 1 日。
[84] 梁啟超:《論小說與群治之關係》,《新小說》1902 年第 1 期。
[85] 常乃惠:《中國思想小史》,上海古籍出版社,2009 年 7 月第 1 版,第
    122 頁。

的不同，他們除了看重小說在思想啟蒙上的功能以外，也非常強調其在「白話」這一語言範疇的意義，這一點其實契合《新青年》在「文字工具的革新」上的要求。按照這樣一種思路，胡適等人已經開始有意識地遴選白話小說的經典作品，以期作為「新文學」的範本：

> 吾每謂今日之文學，其足與世界「第一流」文學比較而無愧色者，獨有白話小說（我佛山人、南亭亭長、洪都百煉生三人而已。）一項。此無他故，以此種小說皆不事摹仿古人，（三人皆得力於《儒林外史》、《水滸》、《石頭記》。然非摹仿之作也。）而惟實寫今日社會之情狀，故能成真正文學。其他學這個，學那個之詩古文家，皆無文學之價值也。今之有志文學者，宜知所從事矣。[86]

事實上，這樣一種經典作品的遴選工作在陳、錢、胡三人於 1917 年的通信中，就已經展開。但是，對語體層面上「白話」的強調，並不意味著胡適等人放棄小說「思想啟蒙」的價值和意義。胡適在《文學改良芻議》中就對「思想」和「情感」這兩個概念做了強調，並認為「文學無此二物，便如無靈魂無腦筋之美人，雖有穠麗富厚之外觀，抑亦末矣」[87]，除此之外，他甚至表達了對近代文學「既無高遠之思想，又

---

[86] 胡適：《文學改良芻議》，《新青年》第 2 卷第 5 期，1917 年 1 月 1 日。
[87] 胡適：《文學改良芻議》，《新青年》第 2 卷第 5 期，1917 年 1 月 1 日。

無真摯之情感」[88]的不滿,並斷言「此文勝之害,所謂言之無物者也。」[89]這樣一種表述也表明,胡適對「文學」有著一個「內容」與「形式」的二分法,所謂「內容」即胡適所說的「思想」和「情感」,而所謂「形式」即是指「白話」這一語言,它是承載「思想」和「情感」的容器。這兩者雖有關聯,卻屬於各自獨立的範疇。正是因為這種「二分法」的存在,胡適等人對白話小說的評價,分出了「形式」與「內容」這兩條互不統屬的路徑 —— 這使得他們既可以拋開「內容」,而只以小說的「語言」範式作為評價標準,也可以拋開「語言」而專談小說中的「思想」和「情感」。在「文學革命」具體的討論之中,這兩套各自不同的評價標準在某些時候簡化了問題的複雜性,但在更多情況下卻造成了話語的混亂,尤其是在《新青年》同人為「新文學」遴選「白話小說」經典範本的過程中,兩套標準互相排斥,造成了這一工作難以為繼。

首先來看其所謂「形式」上的標準。如前文所述,《新青年》同人在「文學革命」發軔之時,更多偏重於「活的文學」一維,誠如胡適所說的那樣:「我曾仔細研究:中國這二千年何以沒有真有價值真有生命的『文言的文學』?我自己回答道:『這都因為這二千年的文人所作的文學都是死的,都是用已經死了的語言文字作的。死文字決不能產出活文學。所以中國這二千年只有些死文學,只有些沒有價值的死

---

[88] 胡適:《文學改良芻議》,《新青年》第 2 卷第 5 期,1917 年 1 月 1 日。
[89] 胡適:《文學改良芻議》,《新青年》第 2 卷第 5 期,1917 年 1 月 1 日。

文學。』」[90]因此在對經典範本的遴選中，便形成了一套以「白話」這一語言為基礎的評價標準。在這一標準之下，《水滸傳》《紅樓夢》《儒林外史》這類作品的地位便被大大抬升，因為它們都是用「白話」這一「活的語言」寫就的「活文學」。誠如胡適所說：「近世的文學：何以《水滸傳》《西遊記》、《儒林外史》、《紅樓夢》可以稱為『活文學』呢？因為它們都是用一種活文字作的。若是施耐庵、邱長春、吳敬梓、曹雪芹，都用了文言作書，他們的小說一定不會有這樣生命，一定不會有這樣價值。」[91]對《新青年》同人來說，這些作品不僅僅是白話小說的經典，而且可以對「新文學」的創作產生示範作用：「我們可儘量採用《水滸傳》、《西遊記》、《儒林外史》、《紅樓夢》的白話。有不合今日的用的，便不用它；有不夠用的，便用今日的白話來補助；有不得不用文言的，便用文言來補助。」[92]

當然，基於這樣一種「語言」標準，並非所有的舊體小說都能獲得地位上的提升和價值上的肯定。比如《聊齋志異》等小說，就因為採用了文言而遭到了排斥和譏諷。錢玄同就認為：「近世《聊齋志異》、《淞隱漫錄》諸書，直可謂全篇不通。」[93]陳獨秀對此判斷也基本表示贊同：「錢玄同先

---

[90] 胡適：《建設的文學革命論》，《新青年》第4卷第4期，1918年4月15日。

[91] 胡適：《建設的文學革命論》，《新青年》第4卷第4期，1918年4月15日。

[92] 胡適：《建設的文學革命論》，《新青年》第4卷第4期，1918年4月15日。

[93] 錢玄同：《反對用典及其他》，《新青年》第3卷第1期，1917年3月1日。

生謂《聊齋志異》全篇不通，雖未免過當，然作者實無文章
天才，有意使典為文，若醜婦人搽胭抹粉，又若今之村學究
滿嘴新名詞，實在令人肉麻。」[94]但儘管如此，這種基於「白
話」語言設立的標準仍然是寬泛的，在胡適等人看來，以《水
滸》《紅樓夢》為代表的經典白話作品正足以取代「文言」
的正宗地位。

　　但是，在「語言」標準之外，《新青年》同人對文學作
品內容（即「思想」「情感」）上的標準同樣有所要求。誠
如錢玄同所說：「至於小說為近代文學之正宗，此亦至確不
易之論。未此皆就文體言之耳，若論詞曲小說諸著在文學上
之價值，竊謂當以胡君『情感』、『思想』兩事為標準。無
此兩事之詞曲小說，其無價值亦與『桐城派之文』、『江西
派之詩』相等。」[95]這其實表明，「內容」與「形式」之間
顯然是存在矛盾的，誠如胡適所說：「白話能產出有價值的
文學，也能產出沒有價值的文學；可以產出《儒林外史》，
也可以產出《肉蒲團》……」[96]綜觀陳獨秀、胡適、錢玄同
等人相互通信的內容可知，他們對舊體「白話小說」的評論
一直在「形式」（「語言」）與「內容」（「思想」與「情感」）
這兩個標準之間徘徊來去。對於那些用白話創作但在思想意
義和情感傾向上並不達標的作品，他們往往通過對該作品作
個性化的解讀來予以彌補。例如，錢玄同就一直為《水滸》

---

[94] 陳獨秀：《答胡適》，《新青年》第 3 卷第 4 期，1917 年 6 月 1 日。
[95] 錢玄同：《反對用典及其他》，《新青年》第 3 卷第 1 期，1917 年 3 月 1 日。
[96] 胡適：《建設的文學革命論》，《新青年》第 4 卷第 4 期，1918 年 4 月 15 日。

《紅樓》這兩部作品極力辯護,盡力使它們擺脫「誨淫誨盜」的指摘。他寫道:「《紅樓夢》斷非誨淫,實足寫驕侈家庭,澆漓薄俗,腐敗官僚,紈絝公子耳。《水滸》尤非誨盜之作,其全書主腦所在,不外『官逼民反』一義,施耐庵實有社會黨人之思想也。」[97]如果說《紅樓夢》的解釋尚能夠契合作品本義,那麼將《水滸》解釋為「社會黨人思想」已有牽強附會之嫌。而另一位同人胡適則把《鏡花緣》解讀為「吾國倡女權說者之作」[98],以使得它可當「第二流佳作」之名。更值得注意的是,胡適為了推崇《海上花列傳》,竟然對其「記男色之風」的事實予以辯護:「淺人以其記男色之風,遂指為淫書;不知此書之歷史的價值正在其不知男色為可鄙薄之事,正如《孽海花》、《官場現形記》諸書不知嫖妓納妾為可鄙薄之事耳。百年後吾國道德進化時,《新青年》第二百卷第一號中將有人痛罵今日各種社會寫實小說為無恥誨淫之書者矣(美國人驟讀此種小說,定必駭怪,同此理也)。」[99]但是,在「文學革命」的語境中,能夠得到如許「辯護」的作品畢竟是少數,更多的時候,《新青年》同人還是表現出對舊體白話小說整體的失望:「至於小說,非誨淫誨盜之作(誨淫之作,從略不舉。),即神怪不經之談(如《西遊記》、《封神傳》之類),否認迂謬之見解,造前代之野史(如《三國演義》、《說嶽》之類),最下者,所謂『小姐

---

[97] 錢玄同:《反對用典及其他》,《新青年》第 3 卷第 1 期,1917 年 3 月 1 日。

[98] 胡適:《致陳獨秀》,《新青年》第 3 卷第 4 期,1917 年 6 月 1 日。

[99] 胡適:《致陳獨秀》,《新青年》第 3 卷第 4 期,1917 年 6 月 1 日。

後花園贈衣物』、『落難公子中狀元』之類，千篇一律，不
勝縷指。故詞曲小說，誠為文學正宗，而關乎詞曲小說之作，
其有價值者則殊鮮。」[100]通過這樣一種遴選，有價值的白話
小說其實寥寥無幾：「吾國第一流小說，古人惟《水滸》，
《西遊》，《儒林外史》，《紅樓夢》四部，今人惟李伯元
吳趼人兩家，其他皆第二流以下耳。」[101]顯然，胡適等人對
舊體白話小說的遴選結果並不樂觀，而這樣一種困境正是因
為前文所說的「內容」與「形式」的雙重標準所導致：一方
面，他們要以「白話」為遴選標準；而另一方面，卻注重作
品的「思想」和「情感」；而最後能夠列出的所謂「經典」，
實則經過了兩重淘汰。

## 二

　　需要進一步強調的是，儘管胡適區分並兼顧了「內容」
與「形式」，但是在兩者之間，他們對「內容」卻更為偏重。
由陳、錢、胡三人在《新青年》「通信欄」中的討論過程就
能看出，隨著討論的不斷深入，對「內容」的偏重愈發明顯。
這樣一種偏重自然是《新青年》「思想啟蒙」邏輯的必然要
求，但同時也與他們作為一本雜誌的定位密切相關。由於將
自己的讀者設為「青年」這一特定群體，他們自己不得不以
「教育者」自居，因此對他們而言，包括「小說」在內的文

---

[100] 錢玄同：《反對用典及其他》，《新青年》第 3 卷第 1 期，1917 年 3 月
　　 1 日。
[101] 胡適：《致陳獨秀》，《新青年》第 3 卷第 4 期，1917 年 6 月 1 日。

學作品，不僅具有「語言範本」的意義，還應當在藝術觀、思想、道德價值等各個方面對「青年」產生積極的影響，即成為一種「青年良好讀物」。

從五四時期具體的歷史情形來看，中國舊體白話小說不僅無法滿足「青年良好讀物」的要求，反而與其相互抵牾，誠如《新青年》的讀者李平所說：「青年學子，偶一不慎，輒為誨淫誨盜之說部所毒害，文字之禍人，誠有甚於毒蛇猛獸。」[102]這其中的原因其實不難理解，因為「以坊肆間之舊板小說論之，十九皆淫猥，十九皆為白話」[103]，這使得「學施曹輩之學，往往出於鄙陋猥褻之一途」。[104]正是這一種難堪的現狀，導致《新青年》在提倡白話小說的過程中遭遇難以避免的尷尬：「一般贊成改革文學者，並承認小說詞曲實系文學正宗，十三經等乃陳死人之言，宜於古而不宜於今，火之可也。又知先生等對於中國小說，曾加以批評，於是《紅樓夢》為其公餘研究正課，《西廂記》為其參考書，天天寶哥哥，日日林妹妹，人戒之，則曰：『我將於此修煉我詞句，發展我思想。子不知小說為文學正宗耶？』」[105]事實上，《新青年》對舊體白話小說的提倡不僅僅遭遇了來自讀者的質疑，也遭遇了巨大的社會輿論壓力，周作人就曾經提及，他們曾經因「提倡白話文的緣故」，而被人指責「用金瓶梅當

---

[102] 李平：《致陳獨秀》，《青年雜誌》第 1 卷第 3 期，1915 年 11 月 15 日。

[103] 余元：《讀〈文學改良芻議〉》，《新青年》第 3 卷第 3 期，1917 年 5 月 1 日。

[104] 余元：《讀〈文學改良芻議〉》，《新青年》第 3 卷第 3 期，1917 年 5 月 1 日。

[105] 張護蘭：《致陳獨秀》，《新青年》第 3 卷第 3 期，1917 年 5 月 1 日。

教科書了」106。從這個意義上來說，《新青年》同人在討論
白話小說時所偏重的「內容」不僅僅包括胡適所說的「思想」
和「情感」，還必然關涉著「倫理道德」的問題。

　　事實上，「倫理道德」不僅是討論小說遭遇的問題，也
是《新青年》「文學革命」整體的題中之意。從《新青年》
自身的啟蒙邏輯來看，「倫理道德」問題其實一直與「文學」
密切關聯，在陳獨秀的《文學革命論》中，更是將兩者並舉：
「政治界雖經三次革命，而黑暗未嘗稍減。其原因之小部分，
則為三次革命，皆虎頭蛇尾，未能充分以鮮血洗淨舊汙；其
大部分，則為盤踞吾人精神界根深蒂固之倫理道德文學藝術
諸端，莫不黑幕層張，垢汙深積，並此虎頭蛇尾之革命而未
有焉。」107這實際上是把「倫理革命」與「文學革命」一併
與「政治革命」對舉，表現出「革命」的根本性。誠如他在
1917 年所說：「倫理的覺悟，為吾人最後覺悟之最後覺悟。」
108如果陳獨秀把「倫理的覺悟」視為「最後覺悟之最後覺悟」，
那麼「倫理革命」與「文學革命」之間就不僅僅是時間上的
前後關係，而且還是範疇上的從屬關係。從這個意義上看，
陳獨秀對「孔教」與「文學革命」關係的表述即頗耐人尋味：
「孔教問題，方喧努於國中，此倫理道德革命之先聲也。文
學革命之氣運，醞釀已非一日，其首舉義旗之急先鋒，則為

---

106 周作人：《北大感舊錄》，《我與北大 ——「老北大」話北大》，王世
　　儒、聞笛編，北京大學出版社，1998 年 4 月第 1 版，第 137 頁。
107 陳獨秀：《文學革命論》，《新青年》第 2 卷第 6 期，1917 年 2 月 1 日。
108 陳獨秀：《吾人最後之覺悟》，《新青年》第 1 卷第 6 期，1916 年 2 月
　　15 日。

吾友胡適」[109]，這更表現出他對「倫理革命」與「文學革命」之間一體同構狀態的確證。

在陳獨秀看來，「舊文學、舊政治、舊倫理，本是一家眷屬」[110]，因此包括他在內的《新青年》同人在討論文學（包括舊體白話小說）問題時，不可能不從倫理道德層面提出諸多要求。具體到「文學革命」而言，就在於「小說」不僅要為「青年」的「文學寫作」提供「白話文」的範本，還要對「新青年」的「新道德」的踐行提供良好的榜樣。因此小說閱讀並不僅僅是一種閱讀鑒賞，更是具有一種道德活動的意味。而這一點，顯然也使得「道德」與「文學」成為互相對立的範疇。

從陳、錢、胡三人在通信中討論的內容來看，「道德觀念」的確影響了他們的觀點，並且限制了討論向文學縱深的層次展開的幅度。這其中最明顯的就是對《金瓶梅》「誨淫」問題的討論。事實上，「誨淫」一直都是《新青年》同人極為注意的問題，也是他們批評舊小說的一個重要原因。陳獨秀就認為，「描寫淫態，過於顯露」[111]是中國小說的兩大毛病之一，而錢玄同也認為：「前此所謂文學家者，類皆喜描寫男女情愛，然此等筆墨，若用寫實文學之眼光去做，自有最高之價值。若出於一己之儇薄思想，以穢褻之文筆，表示其肉麻之風流，則無絲毫價值之可言。」[112]而在陳獨秀、錢

---

[109] 陳獨秀：《文學革命論》，《新青年》第 2 卷第 6 期，1917 年 2 月 1 日。
[110] 陳獨秀：《答易宗夔》，《新青年》，第 5 卷第 4 期，1918 年 10 月 15 日。
[111] 陳獨秀：《答錢玄同》，《新青年》第 3 卷第 6 期，1917 年 8 月 1 日。
[112] 錢玄同：《反對用典及其他》，《新青年》第 3 卷第 1 期，1917 年 3 月 1 日。

玄同和胡適對小說的討論中，有關「《金瓶梅》是否為淫書」
的問題也引起了激烈的爭論。在討論開始的時候，陳獨秀對
《金瓶梅》的文學價值頗為推崇：「此書描寫惡社會，真如
禹鼎鑄奸，無微不至。《紅樓夢》全脫胎於《金瓶梅》，而
文章清健自然，遠不及也。乃以其描寫淫態而棄之耶？」[113]錢
玄同也認為：「《金瓶梅》一書，斷不可與一切專談淫猥之
書同日而語，此書為一種驕奢淫佚不知禮義廉恥之腐敗社會
寫照。」[114]但是，基於「青年良好讀物」的要求，以及道德
上的考慮，他也不得不承認「徒以描寫淫褻太甚，終不免有
『淫書』之目。」[115]也正是在這一點上，胡適卻提出了極為
尖銳的反對意見：「我以為今日中國人所謂男女情愛，尚全
是獸性的肉欲。今日一面正宜力排《金瓶梅》一類之書，一
面積極譯著高尚的言情之作，五十年後，或稍有轉移風氣之
希望。」[116]在這種措辭激烈的反對之中，錢玄同不得不承認：
「《金瓶梅》雖具刻畫惡社會的本領，然而描寫淫褻，太不
成話，若是勉強替他辯護，說做書的人下筆的時候自己沒有
存著肉麻的冥想，恐怕這話總是說不圓的。」[117]由此可見，
在《新青年》對舊體白話小說的討論中，文學並不是一個獨
立的範疇，而是處處受到了倫理道德觀念的制約。

　　事實上，陳獨秀、錢玄同等人「青年良好讀物」的標準，
把對「道德」的要求推到了極致狀態，在這一標準之下，他

---

[113] 陳獨秀：《答錢玄同》，《新青年》第 3 卷第 4 期，1917 年 6 月 1 日。
[114] 錢玄同：《致胡適》，《新青年》第 3 卷第 6 期，1917 年 8 月 1 日。
[115] 錢玄同：《致胡適》，《新青年》第 3 卷第 6 期，1917 年 8 月 1 日。
[116] 胡適：《論小說及白話韻文》，《新青年》第 4 卷第 1 期，1918 年 1 月
15 日。
[117] 錢玄同：《〈新青年〉改用左行橫式的提議》，《新青年》第 3 卷第 6
期，1917 年 8 月 1 日。

們幾乎完全背離了為白話爭取文學正宗地位的初衷，而對「舊小說」（無論「文言」或是「白話」）予以全盤否定，如錢玄同所說：「至於從『青年良好讀物』上面著想，實在可以說：中國小說，沒有一部好的，沒有一部應該讀的。」[118]在這裡可以看出，錢玄同對舊體小說的態度已經發生了逆轉，這樣一種結論幾乎推翻了他們之前的所有討論。對此，錢玄同的解釋是：

> 以前我寫信給先生和適之先生說，《水滸》《紅樓夢》《儒林外史》《西遊記》《金梅瓶》和近人李伯元、吳趼人兩家的著作，都是中國有價值的小說。這原是短中取長的意思；也因為現在那種舊文學家的謬見，把歐、曾、蘇、王、歸、方、姚、曾這些造劣等假古董的人看做大文學家，反說施耐庵、曹雪芹只會做小說，便把他排斥在文學以外，覺得小說是很下等的文章。所以我們不得不匡正他們的誤謬，表彰《水滸》《紅樓夢》那些書。其實若是拿十九二十世紀的西洋新文學眼光去評判，就是施耐庵、曹雪芹、吳敬梓，也還不能算做第一等。[119]

如此一來，之前他們對白話小說的提倡，以及對其經典作品的遴選只能被視為矯枉過正的權宜之計，是為破除傳統「文學觀」不得已而為之的事情。

---

[118] 錢玄同：《致陳獨秀》，《新青年》第 3 卷第 6 期，1917 年 8 月 1 日。
[119] 錢玄同：《致陳獨秀》，《新青年》第 3 卷第 6 期，1917 年 8 月 1 日。

相比錢玄同而言，陳獨秀的說法可能更貼近情理。他首先澄清：「吾人賞識近代文學，只因為他的文章和材料，都和現代社會接近些，不過短中取長罷了。若是元明以來的詞曲小說，當做吾人理想的新文學，那就大錯了。」[120]而在此基礎上，他提出了一個相對有效的解決方式，即把一般意義上的文學閱讀和文學研究予以區分，兩者互不干涉：「並非我說老學究的話，也不是我一面提倡近代文學，一面又勸人勿讀小說彈詞，未免自相矛盾。只因為專門研究文學和普通青年讀書截然是兩件事，不能並為一談。」[121]正是通過這樣一種區分，陳獨秀把舊體白話小說剔除出「青年良好讀物」的範圍，並把它當做研究的物件：「所以喜歡文學的人，對於歷代的文學，都應該去切實研究一番才是。」[122]在這裡，對舊體白話小說的接受，從主觀性更強的閱讀活動轉變成了較為客觀冷靜的研究活動，在後者的視域中，道德問題得到了一定程度的化解，因為「就是極淫猥的小說彈詞，也有研究的價值。」[123]

## 三

《新青年》同人所策動的「文學革命」是一種「新文學」的建設，而這其中一個非常重要的議題，就在於建構自身行之有效的「文學批評」話語。當然，由於在「文學革命」發

---

[120] 陳獨秀：《答錢玄同》，《新青年》第3卷第6期，1917年8月1日。
[121] 陳獨秀：《答錢玄同》，《新青年》第3卷第6期，1917年8月1日。
[122] 陳獨秀：《答錢玄同》，《新青年》第3卷第6期，1917年8月1日。
[123] 陳獨秀：《答錢玄同》，《新青年》第3卷第6期，1917年8月1日。

軔之時，真正意義上的「新文學」作品尚未出現，《新青年》同人的「文學批評」，只能以包括舊體白話小說在內的「舊文學」為物件。在這種情形之下，「批評話語」與「批評物件」之間的契合問題就顯得尤為突出，因為這一點決定著《新青年》「文學批評」有效性的邊界和尺度。

　　從這個意義上來看，陳獨秀把舊體白話小說視為研究物件的策略雖然在很大程度上規避了他們對其多重態度的矛盾，但並不能解決「文學批評」話語建構的根本問題。因為對《新青年》而言，「文學批評」的有效性必須以當下性為前提，其「批評」的鋒頭所指，乃在彼時《新青年》同人自身所處的文壇。而需要強調的是，舊體白話小說這一範疇既包括《水滸傳》《紅樓》《儒林外史》這些歷史經典，也包括在民初文壇方興未艾的各類作品，如陳、錢、胡三人所談及的《孽海花》《官場現形記》《老殘遊記》等等。所以從這個意義上來看，把舊體白話小說轉為研究物件，實際上意味著把它處理成了歷史物件，基於此而建立的「文學批評」也就失去了當下性這一基本前提。

　　基於以上要求可知，《新青年》同人由「青年良好讀物」而衍生的「文學」與「道德」的矛盾問題，仍然必須予以正面應對。當然，從陳、錢、胡三人的討論來看，他們此時尚未找到處理這一矛盾的合理方式。一方面，中國舊體白話小說無法契合他們基於「青年良好讀物」而提出的道德要求：「中國從前的小說家，心目中本無責任二字，故不問誨淫誨盜，只須心中想得著，筆上寫得出，無不淋漓盡致的做到書

上去。」[124]另一方面，他們既有的道德觀念本身也有極大的限制，在討論中，他們對這些小說的批評更多停留在感性層面的激憤，語言中充滿了「淫猥」「惡濫」「肉麻」「誨淫誨盜」等「罵詈之詞」，這種相對老化的「道德點評」顯然也無法成為建構「文學批評」話語的基礎。在這種情形之下，「文學批評」建立的關鍵，在於它能夠兼具「道德批評」的職能，從而達到「道德」與「文學」的契合。從《新青年》更為宏觀的策略上來說，這其實意味著：只有「文學革命」與「倫理革命」真正合一，才能催生一種真正意義上的「新文學」。

那麼，從哪裡去尋覓這種兼具「道德」與「文學」雙重意義的「文學批評」話語呢？這一點，其實在陳、錢、胡等人對舊體白話小說「誨淫」問題的討論中已經初現端倪。事實上，陳、錢、胡諸人對中國舊體白話小說的低評，是以西方小說為參照的：「若是拿十九二十世紀的西洋新文學眼光去評判，就是施耐庵、曹雪芹、吳敬梓，也還不能算做第一等。」[125]與「卑猥陋劣」「類皆下賤」的中國小說不同，作為崇高藝術和嚴肅文學的西方小說帶給了《新青年》同人完全不同的閱讀感受，如錢玄同所說：「外國小說家拿小說看做一種神聖的學問，或則自己思想見解很高，以具體的觀念，寫一理想的世界；（中國陶潛的《桃花源記》，很有這一種的意味。）或則拿很透闢的眼光去觀察現在社會，用小說筆

---

[124] 劉半農：《通俗小說之積極教訓與消極教訓》，《劉半農研究資料》，鮑晶編，智慧財產權出版社，2011 年 4 月第 1 版，第 111 頁。

[125] 錢玄同：《致陳獨秀》，《新青年》第 3 卷第 6 期，1917 年 8 月 1 日。

墨去暴露他的真相；自己總是立在『第三者』的地位。」[126]基
於此，他們發現西方小說避免了一直令他們厭惡的「誨淫」
問題：「若是做的時候，寫到那男女戀愛奸私，和武人強盜
顯他特殊勢力那些地方，決沒有自己忽然動心，寫上許多肉
麻得意的句子。所以意境既很高超，文筆也極乾淨。」[127]事
實上，「西方文學」之所以見重於《新青年》同人，在很大
程度上是他們所承載的人文主義精神。而這一點正是五四與
晚清在文學啟蒙上的差異所在，誠如楊聯芬所說：「晚清啟
蒙文學家在批判傳統小說時，寄希望於『新小說』宣揚籠統
的新倫理、新思想，而五四新文學作家在對傳統小說幾乎『全
盤否定』之時，找到了西方現代人文精神的藥方。」[128]從這
個意義上來說，「西方現代人文主義精神」既滿足了《新青
年》對「文學」的要求，也是《新青年》同人群體對「新道
德」的期許。正是在此基礎上，他們發現了西方文學的意義，
並將「文學革命」的目標導向既有的中國傳統之外。錢玄同
最後總結：「我現在要再說幾句話：中國今日以前的小說，
都該退居到歷史的地位；從今日以後，要講有價值的小說，
第一步是譯，第二步是新做。」[129]而陳獨秀也主張「至於普
通青年讀物，自以時人譯著為宜」[130]，在這個時候，對西方
文學資源予以借重的策略，已經成為《新青年》同人在「文

---

[126] 錢玄同：《致陳獨秀》，《新青年》第 3 卷第 6 期，1917 年 8 月 1 日。
[127] 錢玄同：《致陳獨秀》，《新青年》第 3 卷第 6 期，1917 年 8 月 1 日。
[128] 楊聯芬：《晚清至五四：中國文學現代性的發生》，北京大學出版社，
　　2003 年 11 月第 1 版，第 46 頁。
[129] 錢玄同：《致胡適》，《新青年》第 4 卷第 1 期，1918 年 1 月 15 日。
[130] 陳獨秀：《答錢玄同》，《新青年》第 3 卷第 6 期，1917 年 8 月 1 日。

學革命」推進過程中的共識。

　　事實上，正是《新青年》對文學「創作」和「翻譯」的要求，為周氏兄弟介入「文學革命」提供了可以切入的缺口。錢玄同在討論中就已經建議：「若是能讀西文的，可以直讀 Tolstoi，Maupassant 這些人的名著。若是不懂西文的，象胡適之先生譯的《二漁夫》，馬君武先生譯的《心獄》，和我的朋友周豫才、起孟兩先生譯的《域外小說集》《炭畫》，都還可以讀得。」[131]之後的事實也表明了這一點，周作人的「翻譯」在《新青年》中大放異彩，而魯迅則通過創作《狂人日記》等小說而為「新文學」提供了「實績」。而更為重要的是，周氏兄弟的「翻譯」和「創作」也的確帶來了陳、錢、胡等人匱乏的、文學意義上的「現代人文主義精神」，可以說，他們的加入把「文學革命」從「活的文學」推向了「人的文學」，從「語體的變革」推向了「思想革命」。誠如楊聯芬所說：「周作人的《人的文學》，使五四文學革命由最初的白話與『國語』的形式層面，進入到價值理性的部分。『人的文學』，闡明了五四文學之『新』的根本含義所在。」[132]

　　有關「人的文學」這一理念對「新文學」的意義，許多學者都已經做了很好的研究，在此不再贅述。本節主要從微觀層面，探討「人的文學」如何參與《新青年》「文學批評」的建構。如前文所述，以陳、錢、胡為代表的《新青年》同

---

[131] 錢玄同：《致陳獨秀》，《新青年》第 3 卷第 6 期，1917 年 8 月 1 日。
[132] 楊聯芬：《晚清至五四：中國文學現代性的發生》，北京大學出版社，2003 年 11 月第 1 版，第 50 頁。

人在對舊體白話小說的評價上遭遇了「文學」與「道德」不相契合的矛盾。例如，在對《金瓶梅》等作品中有關「性愛」問題的批評上，他們就面臨著兩難處境：如果他們容忍那種「淫褻」的性愛描寫，而一意推崇《金瓶梅》這類小說的文學價值，那就違背了自己基於「青年良好讀物」所提出的「新道德」的要求，也坐實「道學家」們對「新文學」和「新文化」傷風敗俗的指斥；而如果他們基於傳統道德的立場反過來指斥這類小說「誨淫」「惡濫」，又不免流露出道德說教的臭味，甚至與那些他們反對的「道學家」站在了同樣的立場。而正是在這個意義上，徵引「西方現代人文精神」而提出的「人的文學」，化解了《新青年》同人面臨的矛盾。

　　周作人本人對《人的文學》這篇文章極為重視，他曾回憶：「在這個時期，我憑了那時浪漫的文藝思想，在做文學活動，這所謂浪漫的思想第一次表現在我給《每週評論》所寫而後來發表在《新青年》上的一篇《人的文學》裡邊。」[133]對周作人而言，這種「人的文學」不僅僅是一種抽象的理念，而且具有一種宗教意義：「這時代的文學家是偶像破壞者，但他還有他的新宗教 ── 人道主義的理想是他的信仰，人類的意志便是他的神。」[134]這樣一種「宗教」意味的「人道主義」信仰，自然超越了陳、錢、胡等人那種兩難的「道德」困境。在《人的文學》一文中，周作人能夠坦然地談及「性愛」這一在「道學家」看來「誨淫」的問題，其根本即在於

<hr />

[133]　周作人：《知堂回想錄》，三育圖書有限公司，1980 年 11 月版，第 394 頁。

[134]　周作人：《知堂回想錄》，三育圖書有限公司，1980 年 11 月版，第 394 頁。

那種基於「靈肉的二重生活」對「人」的重新認識。在他看來：「古人的思想，以為人性有靈肉二元，同時並存，永相衝突。肉的一面，是獸性的遺傳；靈的一面，是神性的發端。人生的目的，便偏重在發展這神性；其手段，便在滅了體質以救靈魂。」在這樣一種對「人」的認知中，周作人對「肉欲」有了一個「去道德化」的態度：「所以真實的愛與兩性的生活，也須有靈肉二重的一致。但因為現世社會境勢所迫，以致偏於一面的，不免極多。這便鬚根據人道主義的思想，加以記錄研究。卻又不可將這樣生活，當作幸福或神聖，讚美提倡。」[135]事實上，這樣一種「靈肉二元」的「人性論」，已經消融了桎梏中國人的「道德」畛域：「單位是個我，總數是個人。不必自以為與眾不同，道德第一，劃出許多畛域。」[136]而從另一方面說，「人的文學」本身已經成為一個新的「道德」，這種道德更寬泛、更自由，也更契合《新青年》同人「文學革命」與「倫理革命」的雙重要求。直到這個時候，「新文學」乃至整個「新文化」才獲得了一種能夠與「舊道德」相互抗衡的「新道德」，從而使得他們不至於因為對「舊道德」的反對而墮入「不道德」的窘境。

　　而如果從「文學批評」的角度審視，「人的文學」則是一套極為有效的話語方式。在《人的文學》一文中，周作人也在指斥了以《金瓶梅》《九尾龜》為代表的「色情狂的淫書類」，但是他的話語已經沒有了陳獨秀等人那種濃郁的道學家氣味。在他看來，這些東西的壞處，在於「妨礙人性的

---

[135] 周作人：《人的文學》，《新青年》第 5 卷第 6 期，1918 年 12 月 15 日。
[136] 周作人：《人的文學》，《新青年》第 5 卷第 6 期，1918 年 12 月 15 日。

生長，破壞人類的平和」[137]。即以陳獨秀等人所討論的「誨淫」問題為例，正是由於周作人這種「人的文學」的觀念，才使得「性愛」與「道德」這兩個在中國文化傳統中尖銳對立的概念產生了和諧，它使得「性愛「（或者說小說中的性愛描寫）擺脫了「誨淫」的惡名，而獲得了嚴肅的「道德意義」。也正是因為這一點，「新文學」大量出現的「婚戀」小說才能抵抗來自社會道德的巨大壓力。

除此之外，以「人的文學」建構起的文學批評，也有著極為廣闊的覆蓋面。如前所述，陳獨秀曾經通過把舊體白話小說轉變為研究物件，以規避「文學」與「道德」的矛盾，這導致他們的「批評」失去了當下性，而留下了空白。但借助「人的文學」這一話語，《新青年》同人卻可以對處於「歷史」和「當下」的各種小說都給予有效的批評：「我們立論，應抱定『時代』這一個觀念，又將批評與主張，分作兩事。批評古人的著作，便認定他們的時代，給他一個正直的評價，相應的位置。至於宣傳我們的主張，也認定我們的時代，不能與相反的意見通融讓步，唯有排斥的一條方法。」[138]正因為此，周作人在文中批評的小說，既包括之前的舊體白話小說，也能涵蓋當下文壇中盛行一時的「黑幕書」和「鴛鴦蝴蝶派」小說。

事實上，像「黑幕書」和「鴛鴦蝴蝶派」這類當下文壇流行的作品，才更能測度《新青年》批評話語的有效性，因為它們使得《新青年》能夠確立起自身真正的批評資格。由

---

[137]　周作人：《人的文學》，《新青年》第 5 卷第 6 期，1918 年 12 月 15 日。
[138]　周作人：《人的文學》，《新青年》第 5 卷第 6 期，1918 年 12 月 15 日。

於《新青年》以「平民文學」的提倡者自命，這使得他們對彼時文壇中流行的白話小說的批評處於一種兩難境地：如果對這些小說一力予以道德排斥或者規避，那麼他們的「文學批評」都毫無「對象」可言，甚至「批評話語」本身也被架空；而如果他們對其予以褒獎，又常常會混淆「平民文學」與「通俗文學」之間的界限。在「人的文學」提出以前，《新青年》中的很多同人並沒有對兩者予以區分。如錢玄同就曾經對作為「鴛蝴派」的《廣陵潮》和作為「黑幕小說」的《留東外史》予以過褒獎。他評價《廣陵潮》：「近有李涵秋者，著《廣陵潮》小說，現已經出版至七十多回，單行本已出六冊，以下均逐日刊登一小段於《神州日報》後幅。此書為社會小說，中所敘述，似乎較《二十年目睹之怪現狀》為佳。其描摹刻畫，容有過火之處，然作者文筆犀利，才思縱橫，實在吳趼人之上。」[139]而對於《留東外史》，他則認為「其書描摹留東學界腐敗情形，亦與《官場現形記》相類……」[140]錢玄同對它們的褒獎自然是出於個人感受，但這顯然與《新青年》自身的文學主張相互抵牾，混淆了「平民文學」與「通俗文學」的界限。因此相比陳獨秀的「平民文學」，周作人的「人的文學」顯然有著更為明確的意涵，也正是它在混沌的文壇中劃清了「平民文學」與「通俗文學」的邊界，為之後「新文學」對「黑幕」和「鴛鴦蝴蝶派」的批評奠定了合法的根基。

---

[139] 錢玄同：《致胡適之》，《新青年》第 3 卷第 6 期，1918 年 8 月 1 日。
[140] 錢玄同：《致胡適之》，《新青年》第 3 卷第 6 期，1918 年 8 月 1 日。

# 第三節　虛擬的「雙簧信」與「歸納」的「舊文人」

在考察「罵」與《新青年》「批評話語」的關係時，1918年的「雙簧信」事件是無法忽視的。在「批孔」過程中，《新青年》雖然言辭激烈，但少有針對個人的罵詈之詞；在「文學革命」之後，「罵」的言辭雖然密集，但也是處於無秩序的散亂狀態。而「雙簧信」卻與此不同，它是《新青年》第一次對一個個體（儘管這一個體是虛擬的）發動如此集中和猛烈的「斥罵」。這場「斥罵」以「論戰」的方式進入了公共視野，成為一個反響強烈的輿論事件。在「雙簧信」刊發之後幾期雜誌的「通信欄」中，陳獨秀、錢玄同等人與來信的讀者對此事件展開激烈的爭議，這種「爭議」本身也常常以「罵戰」的形式進行。更重要的是，「雙簧信」之後，這種作為輿論事件的「罵戰」在《新青年》的言論中佔據了極為重要的地位，如在此之後的「戲劇論爭」及「闢靈學」事件中，「罵」已經構成《新青年》主要的言論姿態。從這個意義上說，「雙簧信」事件在《新青年》的言論轉型中具有節點的意義。

眾所周知，「雙簧信」事件引發了諸多非議，這種非議主要是對錢、劉二人「偽造書信」的「陰暗」手法表示不齒。如錢基博就認為：「紓弟子李濂鏜，欲訪所謂王靜軒者而與友之，則烏有先生也，歎曰：『昔人所謂不信之至欺其友，

不意鏜親見之。紓則憤氣填膺而無如何。」[141]而「學衡派」也指出：「彼《答王敬軒書》，亦豈士君子所宜作耶，甚有人謂世無王敬軒其人。彼新文學家特偽擬此書，以為謾罵舊學之具。誠如此，則尤悖一切批評之原則矣。」[142]當然，這種指責不僅來自所謂「舊派」，也來自與《新青年》觀點相近的同路人，其中以與胡適淵源頗深的英美留學生最為突出。如任鴻雋就在給胡適的信中指出：「王敬軒之信，雋不信為偽造者。一以為『君等無暇作此』，二則以為為保《新青年》信用計，亦不宜出此。……其後即有真正好信，誰覆信之？又君等文字之價值雖能如舊，而信用必且因之減省，此可為改良文學前途危者也。」[143]作為《新青年》同人的胡適本人對此也頗為不滿，他後來的「戲劇論爭」中執意拉張厚載做「舊戲的辯護士」，並借此對「雙簧信」的當事人錢玄同予以批評：「我以為這種材料，總比憑空造出一個王敬軒的材料要值得辯論些。老兄肯造王敬軒，卻不許我找張謬子做文章，未免不太不公了。」[144]

但問題在於，「王敬軒」這一人物的「虛擬」並不能否定「新舊之爭」本身的真實。有意味的地方在於，「王敬軒」這一虛擬的人物並不是曇花一現的，也並沒有隨著「雙簧信」事件銷聲匿跡，在此後的「新文學」歷史中，他一直被人當成一個真實的人物提及和評論。例如在 20 世紀 20 年代初，

---

[141] 錢基博：《現代中國文學史》，岳麓書社，2010 年 8 月第 1 版，第 409 頁。
[142] 胡先驌：《論批評家之責任》，《學衡》第 3 期，1922 年 3 月。
[143] 任鴻雋：《致胡適》，《胡適來往書信》，中華書局，1979 年 5 月第 1 版，第 14 頁。
[144] 胡適：《致錢玄同》，《胡適書信集》上，耿雲志、歐陽哲生編，北京大學出版社，1996 年 9 月第 1 版，第 210 頁。

孫伏園在其主編《京報副刊》推出「青年必讀書」欄目時，王敬軒又一次赫然出現。他以「古燕布衣王敬軒」的署名向青年推薦了《十三經不二字》《聖諭廣訓》《聖武記》《幼學瓊林》《陰騭文》《太上感應篇》《翼教叢編》《古文觀止》《龍文鞭影》等一系列帶有舊學氣息的古書典籍，而署名「附中董魯安」的讀者則在其後加注了如此按語：「此君在《新青年》上曾露過一回臉，後來便銷聲匿跡了。近來見總商會之類的義憤，似乎復辟的希望未絕，國事方大有可為，不免高興起來。希望您別辜負他這番盛意，如可以披露時，便替他發表了罷了。雖然也『等諸放屁以下』」。[145]更值得注意的，即使像魯迅這樣的知情人，也並沒有因此而貶損劉半農，反而將其視為劉半農的功績和貢獻：「古之青年，心目中有了劉半農三個字，原因並不在他擅長音韻學，或是常做打油詩，是在他跳出鴛蝴派，罵倒王敬軒，為一個『文學革命』陣中的戰鬥者。」[146]顯然，魯迅的評價並非對事件本身的對錯進行道德評價，而是一種「蓋棺定論」式的歷史評價，從這個意義上說，「王敬軒」這個由錢、劉二人虛擬的「烏有先生」的確在中國文學轉型的過程中起到了重要的作用，誠如朱湘在回憶中曾說的那樣：「是劉半農的那封《答王敬軒書》，把我完全贏到新文學這方面來了。現在回想起來，劉氏與王氏還不也是有些意氣用事；不過劉氏說來，道理更為多些，筆端更為帶有情感，所以，有許多的人，連我

---

[145]　《王敬軒先生選定的十部書》，《京報副刊》，1925 年。
[146]　魯迅：《趨時和復古》，《魯迅全集》第 5 卷，人民文學出版社，2005 年 11 月第 1 版，第 564 頁。

也在，便被他說服了。將來有人要編新文學史，這封劉答王信的價值，我想，也一定是很大。」[147]從歷史研究的角度看，歷史的意義往往不在於微觀事件本身的真假和對錯，而是在於它切實深遠的影響力。因此，筆者並不打算對「雙簧戲」事件內部的是非曲直予以道德評判，而是試圖探討這一事件在「新文學」話語建構中的歷史意義。

一

劉半農、錢玄同策動「雙簧信」的動機眾說紛紜，但如果在「新文學」話語建構這一視域予以審視，那麼鄭振鐸在《〈中國新文學大系·文學論爭集〉導言》中對此事的描述最具代表性。在此導言中，鄭振鐸將「雙簧信」視為《新青年》同人的一出「苦肉計」：「從他們打起了『文學革命』的大旗以來，始終不曾遇到一個有力的敵人們。他們『目桐城為謬種，選學為妖孽』，而所謂『桐城，選學』也者卻始終置之不理。因之，有許多見解他們便不能發揮盡致。舊文人們的反抗言論既然竟是寂寂無聞，他們便好像是盡在空中揮拳，不能不有寂寞之感。」[148]（鄭振鐸這裡提及的「寂寞之感」，不免讓人聯想起魯迅在《吶喊·自序》中對「文學革命」發軔期的回憶：「他們正辦《新青年》，然而那時彷彿不特

<hr>

[147] 朱湘：《「雙簧信」的影響》，《劉半農研究資料》，鮑晶編，智慧財產權出版社，2011 年 4 月第 1 版，第 307 頁。

[148] 鄭振鐸：《〈中國新文學大系·文學論爭集〉導言》，《中國新文學大系·文學論爭集》，上海文藝出版社，2003 年 7 月第 1 版，第 6 頁。

沒有人來贊同，並且也還沒有人來反對，我想，他們許是感到寂寞了……」[149]）在鄭氏看來，正是這種尷尬的「寂寞」才導致錢玄同和劉半農「要把舊文人的許多見解歸納在一起，而給以痛痛快快的致命的一擊」。[150]基於對鄭振鐸和魯迅所說「寂寞」一詞的理解，學界對「雙簧信」的解讀更多是從大眾傳播學入手。如王奇生就認為「『雙簧戲』顯示《新青年》同人對於媒體傳播的技巧運用得相當嫻熟」，它「取得了一定的『炒作』效果，聚集了受眾相當的注意力。」[151]這樣的描述自然是有合理性的，處於「寂寞」狀態中的《新青年》的確需要通過製造輿論的方式獲得大眾傳媒的關注和瞭解。但問題在於，《新青年》對自身的定位並不僅僅是傳媒意義上大眾報刊，而是一個「以平易之文，說高尚之理」的學術同人雜誌，對這樣一個有著明確價值取向的雜誌而言，所謂關注度和影響力並非是一回事。而在「文學革命」進行的過程中，《新青年》同人策劃「雙簧信」事件，絕不僅僅是為了尋求大眾傳媒意義上的「關注」，還在於能夠明確表達自己的主張，獲得其特定讀者群體的理解和接受。

　　從這個意義上來說，我們對鄭振鐸的話可以做進一步解釋。事實上，鄭振鐸描述的那種「寂寞」心態也正是《新青年》同人在當時普遍的心態，在第 2 卷第 1 期回復陳恨我的

---

[149]　魯迅：《吶喊·自序》，《魯迅全集》第 1 卷，人民文學出版社，2005年 11 月第 1 版，第 441 頁。

[150]　鄭振鐸：《〈中國新文學大系·文學論爭集〉導言》，《中國新文學大系·文學論爭集》，上海文藝出版社，2003 年 7 月第 1 版，第 6 頁。

[151]　王奇生：《革命與反革命——社會文化視野下的民國政治》，社會科學文獻出版社，2010 年 1 月第 1 版，第 11 頁。

通信中，陳獨秀就坦言：「本志出版半載，持論多與世俗相左，然亦罕受駁論，此本志之不幸，亦社會之不幸。」[152]而劉半農在《答王敬軒》信的開頭所表達的，也正是這一層意思：「記者等自從提倡新文學以來，頗以不能聽見反抗的言論為憾。」[153]由這些言論可知，《新青年》所期許的並非大眾輿論的關注，而是在於「反抗的言論」。仔細想來，所謂「反抗的言論」的層面實際與傳播學意義的受眾關聯甚少，它可能僅僅指涉彼時中國思想界、學術界這一特定的知識份子群體。對《新青年》同人而言，他們的主張被這一群體「置之不理」、沉默以對，遠比大眾輿論的忽略更為嚴重，因為後者使得他們的見解「不能發揮盡致」[154]。

那麼，為什麼《新青年》同人期待的這種「新舊之爭」沒有發生呢？對這一點的探討，須從《新青年》同人對「新舊」的看法著眼。早在《新青年》創刊號中，汪叔潛就已經界定了「新舊問題」的明確內涵：「所謂新者無他。即外來之西洋文化也。所謂舊者無他。即中國固有之文化也。」[155]這一點，在之後《新青年》同人各自的立論言說中也已達成共識。按照這樣的理解，「新學」即是「西學」，而「舊學」即是「中學」，而所謂「新舊之爭」即是「中西之爭」。但這只是從抽象的思想層面而言，一旦落實到具體的歷史實踐

---

[152] 陳獨秀：《答陳恨我》，《新青年》第2卷第1期，1916年9月1日。

[153] 劉半農：《答王敬軒》，《新青年》第4卷第3期，1918年3月15日。

[154] 鄭振鐸：《〈中國新文學大系·文學論爭集〉導言》，《中國新文學大系·文學論爭集》，上海文藝出版社，2003年7月第1版，第6頁。

[155] 汪叔潛：《新舊問題》，《青年雜誌》第1卷第1期，1915年9月15日。

過中，這樣一種抽象的「新舊之爭」或「中西之爭」，情況卻遠為複雜。首先，《新青年》同人雖然對「舊學」一力排斥，但對大多數同人來說，他們寢饋其中的，恰恰是與「舊學」相對應的「中學」。而與之相反，與他們大力提倡的「新學」相對應的「西學」，卻是與「中學」有著根本的「異質性」的「他者」。所以對他們而言，所謂「新學」的提倡、「西學」的發揚，實則意味著把一種「異質性」的「他者」文化與自身所寢饋的傳統相互對接 —— 對「西學」造詣有限的《新青年》同人來講，這其中的困難可想而知。正是在這個意義上，劉半農才把「文學革命」的戰略視為「造新洋房」。

　　從所謂「舊派」文人的視域來看，這樣一種「造新洋房」文化推進方式顯然是難以接受的。這其中最關鍵的原因在於，中國傳統學問極為講究「師承」與「家法」。而《新青年》同人那種「造新洋房」式的「新文學」和「新文化」根本就無法在中國傳統的學問格局中找到合適的位置，更無法接續其源遠流長的傳統脈絡。章太炎對胡適的評價很好地反映出「舊派」學問家對「新文學」的態度，在他看來，胡適的學問「大抵口耳剽竊不得其本」[156] ——「康、梁多少有些『根』，胡適之，他連『根』都沒有」。[157]在他們眼中，提倡「新學」必須以對「舊學」的精通為前提，「新」「舊」之間有前後的因革而無彼此的對立。對章太炎等人來說，那

---

[156] 周黎安：《記章太炎及其軼事》，《追憶章太炎》，中國廣播電視出版社，1997年1月第1版，第570頁。
[157] 曹聚仁：《章太炎先生訪問記》，《追憶章太炎》，中國廣播電視出版社，1997年1月第1版，第570頁。

種「造新洋房」式的「新文學」不僅僅是一種「劣質的學問」，而且根本就不是「學問」。章太炎在給吳承仕的信中提及「白話文運動」，即寫道：「老成攘臂未終，而浮薄子又從旁出，無異於元祐黨人之召章蔡也。」[158]所謂「浮薄子」一詞，盡顯他對「新文學」與「新文化」的輕蔑態度。而章太炎等人對「新文學」在公開場合保持緘默，其根本原因也正在於此。

　　而從《新青年》同人一方面來看，「西學」也難以成為推進「新學」時可資利用的思想資源。在「文學革命」推進的過程中，《新青年》同人在「西學」問題上就經常遭到反對乃至譏評。如以翻譯「西學」名著見稱於時的嚴復就曾經批評《新青年》宣導的「白話文運動」：「北京大學陳、胡諸教員主張文白合一，在京久已聞之，彼之為此，意謂西國然也。不知西國為此，乃以語言合之文字，而彼則反是，以文字合之語言。」[159]這批評的矛頭，即直指他們「不知西國」的知識背景。張奚若對《新青年》更是不以為意，他給胡適的信中說：「《新青年》中除足下外，陶履恭似乎還屬學有根底，其餘強半皆蔣夢麟所謂『無源之水』。」[160]也正因為此，他將《新青年》視為「一知半解的維新家」，相比「一味守舊的活古人」來說，反而更加「危險」。

　　基於以上兩點來看，《新青年》的「文學革命」實則處

---

[158] 章太炎：《致吳承仕》，《章太炎書信集》，馬勇編，河北人民出版社，2003年1月，第309頁。

[159] 嚴復：《致熊純如書》，《嚴復集》，王編，中華書局，1986年1月第1版，第699頁。

[160] 張奚若：《致胡適》，《胡適來往書信》，中華書局，1979年5月第1版，第31頁。

於一種懸置狀態，它「造新洋房」的文化策略既在學術傳承
機制上與「中學」有嚴重的抵牾，又在知識背景上與「西學」
有厚重的隔膜。因此，那種以「中西之辯」為基礎的「新舊
之爭」根本不可能呈現在具體的歷史場域中。

　　嚴格地說，《新青年》的「文學革命」並不是一種思想
的建構，而是一種文化主張的實踐。其區別在於，思想建構
依託抽象的知識和理性，而具有思辨意義上的自足性，而一
種文化主張的實踐與推行，卻必須與中國思想界、學術界和
文壇發生關聯。也就是說，「新文學」必須在與「文學革命」
提倡者所寢饋的「中學」系統的「對話」中產生，而不是在
一個封閉懸置的思想領域自成一體。正是從這個意義上來
說，中國知識份子群體（包括思想界、學術界、文壇）的「沉
默」對「新文化」推進構成巨大的阻力，鄭振鐸的話非常生
動地描述了當時《新青年》失語的困境：「舊文人們的反抗
言論既然竟是寂寂無聞，他們便好像是盡在空中揮拳……」[161]
正是在這個意義上，《新青年》同人才籲求「反抗的言論」，
如果這種「對話」不能以「傳承」的方式建立，那就必須以
「衝突」的方式進行。對他們而言，「沉默」只能意味著「隔
膜」，而只有「衝突」才能產生「交流」和「對話」，才能
讓他們的見解「發揮盡致」。這樣一種「製造衝突」的過程
其實表明，所謂「造新洋房」的文化策略，在《新青年》同
人推進「文學革命」的過程中並沒有也不可能得到貫徹和施
行，反倒是與之相對的「打雞罵狗」卻發揮了重要的作用，

---

[161] 鄭振鐸：《〈中國新文學大系·文學論爭集〉導言》，《中國新文學大系·
文學論爭集》，上海文藝出版社 2003 年 7 月第 1 版，第 6 頁。

因為「罵」恰恰是挑動「衝突」的引信，而「衝突」的表現
即為本節所論述的「雙簧信」。按照上文「製造衝突」的邏
輯，我們就能夠理解錢玄同和劉半農為什麼要偽造王敬軒這
一人物，並對其予以「斥罵」了。這種「斥罵」並不是雙方
「論爭」的話語修辭，相反，是這種「斥罵」的方式製造了
一場「新舊之爭」。

## 二

在探討王敬軒這一人物的來歷時，學界總會把他與林紓
聯繫在一起，甚至把王敬軒直接視為對林紓的影射，其目的
即在於激怒林紓「應戰」。錢基博是較早持這一看法的人：
「而紓尚氣好辯，尤負盛名，為適所嫉，摭其一章一句，縱
情詆毀，複嗾其徒假名曰王敬軒者，佯若為紓辯護，同時並
刊駁難而聳觀聽。」[162]而在當下，也有學者認為：「王敬軒
並非『子虛烏有的人物』，實有所指，即林紓。林紓，號畏
廬。敬對畏，軒對廬，『敬軒』即『畏廬』，乃為工對。」[163]
在這樣一種解析之中，「雙簧信」這場「虛擬」的論爭，也
就有了切實的所指。而《新青年》同人對林紓的影射，也就
成了一種「挑戰」乃至「人身攻擊」，這幾乎成了林紓後來
做《荊生》《妖夢》攻訐《新青年》的遠因。不可否認，錢、
劉兩人在信中多次提及林紓，其中也不乏挑釁的成分，但將

---

[162] 錢基博：《現代中國文學史》，嶽麓書社，2010 年 8 月第 1 版，第 409頁。

[163] 程巍：《「王敬軒」案始末》，《中華讀書報》，2009 年 3 月 30 日。

王敬軒本人等同林紓，卻有牽強附會之嫌。在考察王敬軒來歷時，有一點值得注意，即劉半農在覆信中稱王敬軒的話「與鄙見所期，一一皆得其反」[164]。所謂「一一皆得其反」，正可視為錢、劉二人建構王敬軒的基本策略，正是因為「不能聽見反抗的言論為憾」，才需要這樣一個「一一皆得其反」的徹底的「反對派」。從這個意義上看，錢、劉二人之所以「虛擬」這個人物，顯然不僅僅是針對林紓，而是比照《新青年》對「文學革命」的要求，形塑一個完整的「舊文人」形象。

　　考察「雙簧信」中「王敬軒」（即錢玄同）來信的行文結構，就會發現他的文章並沒有一以貫之的整體邏輯，而是分成了諸多具體的條目，這些條目契合著《新青年》在不同時期的議題，而與此相對應，劉半農的答詞也並非整體攻擊，而是採取了「逐條駁斥」的方式。這其實都表明，《新青年》的「文學革命」並不是一個系統、完整的思想建構，而是一個分頭並進、多點齊發的文化實踐過程。誠如錢玄同所說：「同仁做《新青年》的文章，不過是各本其良心見解，說幾句革新鏟舊的話；但是各人的大目的雖然相同，而各人所想的手段方法，當然不能一致，所以彼此議論，時有異同，絕不足奇，並無所謂『自相矛盾』。」[165]從這個意義上來講，「雙簧信」雙方的「罵戰」並非整體觀念上的「新舊之爭」，錢、劉二人實際把「新舊之爭」化整為零，分撥到各個具體

---

[164] 劉半農：《答王敬軒》，《新青年》第 4 卷第 3 期，1918 年 3 月 15 日。
[165] 錢玄同：《答朱經農任鴻雋》，《新青年》第 5 卷第 2 期，1918 年 8 月 15 日。

的問題上。因此，他們對「舊學」的攻擊並不是在「中學」
與「西學」的宏觀對峙中展開，而是深入到當時中國文壇和
思想界的內部，對這些具體而零散的問題進行重新拼合與「歸
納」，即如鄭振鐸所說：「把舊文人的許多見解歸納在一起，
而給以痛痛快快的致命的一擊。」[166]而這種「歸納」的結果，
就是王敬軒這一人物形象。

在這裡，鄭振鐸所說的「歸納」並不是邏輯學意義上的
「歸納法」，而是意指著一種「歸併」或「整合」，其「歸
納」的物件則是「舊學」整體。對「舊學」的「歸納」之所
以成為可能，其根本原因在於與其相對應的「中學」有著更
為豐富和複雜的內部格局。這就意味著，錢、劉二人在「雙
簧信」中，已經不再拘泥於「中西之辯」的框架，而是深入
到他們寢饋其中的「中學」，從而利用「舊學」內部的諸多
罅隙重新建構「新舊之爭」。反顧彼時中國思想界、學術界
以及文壇，就會發現並不存在鐵板一塊式的「舊學」與「新
學」相互對立，「舊學」內部充滿了各種不同的社團、流派、
風格，它們彼此之間「爭執」頗多：如文學上的「駢散之爭」，
詩歌上的「江西」與「南社」之爭，以及經學上的「今古文
之爭」，等等。正是因為這些「爭執」的存在，使得「舊學」
內部存在諸多罅隙，從而為「新文學」乃至「新文化」的產
生提供了揳入其中的空間。從這個意義上來說，《新青年》
同人個體正處於這樣一種罅隙叢生的空間裡，他們所策動的
「新舊之爭」正是沿著「舊學」內部的「門戶之爭」展開。

---

[166] 鄭振鐸：《〈中國新文學大系·文學論爭集〉導言》，《中國新文學大系·
文學論爭集》，上海文藝出版社，2003 年 7 月第 1 版，第 6 頁。

當然，這裡所謂「門戶之爭」對《新青年》而言僅僅只是製造「衝突」、建構「論爭」機制的手段，而並非是指他們真的沉溺於「門戶之見」中。其實《新青年》同人的求學經歷遭遇了中國社會文化體制劇烈的轉型過程，與章太炎、嚴復等人相比，他們的知識背景顯得更為豐富和駁雜。這裡以「雙簧信」的當事人之一錢玄同為例。他在給陳大齊的信中講述了自己寢饋舊學內部各個門戶之間的複雜經歷：

> 我在一九零三以前，曾經做過八股，策論，試帖詩；戴過頂座，提過考監；默過冀學結晶的什麼「聖諭廣訓」，寫過什麼避諱的缺筆字，什麼《字學舉隅》的字體，什麼「聖天子」「我皇上」「國朝」「楓宸」的雙抬單抬冀款式；曾經罵過康梁變法；曾經罵過章鄒革命；曾經相信過拳匪真會扶清滅洋；曾經相信過《推背圖》、《燒餅歌》確有靈驗。……曾經提倡保存國粹，寫過黃帝紀元，孔子紀元；主張穿斜領古衣；做過寫古體字的怪文章；並且點過半部《文選》；在中學校裡講過什麼桐城義法。[167]

相比那些「術業有專攻」的學者而言，錢玄同這樣一種求學經歷和知識背景顯得頗為駁雜，但恰恰因為此，他卻能夠擺脫「門戶之見」的束縛，從而獲得更為宏闊的文化視野。反顧「雙簧信」的寫作就會發現，恰恰是這一種依託「門戶

---

[167] 錢玄同：《保護眼珠與換回人眼》，《新青年》第5卷第6期，1918年12月15日。

之爭」卻跨越「門戶之見」的立場，為錢玄同重新建構「新舊之爭」提供了巨大的助力和主要的手段。顧頡剛在總結錢玄同在學問上的「疑古」傾向時提及：「今文家攻擊古文家偽造，這話對；古文家攻擊今文家不得孔子真意，這話也對。我們今天，該用古文家的話來批評今文家，又該用今文家的話來批評古文家，把他們的假面具一齊撕破。」[168]錢玄同本人既跟隨章太炎學習過古文經學，又跟隨崔適學習今文經學，而他把雙方「假面具一齊撕破」的「叛徒」行為，也正表明了其超越了自身的「門戶之見」。從某種意義上說，這既是錢玄同的治學思路，也未嘗不是他在「文學革命」中的想法，以及在「雙簧信」中建構「新舊之爭」的策略和手段。

　　事實上，正是這種跨越「門戶之爭」畛域的視野為錢、劉二人在「雙簧信」中對「舊學」的「歸納」提供了前提。相比那種抽象的「中西之辯」而言，這樣一種「舊學」內部的「歸納」顯然更具殺傷力：「因為從舊壘中來，情形看得較為分明，反戈一擊，易制強敵的死命。」[169]具體到「雙簧信」而言，這樣一種「歸納」首先意味著錢、劉二人將文壇內部的各個「門戶」「流派」予以歸併，從而成為一個「舊學」整體，如此一來，「舊學」內部各個「門戶」「流派」之間的矛盾，也就變成了「舊學」這一整體的內部矛盾。

　　這其中最典型的例子之一即是對「駢文」與「散文」的

[168] 顧頡剛：《秦漢的方士與儒生·序》，上海古籍出版社，1998 年 1 月第 1版，第 4 頁。

[169] 魯迅：《寫在〈墳〉後面》，《魯迅全集》第 1 卷，人民文學出版社，2005 年 11 月第 1 版，第 302 頁。

歸納。事實上，錢玄同本人「目桐城為謬種，選學為妖孽」，將在民初文壇攘臂相爭的「桐城」與「選學」作為共同的打擊目標，其本身就含有了這種「歸納」的意味。而在王敬軒的書信中，這種意圖則更為明顯：「文有駢散。各極其妙。惟中國能之。……選學之文。宜於抒情。桐城之文。宜於議論。悉心研求。終身受用不窮。與西人之白話詩文。豈可同年而語。」[170]「駢文」與「散文」雖然同屬於「舊文學」，但兩者一直存在文學正統之爭，如前文所說，這種正統之爭在民初文壇仍然聚訟紛紜、甚囂塵上，因此，像王敬軒這種既提倡「散文」，又提倡「駢文」的人，實際上在彼時「駢散之爭」語境裡很難存在，即使存在其地位也會極為尷尬。從這個意義上看，所謂「文有駢散。各極其妙」的說法顯然充滿了「歸納」的意味，正是在這樣一種「歸納」中，《新青年》同人才能把「新舊之爭」與「駢散之爭」錯雜交織，進而調用「駢散之爭」中雙方的批評話語攻擊彼此──用「駢文」攻擊「散文」，用「散文」攻擊「駢文」，從而達到對「舊文學」整體性的否定。

　　在「雙簧信」中，由於對「駢文家」與「散文家」的「歸納」還僅僅屬於文學「正宗」之爭的問題，因此尚屬含蓄，而一旦涉及「名教」與「文學」關係時，就立時凸顯了兩者之間尖銳的「衝突」。在王敬軒的來信中，以談及道德淪喪的時勢起筆，所謂「士氣囂張。人心浮動。道德敗壞。一落千丈。青年學子。動輒詆毀先聖。蔑棄儒書。倡家庭革命之

---

[170] 錢玄同：《文學革命之反響》，《新青年》第 4 卷第 3 期，1918 年 3 月 15 日。

邪說。馴至父子倫亡。夫婦道苦」[171]。而在此之後，王敬軒則為舊文學諸家辯護：「貴報對於中國文豪。專事醜詆。其尤可駭怪者。於古人。則神聖施耐庵曹雪芹而土芥歸震川方望溪。於近人。則崇拜李伯元吳趼人而排斥林琴南陳伯嚴。甚至用一網打盡之計。目桐城為謬種。選學為妖孽。對於易哭庵樊雲門諸公之詩文。竟曰爛汙筆墨。曰斯文奴隸。曰喪卻人格。半錢不值。嗚呼。如貴報者。雖欲不謂之小人而無忌憚。蓋不可得矣。」[172]其實這先後兩段分別契合著《新青年》初期的兩大議題：前者矛頭所指，即在於對《新青年》「排斥孔子，廢滅綱常之論」的「倫理革命」，而後者則主要針對「神聖施曹而土芥歸方」的「文學革命」。而在回信中，劉半農顯然沒有就倫理言倫理，就文學談文學，而是將兩者予以「歸納」製造其矛盾。如在攻擊樊樊山和易順鼎這兩位詩壇名家時，他用近乎觸目驚心的超大篇幅羅列兩人的《琴樓夢》《詠鮮靈芝》（前者為小說中的曲調，而後者則是「戲筆」，都不是嚴肅的詩文創作）。但在劉半農的「歸納」中，這種無心出之的「遊戲筆墨」卻坐實他們「爛汙筆墨」的事實，也成為其「喪卻人格」的鐵證。劉半農把對這種「濫汙筆墨」的批評上升到一種道德高度：「敬軒先生！你看這等著作怎麼樣？你是『扶持名教』的，卻『搖身一變』，替這兩個淫棍辯護起來，究竟是什麼道理呢？」[173]本來相安

---

[171] 錢玄同：《文學革命之反響》，《新青年》第 4 卷第 3 期，1918 年 3 月 15 日。

[172] 錢玄同：《文學革命之反響》，《新青年》第 4 卷第 3 期，1918 年 3 月 15 日。

[173] 劉半農：《答王敬軒》，《新青年》第 4 卷第 3 期，1918 年 3 月 15 日。

無事的「文學」與「道德」,在進入了《新青年》同人的「歸納」之後,反倒構成了尖銳的矛盾:那種在文學創作中的諧謔之言,反倒成了消解「名教」的利器。

事實上,錢、劉二人的「歸納」不僅僅將門戶紛呈的「舊文學」歸併為一個整體,更把這種「舊文學」由「王敬軒」這樣一個「舊文人」代表之,這實際上是把當時的「文壇」和「思想界」的諸多現象予以「人格化」的表現。在這樣一個「人格化」的過程中,那些矛盾不再以「論爭」的形式呈現在整個文壇中,而是完全聚焦在「王敬軒」這個人物個體身上,這使得文壇當中的矛盾,一下子變成了一個人物個體的人格矛盾。綜觀王敬軒來信,這種被「歸納」出的人格矛盾可謂比比皆是:在身份問題上,王敬軒「是個留學日本速成法政的學生,又是個『遁跡黃冠』的遺老」[174]。在文化主張上,他既以「維新」的前驅自詡,又以「守舊」的夫子自命。在知識背景上,他既主張「駢散各盡其妙」,又認為今古文經各有所長。而在文學趣味上,則既醉心於高古的詩文,也迷戀俚俗的小說戲曲;既維持「綱常名教」,又對「吟邊燕語」「香鉤情眼」情有獨鍾。從這個意義上說,王敬軒並非一個完全守舊之人,他實則更接近與為錢玄同、劉半農所痛斥的「古今中外派」人物。如王敬軒在信中標榜:「鄙人非反對新文學。不過反對貴報諸子之排斥舊文學而言新文學耳。鄙人以為能篤於舊學者。始能兼采新知。若得新忘舊。是乃蕩婦所為。……總之,中學為體。西學為用。則西學無

---

[174] 劉半農:《答王敬軒》,《新青年》第 4 卷第 3 期,1918 年 3 月 15 日。

流弊。若專恃西學而蔑棄中學。則國本即隳。焉能互稔。」[175]
而他們也並不以反對歐化自居，其攻擊《新青年》的原因則
在於其不能「篤於舊學」，而導致「得新忘舊」，此為較為
典型的「中體西用」思維。

　　因此在回信中，劉半農並不是從理性上對這種思維予以
辨析和批判，而是著力消解他「篤於舊學，兼采新知」的「古
今中外黨」姿態。這種消解首先就體現在學問上，而其具體
的方式則是對王敬軒在「小學」上的謬誤予以攻擊。錢玄同
本人為「小學」大家，他借王敬軒之口出之的「小學」諸問
題，幾乎為劉半農的攻擊敞開了門戶。通篇下來，劉半農的
信幾乎成了新派人物炫耀舊式學問的演武場，而其最後的結
果，即在於證明王敬軒對「小學」研究的膚淺和粗疏：「哼！
這一節要用嚴厲面目教訓你了！你也配說研究『小學』……
不怕記者等笑歪嘴巴麼？」[176]在這樣一輪又一輪的攻擊之
後，王敬軒這個「篤於舊學，兼采新知」的人，被塑造成了
一個既「不通西學」，也「不通中學」的人，而恰恰相反，
作為「新文化發軔者」的劉半農們則成為「雖然主張新文學，
舊派的好文章，卻也讀過不少」[177]的人物。更值得一提的是，
王敬軒這樣一種「篤於舊學，兼采新知」的人物形象，正是
典型的「折中主義」者。如前文第一章第二節對此有所論，
這種「折中主義」正意味他們表裡不一、首鼠兩端的無特操

---

[175] 錢玄同：《文學革命之反響》，《新青年》第 4 卷第 3 期，1918 年 3 月
15 日。
[176] 劉半農：《答王敬軒》，《新青年》第 4 卷第 3 期，1918 年 3 月 15 日。
[177] 劉半農：《答王敬軒》，《新青年》第 4 卷第 3 期，1918 年 3 月 15 日。

行為，因此劉半農指責他「把種種學問鬧得非驢非馬，全無進境。（先生即此等人之標本也！）此等人，錢玄同先生平時稱他為『古今中外黨』，半農稱他為『學願』」[178]。通過這樣一場「罵戰」，錢、劉二人不僅扭轉了《新青年》同人在傳統學術體系中的不利地位，也對王敬軒這個人物從知識與道德的雙重意義上予以沉重打擊。這種打擊的結果，實際上是消解了他「篤於舊學，兼采新知」的自我期許 —— 這個時候，王敬軒已經不再是「古今中外黨」，而是一個更為徹底的「舊文人」了。

從這個意義上說，「雙簧信」所指稱的「新舊之爭」，並不是錢、劉二人以「新派」自居，戰勝了「舊派」；恰恰相反，作為「舊派」的王敬軒是通過「歸納」被製造出來，與《新青年》自身的文化主張形成了「新」「舊」之間的對峙。也正是在這種對峙中，「新」「舊」雙方劃分出彼此明晰的界限，而「新」的一方也確立了自身明確的內涵。就這一點來看，魯迅對劉半農「跳出鴛蝴派，罵倒王敬軒」的評價可以重新予以審視：從某種意義上說，「雙簧信」不僅是劉半農在和王敬軒的「罵戰」，而且是劉半農自身的「今日之我」與「昨日之我」的「罵戰」；這其中最輝煌的戰果，其實不在「罵倒王敬軒」，而是在於劉半農自己「跳出鴛蝴派」。這場「罵戰」實則意味著《新青年》同人在傳統學術「家法」「師承」之外，找到了另一種「新舊演變」的有效途徑。

---

[178] 劉半農：《答王敬軒》，《新青年》第 4 卷第 3 期，1918 年 3 月 15 日。

# 第三章 「罵」與《新青年》的 「文化批評」

　　1918 年 5 月，胡適在《新青年》第 4 卷第 4 期發表了《建設的文學革命論》一文，他在此文中宣佈「文學革命」由「破壞」階段轉入了「建設」的階段。這其實意味著《新青年》同人對「舊文學」的批評暫時告一段落，而對「新文學」自身的討論則提上了日程。但是，陳獨秀等同人顯然從未想過把《新青年》變成一份純粹討論「新文學」的雜誌，因此在《建設的文學革命論》發表的同時，文學以外的新議題也開始出現。在緊隨而出的第 4 卷第 5 期中，「鬼靈學」的活動正式開始，而「隨感錄」這一欄目也第一次亮相。從這個意義上說，《新青年》的「批評」話語並沒有隨著「文學革命」轉入「建設」而停止，反而跳出了「文學」的範疇，進入了更為宏闊的「文化批評」層面。

## 第一節 「隨感錄」：「四面受敵」
## 中的「文化批評」

　　在欄目設置上，《新青年》是一個極具特色的刊物。自《青年雜誌》創刊開始，陳獨秀就在刊登高頭講章的同時，

創設了「通信」和「讀者論壇」等欄目，以期為編讀之間的
互動、交流提供一條有效的管道。當然，隨著外在情勢的發
展和內部同人構成的不斷變化，這些功能各異的欄目也隨之
進行了一系列的調整。而在這一系列調整中，1918 年第 4 卷
第 4 期「隨感錄」的創設是比較引人注目的一次。「隨感錄」
中的文章篇幅短小、形式靈活、語言生動活潑，廣泛關注各
類相關的社會問題。在「隨感錄」中，陳獨秀、錢玄同、劉
半農、魯迅等人的表現最為活躍，他們多是從「文化」的層
面批評社會問題，進而通過這種批評將《新青年》諸多相對
抽象的文化主張轉化為現實語境中的社會輿論。從風格上來
看，「隨感錄」的文章與那些注重思想性、邏輯性的高頭講
章也是大相異趣，它更注重個人態度的表達，而較少從事思
想的建構和知識普及。從某種意義上說，「隨感錄」已經不
僅僅是一種懸置的思想，而且具有了諸多文化實踐的意義，
實則為「新文學」向「新文化」的拓展和推進打下了良好的
基礎。

　　作為一種報刊文體而言，「隨感錄」並不是由《新青年》
「首創」。王風將「評」這一報刊文體的發端追溯至梁啟超
創辦的《清議報》，在其中出現的「國聞短評」標誌著「中
國報刊真正的新聞評論開始出現，不同於無論是『論說』還
是『短論』的『論』體，所謂『短評』，屬於有直接新聞事
件針對性的『評』體」[1]。在此之後，又出現了更具個人立場
的「時評」，以及「副刊發展而來的」的「閑評」，截止五

---

[1] 王風：《從「自由書」到「隨感錄」》，見《文學語言與文章體式 —— 從
　晚清到「五四」》，安徽教育出版社，2006 年 1 月第 1 版，第 81 頁。

四前夕，「評」實則已經成為報刊中一種較為普遍的文體，
其中就包括與《新青年》淵源頗深的《甲寅》雜誌。[2]在王風
看來，《新青年》設置「隨感錄」欄目，「正對應於《甲寅
雜誌》的『時評』，也就是與當下正在發生的事件聯繫起來，
並予以評論。這配合了每期的高頭講章，因為那些基本是觀
念層面的論述，沒有落實為具體，這當然也是編雜誌的技巧」
[3]。他尤其指出魯迅對「隨感錄」文體獨特的歷史貢獻：「到
『隨感錄』時期，魯迅扭轉了此類文體中新聞與評論的關係，
確立了議論的主體性，由此在報章論說文的廣泛背景下開始
催生先被稱為『雜感』、後被稱為『雜文』的現代論說文體。」
[4]可以說，這樣一種研究有著宏闊的歷史視野，「隨感錄」在
晚清以迄民初報刊中的文體演變軌跡，被予以清晰的呈現。
但是，在把握《新青年》雜誌內部「隨感錄」欄目的微觀變
化時，這樣一種宏觀的視野尚存在一些空白視點。所以，本
節即試圖從這一微觀視域切入，考察「隨感錄」與《新青年》
其他欄目（尤其是「通信」欄）之間的互動、消長關係，以
期考察《新青年》「文化批評」話語的建構過程。

───

　　「通信」欄在《青年雜誌》1915年創刊時就已經設立，
且在相當長的時間之內存在影響力。而在《新青年》對「批

---

[2] 王風：《從「自由書」到「隨感錄」》，見《文學語言與文章體式——從
晚清到「五四」》，安徽教育出版社，2006年1月第1版，第85頁。
[3] 王風：《從「自由書」到「隨感錄」》，見《文學語言與文章體式——從
晚清到「五四」》，安徽教育出版社，2006年1月第1版，第88頁。
[4] 王風：《從「自由書」到「隨感錄」》，見《文學語言與文章體式——從
晚清到「五四」》，安徽教育出版社，2006年1月第1版，第91頁。

孔」「文學革命」等議題的討論中,「通信」欄也起到了不
可替代的作用。「通信」欄創設的本義,是在編輯方與讀者
之間建立起一種互動關係,誠如其發刊的《社告》中所說:
「本志特辟通信一門,以為質析疑難,發舒意見之用。凡青
年諸君,對於物情學理,有所懷疑,或有所闡發,皆可直緘
惠示。本志當盡其所知,用以奉答。庶可啟發心思,增益神
志。」[5]顯然,這一宗旨的實行也受到了讀者的歡迎:「內有
通信一門,尤足使僕心動,因僕對於耳朵所接觸之事物,每
多懷疑莫決,師友中亦間有不能答其質問者。今貴雜誌居然
設此一門,可謂投合人心應時之務。僕今後當隨事隨物,舉
其所疑,用以奉質。」[6]可以說,在編讀之間建立起這樣一種
「質析疑難」的互動關係,取得了相對理想的效果:「或針
對《新青年》雜誌內容及記者的態度與見解,或陳述各自不
同的感受與經驗,而編輯者也會根據這些來自讀者的回饋對
雜誌進行相應的調整;另一方面則是編輯者本身或雜誌同人
之間,也通過信件方式,就相關問題展開思索與討論,並在
這個過程中體現出各自的思想理路與具體主張。」[7]。事實上,
這一欄目也已經成為《新青年》搜求同道、擴大同人群體的
重要方式,考察當時的「通信」內容,就會發現讀者與作者
之間的界限並不是那麼清晰,讀者通過「通信」為編者賞識,
並最終成為作者的事情也有。這其中就包括錢玄同、劉半農

[5] 陳獨秀:《社告》,《青年雜誌》第 1 卷第 1 期,1915 年 9 月 15 日。
[6] 張永言:《青年雜誌》第 1 卷第 4 期,1915 年 12 月 15 日。
[7] 李憲瑜:《「公眾論壇」與「自己的園地」──〈新青年〉雜誌「通信」
欄》,《大眾傳媒與現代文學》,陳平原、山口守編,新世界出版社,2003
年 1 月第 1 版

這類《新青年》的「台柱」，也包括像常乃惪這些本來對《新青年》諸多主張抱持異議的青年讀者。

但是在《新青年》北遷之後，情勢發生了巨大的變化。按照楊早的說法，即在「1918 年下半年至 1919 年上半年」，《新青年》所持有的文化主張「從新式知識份子內部走向文化界乃至整個上層社會」[8]，而「在多方面因素的共同作用下，新文化運動於 1918-1919 年在北京社會上擁有了浩大的聲勢和相當的影響力，並由此波及全國。」[9]對這樣一種變化，雜誌銷售數量猛增的事實似乎尚顯抽象，更為生動描述來自魯迅對此一時期的兩則印象反差極大的回憶。魯迅在《吶喊·自序》中提及「文學革命」發軔期的時代情境時寫道：「他們正辦《新青年》，然而那時彷彿不特沒有人來贊同，並且也還沒有人來反對，我想，他們許是感到寂寞了……」[10]而在《〈熱風〉題記》中所說的「隨感錄」時代卻已是另一番光景：「記得當時的《新青年》是正在四面受敵之中，我所對付的不過一小部分；其他大事，則本志具在，無須我多言。」[11]從「不特沒有人來贊同，並且也沒有人來反對」的「寂寞」，到「四面受敵之中」的憤激，這正是《新青年》從籍籍無名躋身輿論漩渦的真實寫照。

---

8　楊早：《清末民初北京輿論環境與新文化的登場》，北京大學出版社，2008 年 8 月第 1 版，第 140 頁。

9　楊早：《清末民初北京輿論環境與新文化的登場》，北京大學出版社，2008 年 8 月第 1 版，第 141 頁。

10　魯迅：《吶喊·自序》，《魯迅全集》第 1 卷，人民文學出版社，2005 年 11 月第 1 版，第 441 頁。

11　魯迅：《熱風·題記》，《魯迅全集》第 1 卷，人民文學出版社，2005 年 11 月第 1 版，第 307 頁。

　　在這樣一種情形之下，以「質析疑難」為主的「通信」欄，其實已經難以維繫其理想的編讀關係，而其在《新青年》雜誌中的地位也悄然發生了變化。在未受大眾輿論關注之前，《新青年》通過「通信」欄收集讀者對雜誌的回饋，並以此建立並維繫編讀之間的互動關係。從這個意義上說，早期「通信」欄的功能更多是主編陳獨秀本人與讀者個體之間的「友情」交流，這與之後雜誌與整個輿論界之間的互動不可同日而語。

　　值得一提的是，前文第二章論及的「雙簧信」事件，在「通信」欄話語功能和地位的轉型過程中，具有一個明顯的節點意義。如前所述，錢、劉二人措辭激烈的「雙簧信」把「罵戰」轉變成輿論事件，而「通信」欄讀者的「回饋」也變成了「文學革命之反響」。這實際上意味著，「通信」欄已經具有了某種輿論性質，這與其原有的「質析疑難」的功能大異其趣。雖然筆者並不認同錢、胡二人是在蓄意「炒作」，但從客觀效果上來說，它的確產生了諸多輿論效果。如果參考此後「通信」欄中有關「雙簧信」事件的來信，就會發現，讀者極少論及「雙簧信」所談的具體內容本身，而是對那種「肆意而罵之」的言論方式表示反感和批評。但面對這樣一種批評時，以陳獨秀為代表的《新青年》同人已經無意「質析疑難」。當署名「崇拜王敬軒者」的讀者批評他們破壞「討論學理之自由」時，陳獨秀的回答極為明確和果決：「本志自發刊以來，對於反對之言論，非不歡迎；而答詞之敬慢，略分三等：立論精到，足以正社論之失者，記者理應虛心受教。其次則是非未定者，苟反對者能言之成理，記者雖未敢

苟同，亦必尊重討論學理之自由虛心請益。其不屑與辯者，
則為世界學者業已公同辯明之常識，妄人尚復閉眼胡說，則
唯有痛罵之一法。」[12]事實上，「唯有痛罵之一法」的辯護
很大程度上肯定了「雙簧信」的「肆意而罵」的言論姿態，
在此之後，「通信」欄也的確已經不再具備「質析疑難」的
良性互動，相反，它成為「罵戰」的高發場域。及至後來《新
潮》創刊的時期，「通信」甚至已經普遍被人視為「討罵的
別名」[13]。

二

　　在這裡，我無意為《新青年》「唯有痛罵之一法」的言
論姿態做任何辯護。撇開其間種種道德意義上的是非不談，
《新青年》的「通信」欄從「質析疑難」轉向「肆意而罵」，
正是它在輿論環境轉變之後的必然反應。與之前的情勢不
同，此時的《新青年》已經不再「寂寞」，而是處於「四面
受敵」之中。如在北京大學內部，繼《新青年》而起的，既
有《新潮》這樣與自己持共同文化主張的雜誌，更有像《國
故》月刊這種與自身在觀點上截然相反的刊物。在很多人看
來，後者正是為與《新青年》對峙而發，魯迅就曾經對此極
盡嘲諷：「該壞種等之創刊屁志、係專對《新青年》而發、
則略以為異、初不料《新青年》之於他們，竟如此難過也。」

---

[12] 陳獨秀：《答崇拜王敬軒者》，《新青年》第 4 卷第 6 期，1918 年 6 月
　　15 日。

[13] 顧頡剛：《顧誠吾致傅斯年》，《新潮》第 1 卷第 4 期，1919 年 4 月 1 日。

[14]而在校外的大眾媒體上,諸多有影響力的報刊也已經開始對《新青年》的文化主張予以關注,如北京的《公言報》、上海的《時事新報》,等等。而由於立場的差異、觀點的分歧,他們與《新青年》之間的言論衝突在所難免。如傅斯年回憶:「有幾家報紙天天罵我們,幾乎像他們的職業。甚而至於我們學校的某某幾個教員休息室裡,也從此多事。我們不免有受氣負苦的地方,甚而至於樹若干敵,結許多怨;前兩月我和志希被誣,也未嘗不以此為根源」。[15]從這個意義上看,無論自己主觀願望如何,《新青年》都不可避免地進入了眾聲喧嘩的社會輿論之中。

在此種情勢之下,「通信」欄在《新青年》雜誌整體中的功能角色發生了變化。首先,原本那種搜求同道、擴展作者群的功能在「通信」欄中已經消失。這從錢玄同等人對張厚載的態度上能夠清晰地看到。錢玄同在給胡適的信中,堅決反對張厚載的文章刊入正文,並稱「他的文章實在不足以汙我《新青年》」[16],但「如其通信,卻是可以」。[17]這實際上反映出,「通信」在《新青年》的地位已經大大降低 —— 這個時候,「通信」的功能不再是搜求同道,而是排斥異己,

---

[14] 魯迅:《致錢玄同》,《魯迅全集》第 11 卷,人民文學出版社,2005 年 11 月第 1 版,第 364 頁。

[15] 傅斯年:《〈新潮〉之回顧與前瞻》,《新潮》第 2 卷第 1 期,1919 年 2 月 1 日。

[16] 錢玄同:《致胡適》,《錢玄同文集》第 6 卷,中國人民大學出版社,1999 年 4 月第 1 版,第 94 頁。

[17] 錢玄同:《致胡適》,《錢玄同文集》第 6 卷,中國人民大學出版社,1999 年 4 月第 1 版,第 94 頁。

是要「把他罵出我們的大門去也」[18]的姿態。其次,隨著《新青年》越來越受到關注,「通信」欄還必須擔負起回應輿論的功能。這個時候,讀者的「質析疑難」已經不僅僅是一種純粹「討論」,也可能意味著對《新青年》文化主張的攻訐與駁難。因此,《新青年》的回信也自然要承擔某種澄清、解釋乃至反擊的職責。從這個意義上看,陳獨秀等人對「崇拜王敬軒者」「愛真」「悔」等讀者的回信,就可以看作《新青年》就「雙簧信」事件所做的「危機公關」。第三,在與大眾傳媒發生關聯之後,《新青年》的批評鋒芒已經從「文學革命」的主題中超越出來,並對諸多社會現象予以攻擊。而這些攻擊,有時也由「通信」欄予以承擔,如陳獨秀與湯爾在《三焦!丹田!》中對「衛生哲學」的批評,等等。在這種情況下,「通信」欄那種既有的「質析疑難」功能顯然無法適應《新青年》進入公眾輿論之後的言論情境,甚至其功能角色也出現了紊亂。

　　而從這個意義上來看,新創設的「隨感錄」與「通信」欄之間形成了一個消長的關係,後者是應《新青年》輿論地位轉變的情勢而設立,它在很大程度上也分擔了「通信」欄已經無法承載的功能。例如1918年4月,《新青年》第一次刊發「隨感錄」,而其中陳獨秀的兩篇「隨感」都具有「反抗輿論」的意義:其《隨感錄一》批評「國粹主義」,顯然與其在北京大學文科的「新舊之爭」有關,其「勿尊聖,勿尊古,勿尊國」的主張,其實正是對舊派人士以「聖」「古」

---

[18] 胡適:《致錢玄同》,《胡適書信集》上,耿雲志、歐陽哲生編,北京大學出版社,1996年9月第1版,第99頁。

「國」壓制「新文學」和「新文化」的反擊。而其《隨感錄三》則是為北京大學設立「元曲」科目這一爭議事件予以辯護。從某些方面看，魯迅所說的「四面受敵」其實也是一種危機應對的方式，他在「隨感錄」中「對於上海《時報》的諷刺畫而發的」[19]的批評，就是對其攻擊「新文化」的有力回擊。當然，魯迅所說的「四面受敵」也只是其自身的主觀感受，如對扶乩、靜坐、打拳而發的諸多隨感批評，就顯然是《新青年》主動出擊的結果。從某種意義上看，與其說《新青年》是「四面受敵」，倒不如說他們是通過「隨感錄」這一欄目「八方出擊」。

　　如果說「應對」式的批評是對「通信」欄功能的分擔，那麼這種主動出擊的批評則更具「隨感錄」自身的特色。從根本上來說，《新青年》創設「隨感錄」進行「文化批評」，其前提即在於話語權力的加強。《新青年》「通信」欄中的言論從「質析疑難」的討論，變成「肆意而罵」，也正是這種話語權增強的充分表現。在這種強大的話語權面前，「通信」欄中那些持反對意見的來信者已經不被視為「論爭的對手」，而是被視為「批評的對象」。錢玄同在給魯迅的信中主張把張厚載討論「舊戲」的文章放入「通信」欄，就是為了把他作為一個純粹的靶子，而不願與其有任何討論。這實際上標誌著，「通信」欄已經把那種「雙向的討論」轉變成了「單向的批評」。而「隨感錄」正是承接了「通信」欄的這種功能變化，甚至從某種意義上說，「隨感錄」正是「通

---

[19] 魯迅：《熱風·題記》，《魯迅全集》第 1 卷，人民文學出版社，2005 年 11 月第 1 版，第 307 頁。

信」欄的某種變體，是「沒有來信的回信」。在這裡，《新青年》通過「批孔」「文學革命」以及「雙簧信」積聚的話語權已經達到了巔峰狀態，並通過「隨感錄」這一新闢的欄目予以充分釋放。

　　《新青年》同人通過「隨感錄」八方出擊，對社會上的諸多現象予以批評，實際上意味著他們已經擺脫了「通信」欄中「質析疑難」這一相對保守的言論方式，在此，他們實際上越過了那些抱持不同意見的「論爭對手」，而直接對社會現象予以立論言說。從這個意義上說，他們已經從「四面受敵」之中突圍出來，把自身變成了純粹的「批評者」。這樣一種身份上的變化，也使得他們的言說模式發生了根本改變，從而確立起一套特定的「批評話語」。在《新青年》第6卷第2期，魯迅給讀者陳鐵生的回信中，很好地闡述了這套「批評話語」的核心模式。此信的緣起，即為魯迅在《隨感錄三十七》中批評「打拳」問題，而作為拳術愛好者的讀者陳鐵生對此頗為不滿，因而來信向《新青年》盡陳練拳之優長，其中頗以自己的切身經歷證明之：「如今我日日做魯迅先生之所謂拳匪，居然飲得，食得，行得，走得；拳匪之賜，真真不少也。」[20]魯迅則在答詞中指出：「來信的最大誤解處，是我所批評的是社會現象，現在陳先生根據了來攻難的，卻是他本身的態度。」[21]那麼，什麼是「社會現象」

---

[20] 陳鐵生：《駁〈新青年〉五卷五號，〈隨感錄〉第三十七條》，《新青年》第6卷第2期，1919年2月15日。

[21] 魯迅：《關於〈拳術與拳匪〉》，《魯迅全集》第8卷，人民文學出版社，2005年11月第1版，第99頁。

呢？魯迅自己的說法是：

> 　　要單是一人偶然說了，本也無關重要；但此書是
> 已經官署審定，又很得教育家歡迎，——近來議員又
> 提議推行，還未知是否同派，——到處學習，這便是
> 的確成了一種社會現象；而且正是「鬼道主義」精神。
> 我也知道拳術家中間，必有不信鬼道的人；但既然不
> 見出頭駁斥，排除謬見，那便是為潮流遮沒，無從特
> 別提開。……所以個人的態度，便推翻不了社會批評；
> 這《隨感錄》地三十七條，也仍然完全成立。[22]

　　這其中的關鍵問題在於，「社會現象」是一個公共問題，
而不是某種個人觀點，即所謂「個人的態度，便推翻不了社
會批評」。這實際上是對「批評對象」予以了去人格化，它
使得「批評」是對「社會問題」發言，而不是與某個具體的
個人「爭執」。在這樣一種情形之下，《新青年》已經逐漸
擺脫了文壇和思想界內部紛繁複雜的關係，而成為一個更具
有超越性的「批評者」。

　　當然，由於《新青年》同人內部各自的觀念、想法不一，
其「批評話語」也呈現出各自的特色，並非每個人都全然符
合這一「文化批評」的模式。例如陳獨秀在「隨感錄」中的
文章就仍然停留在觀念的辨析和感悟上，且殘留著「質析疑
難」的痕跡。而陶孟和的「隨感錄」雖然有明確的「批評」

---

[22] 魯迅：《關於〈拳術與拳匪〉》，《魯迅全集》第 8 卷，人民文學出版社，
　　2005 年 11 月第 1 版，第 99—100 頁。

傾向，但是卻太過個人化，與《新青年》一貫的主旨有諸多隔膜，所以引起的影響也不夠大。因此，我所說的「隨感錄」及其「批評話語」，主要是針對錢玄同、劉半農和周氏兄弟的文章：他們能夠把「社會現象」和《新青年》自身的文化主張結合起來，能夠在批評的過程中設置特定的議題（如舊戲、靈學，等等），也能夠在批評話語的實踐過程中相互配合、彼此呼應。這樣一種基於自身主張尋找的「批評物件」，使得《新青年》的「八方出擊」戰法整飭，也能夠把那些高頭講章宣揚的理念落實到具體的社會情境之中。

## 三

《新青年》雜誌輿論地位的變化，促使了他們創設「隨感錄」欄目以從事「文化批評」工作。但這裡需要指出的是，這並不意味著進入輿論漩渦的《新青年》完全屈從了大眾傳媒的屬性，變成了一本「媚俗」的雜誌。事實上，如前文所論及的那樣，陳獨秀一直標榜「持論多與世俗相左」和「反抗輿論」，而這種「反抗輿論」的姿態，恰恰在他們進入公眾輿論之後才得到真正踐行。具體到「隨感錄」來說，《新青年》同人雖然將批評的矛頭指向了社會生活的諸多層面，在其話語中也不乏「罵詈之詞」，但是從總體上來說，這些針對「社會問題」的批評都是從「文化」層面入手，也與《新青年》自身的文化主張密切相關。

綜觀五四時期「新文化」推進的歷史，《新青年》的文化主張之所以能不為輿論裹挾，其很大的原因即在於它與北

京大學之間的密切關聯。甚至從某種意義上說，是北京大學使《新青年》成為輿論關注的焦點，也同樣是北京大學能夠讓它在眾多媒體的風浪中保持思想的獨立。1917 年，陳獨秀受聘為北京大學文科學長，《新青年》編輯部也隨之遷入北京大學，陳平原曾對此評價：「蔡元培之禮聘陳獨秀與北大教授之參加《新青年》，乃現代史上具有里程碑性質的大事。正是這一校一刊的完美結合，使新文化運動得以迅速展開。」[23]具體到「文化批評」來說，作為「刊」的《新青年》一直都充分利用著北京大學提供的學術地位與學術資源。

就學術地位而言，北京大學的影響力在五四時期可謂無與倫比。馮友蘭曾經回憶：「蔡先生把在當時全國的學術權威都盡可能地集中在北大，合大家的權威為北大的權威，於是北大就成為名副其實的最高學府，其權威就是全國最高的權威。」[24]從某種意義上來說，北京大學實際上已經成為中國「學界」的代表。更值得一提的是，北京大學不僅在「學界」內部居於優勢，而且它所代表的「學界」也對依託「商業文化」的大眾輿論具有先天的優勢。正是這一點，使得《新青年》的批評獲得了充分的權力和十足的底氣。陳獨秀就在「隨感錄」中公開嘲諷報刊及其記者：「北京各日報，往往傳載此妖言，殊可駭怪！國人最大缺點，在無常識；新聞記者，乃國民之導師，亦竟無常識至此，悲夫！」[25]也正是在

---

[23] 陳平原：《觸摸歷史與進入五四》，北京大學出版社，2010 年 1 月第 2 版，第 62 頁。

[24] 馮友蘭：《我所認識的蔡元培先生》，《追憶蔡元培》，陳平原、鄭勇編，三聯書店，2009 年 4 月第 1 版，第 131 頁。

[25] 陳獨秀：《隨感錄三》，《新青年》第 4 卷第 4 期，1918 年 4 月 15 日。

這樣的情形之下，《新青年》在對上海報刊傳媒的「批評」中保持了一種極為強勢的姿態：「這等人，時時在營業上變更節目。這一月是提倡什麼，那一月又提倡什麼，（都是本其一知半解的眼光，向日本書上剿竊了些皮毛），開會討論咧，雜誌報紙的鼓吹咧，招了人傳習咧，報部通飭全國試辦咧，朝三暮四，鬧得天花亂墜。其實他們本身既沒有明白，所提倡的東西，究竟有何真義；更沒有顧到提倡以後，有無成效；不過胡鬧一下，熱熱場面，像上海新世界出賣『活怪』一般！」事實上，劉半農對上海商業性文化的不滿並不在於「普及」本身，而是因為在他看來，這種「普及」只能由作為「學界」的精英領導，而不能交給唯利是圖的「商界」操持：「這等人自己頭腦不清，全無知識；所以要借著『普及』二字，一壁是自掩其醜，一壁是拒絕有知識的人，使『優勝劣敗』的公例，不能適用於中國。」[26]從這個意義上說，他們雖然處於輿論之中，但也超乎輿論之上，並不是一般大眾媒體中的隨波逐流者。在整個「批評」的過程中，《新青年》自始至終都保持著北京大學提供的學術底氣，這才使得他們宣導的「文化啟蒙」能夠戰勝純粹單一的商業邏輯，而形成自身獨具特色的影響力。

從學術資源上說，《新青年》也從北京大學受惠良多。如陳平原所說：「比起晚清執思想界牛耳的《新民叢報》、《民報》等，《新青年》的特異之處，在於其以北京大學為依託，因而獲得豐厚的學術資源。」[27]但這裡要強調的是，

---

[26] 劉半農：《隨感錄七》，《新青年》第 4 卷第 4 期，1918 年 4 月 15 日。

[27] 陳平原：《觸摸歷史與進入五四》，北京大學出版社，2010 年 1 月第 2 版，第 61 頁。

對那些需要參與社會輿論運作的「文化批評」來說，豐厚的
學術資源本身並未構成獲得影響力的充分條件，其中的關鍵
在於，這種「學術資源」在多大程度上轉為有效的「批評資
源」。而正是這一點，在《新青年》批評話語的建構中有著
極為突出的表現。與一般的「時事評論」相比，《新青年》
的「隨感錄」有著諸多獨特之處。其中很重要的一點，即在
於他們對「社會現象」的評論總是從「文化」的層面切入，
這使得他們對「時事」的點評往往能夠調用「學界」提供的
學術資源和知識儲備。而更為重要的是，在具體的批評實踐
中，他們並沒有把那套嚴格的學術模式延伸到「批評」方面，
而是將現成的學術研究的成果轉變成一種批評話語。如在對
「舊戲」的批評中，錢玄同等人就沒有以研究者的姿態去探
討「戲曲」，而是對學界最新的戲曲研究成果予以轉化。對
《新青年》同人而言，這種把「學術資源」轉換成「批評話
語」的手法可謂得心應手，甚至可以達到某種「跨學科」的
情形。如在「關靈學」中，與陳大齊用嚴格的科學方式論證
「靈學」的荒謬不同，錢玄同更多依託了自身深湛的「小學」
功夫，他在《隨感錄八》中用大量的篇幅羅列了《靈學叢志》
所談的「音韻學」的謬誤，而幾乎不談及任何「靈學」本身
的問題。[28]

　　綜上所述，《新青年》的「批評話語」很好地處理了「態
度」「批評物件」「文化主張」三者之間的關係。第一，參
看「隨感錄」中的「文化批評」（尤其是錢玄同、劉半農和
魯迅），就會發現他們的「批評對象」雖豐富卻並不散亂，
無論是打拳、扶乩，還是舊戲、國粹，都與《新青年》彼時

---

[28] 錢玄同：《隨感錄八》，《新青年》第 4 卷第 5 期，1918 年 5 月 15 日。

的「文化主張」彼此契合。可以說，他們正是依據自身對「文化主張」的要求，去尋覓「批評物件」。而在批評過程中，他們往往能夠把那些在社會生活中極具影響力的「社會現象」，轉變為一種歷史現象予以文化定位，從而在歷史意義上對它們的合法性提出批評。在聲勢浩大的「靈學」活動面前，在方興未艾的「京劇」面前，《新青年》同人之所以能夠毫無忌憚地予以批評，其根本原因就在於此。第二，在對「學術資源」的轉化中，《新青年》同人只保留其核心的知識，而剔除了那種系統性的學術思路，這使得他們的「批評」擺脫了與大眾傳媒不相適應的理性建構，而是出之於一種帶有情感傾向的「態度」。因此，他們並不是通過嚴密的邏輯論爭去說服讀者，而是用鮮明的態度去感染他們。「態度」在《新青年》的「文化批評」中具有極為重要的意義，在篇幅短小的「隨感」中，鮮明的態度往往能使其質感立現，且具「寸鐵殺人」之功。在某些時候，這種「態度」甚至能夠擺脫觀點存在，例如與「隨感錄」同時並存的「什麼話？」欄目，就純為報刊言論摘錄，《新青年》在例言中提及：「我們每天看報，覺得有許多材料或可使人肉麻，或可使人歎氣，或可使人冷笑，或可使人大笑。」[29]這種擺脫了觀點、論證的「態度」，也表明了《新青年》同人面對公眾輿論時十足的底氣。第三，《新青年》的「文化主張」並不是思想的建構，而是具有社會實踐的意義。而正是通過對這些「社會現象」的批判，他們才把自身懸置的思想、觀念落實到現實語

---

[29] 胡適：《什麼話？》，《新青年》第5卷第4期，1918年10月15日。

境之中。從思想建構的方面來看，這樣一種「文化批評」的
確存在諸多問題，但從社會文化的實踐層面來看，這種涵蓋
面極為廣泛的批評，卻使得「新文化」的外延得以最大限度
地拓展，呼應起社會生活的各個層面。

## 第二節　從文學體裁到文化現象：作為 「演出活動」的「舊戲」

　　在《新青年》「批評話語」的建構過程中，「戲劇論爭」
是一個頗富意味的事件。1918 年 7 月，《新青年》第 4 卷第
6 期推出「易卜生專號」，開始正式討論「戲劇」問題，提
倡西方式的「話劇」藝術。在這一期專號中，《新青年》發
表了易卜生的《娜拉》《國民之敵》《小愛友夫》等劇作，
以及胡適那篇著名的《易卜生主義》。但是在本期「通信」
欄中，卻同時登載張厚載有關「新文學及中國舊劇」的來信。
在此信中，張厚載以「內行」的姿態對《新青年》同人談及
中國「舊戲」的觀點予以指摘，引發了胡適、陳獨秀、錢玄
同、劉半農等同人的集體回應，從而正式拉開了「論爭」的
序幕。到 1918 年 10 月，《新青年》第 5 卷第 4 期推出「戲
劇改良專號」，其中再次發表了張厚載《我的中國舊劇觀》
一文，他有關「臉譜」與「打把子」的來信也登載於本期「通
信」欄。而在緊接著的第 5 卷第 5 期中，錢玄同、周作人馬
上發表了「論中國舊戲之應廢」的通信，再次對張厚載的觀
點予以駁斥。在此之後，《新青年》並沒有再度集中刊發對

「舊戲」的駁斥文章，但這並不意味著「論爭」停止，相反，隨著北京、上海各大報刊的加入，以及戲劇界諸多知名人士的參與，這場「論爭」已經成為一個轟動性的輿論事件，也成為人們長期關注和討論的熱點話題。

就「論爭」中的《新青年》一方來說，這場「論爭」同之前的「雙簧信」事件一樣，也帶有明顯的策劃性質。當然，此次「論爭」的主要策劃者胡適並不贊同「雙簧信」那種「偽造通信」的做法，對錢、劉二人「肆意而罵」的言論方式也頗不以為然，在他看來，「這個問題太大了，決不是開口亂罵的論調所能討論的」[30]。正因為如此，胡適才邀請張厚載加入「討論」，其本意即在「尋一個舊戲的『辯護士』正正經經的替中國舊戲做一篇辯護文」[31]。但是，「戲劇論爭」最終沒能按照胡適的設想從學理討論的層面展開，而張厚載這個「舊戲的『辯護士』」，不僅沒能消弭「論爭」的意氣成分，反而導致更為激烈的言論衝突。對於張厚載，錢玄同、陳獨秀等《新青年》同人都極為反感，錢玄同則更是認為，「他的文章實在不足以汙我《新青年》版面」[32]，且奉勸胡適「平日對外的議論，很該旗幟鮮明，不必和那些腐臭的人去周旋」[33]。《新青年》同人內部對張厚載的不同態度，導

---

[30] 胡適：《致錢玄同》，《胡適書信集》上，耿雲志、歐陽哲生編，北京大學出版社，1996 年 9 月第 1 版，第 195 頁。

[31] 胡適：《致錢玄同》，《胡適書信集》上，耿雲志、歐陽哲生編，北京大學出版社，1996 年 9 月第 1 版，第 195 頁。

[32] 錢玄同：《致胡適》，《錢玄同文集》第 6 卷，中國人民大學出版社，1999 年 4 月第 1 版，第 93 頁。

[33] 錢玄同：《致胡適》，《錢玄同文集》第 6 卷，中國人民大學出版社，1999 年 4 月第 1 版，第 94 頁。

致「戲劇論爭」出現了一個極為尷尬的場景：一方面，胡適在正式版面的高頭講章中討論「戲曲改良」，並與張厚載從學理上予以爭辯；而另一方面，錢玄同、劉半農等人則在「通信」欄和「隨感錄」中對「舊戲」及張厚載本人極盡嘲笑之能事，甚至聲言「要中國的真戲，非把中國現在的戲館全數封閉不可」[34]。在這樣一種激烈的衝突中，「論爭」中「論」的成分日少，而「爭」因素漸多，所謂「學理討論」已難以進行。尤其是「戲劇論爭」被大眾輿論關注以後，雙方的言辭更為犀利尖刻，而其討論、對話的成分則消失殆盡。及至第 5 卷第 5 期，劉半農提及馬二先生在《時事新報》上對《新青年》「戲劇改良」的主張「大加駁難」時，錢玄同已經沒有任何答覆的興趣，且出之以罵詈之詞：「去年冬天，你寫信給我，引錢謙益的話道：『有遺矢於地者，一人逐而甘之；甘之者固非，沮之者未必便是。』我今即用此語奉告老兄，他們要『甘之』，我們且任他去『甘之』，斷斷不必去『沮』他。」[35]由此，這場「論爭」已經完全背離了策劃者胡適的初衷和本意，徹底淪為一場「罵戰」。

在探討「戲劇論爭」的中雙方對話錯位和失效的原因時，學界更多是從雙方「啟蒙理性」與「藝術審美本位」的立場分歧入手。如有學者指出：「以胡適等為代表的『新青年』派著力從外部以矯枉過正的方式強行推行戲劇的啟蒙現代性進程；以張厚載等為代表的保守派則主要於審美的範疇內進

---

[34] 錢玄同：《隨感錄十八》，《新青年》第 5 卷第 1 期，1918 年 7 月 15 日。
[35] 錢玄同：《今之所謂「評劇家」》，《新青年》第 5 卷第 2 期，1918 年 8 月 15 日。

行戲曲的現代化追求。」[36]但是，用「啟蒙」與「藝術」（審美）這兩個過於分明的概念去為「論爭」的雙方立場定性，往往會把混雜的歷史處理得過於整齊。而隨著政治話語在學術研究中的淡化，《新青年》參與「戲劇論爭」中的「啟蒙」姿態也往往被「藝術本位主義者」予以詬病。如有學者就基於此把「罵戰」的原因歸結為《新青年》「戲劇外行」的身份：「基於利用西學以改造傳統的思想立場，以及改革社會現實和富強國家的熱情，即使自知不懂戲曲，對傳統表演藝術缺乏興趣，難解其中之三昧，也敢大膽勇猛地搜尋打倒廢除的理由，表現出棄舊學迎新知的自信與傲慢，甚至筆鋒語氣之間，也幾近於霸道、充滿了隨意謾罵、出言不遜的語調口吻。」[37]而另一方面，張厚載等反對派的觀點則被冠以「文化保守主義」之名，他們成為「專業」的劇評家，成為戲劇傳統的傳承者和藝術審美的捍衛者。如此一來，這場一邊倒的「戲劇論爭」被徹底翻案，且成為「五四新文化」激進主義的不二佐證：「五四新文化派激烈地批判傳統，其目的是以全盤否定的片面文化運動方式來擺脫舊文化的束縛，並以『徹底西化』的做法來謀取社會的進步，這種矯枉過正的方式導致了國人對自身固有文化的疏離與誤解，也混淆了中西文化交流融合的合理化步驟。」張婷婷：《回到五四戲劇論爭的現場》，《中央戲劇學院學報》2008 年第 2 期。其實反

---

[36] 王良成：《「五四」時期的新、舊戲劇觀論爭及其現代性追求述論》，《戲劇》2006 年第 3 期。

[37] 張婷婷：《回到五四戲劇論爭的現場》，《中央戲劇學院學報》2008 年第 2 期。

顧五四時期具體的歷史情境，就會發現所謂「啟蒙」與「藝術」兩者的界限並不是那麼涇渭分明，而《新青年》對「戲劇」問題的討論也有著極為豐富的文化內涵。因此，對這場「論爭」的研究，既不能從純粹的「啟蒙」立場入手，也不能拘囿於藝術史、文學史既定的框架，而是要將「戲劇」這一概念重新放入歷史場域，理解它多方面的複雜內涵。

一

具體到《新青年》來說，他們對「戲曲」的關注自「文學革命」發軔時就已經開始，這從時間上早於「戲劇論爭」本身。但在這一時期，《新青年》同人並沒有對「戲曲」予以單獨關注，而是將其與「小說」並稱，兩者所組成的「白話文學」成為《新青年》同人攻擊「詩文」正統的思想資源。如胡適所說：「詞曲如牡丹亭桃花扇，已不如元人雜居之通俗矣。然昆曲卒至廢絕，而今之俗劇（吾徽之『徽調』與今日『京調』『高腔』皆是也。）乃起而代之。今後之戲劇或將全廢唱本而歸於說白，亦未可知。此亦由文言趨於白話之一例也。」[38]基於這樣一種思路，他們對「戲曲」的價值予以部分肯定：「至於戲劇一道，南北曲及昆腔，雖鮮高尚之思想，而詞句尚斐然可觀。」[39]

1918 年 4 月，胡適在《新青年》第 4 卷第 4 期發表《建

---

[38] 胡適：《歷史的文學觀念論》，《新青年》第 3 卷第 3 期，1917 年 5 月 1 日。

[39] 錢玄同：《反對用典及其他》，《新青年》第 3 卷第 1 期，1917 年 3 月 1 日。

設的文學革命論》，並在此文中宣佈「文學革命」由「破壞」
轉向了「建設」：「所以我希望我們提倡文學革命的人，對
於那些腐敗文學，個個都該存一個『彼可取而代也』的心理，
個個都該從建設一方面用力，要在三五十年內替中國創造出
一派新中國的活文學。」[40]而正是在這種「建設」的基礎上，
「文學革命」對文學的關注和討論才深入到「戲劇」「小說」
「詩歌」這些具體體裁的內部。而從時間序列上看，《新青
年》在 1918 年 7 月推出的「易卜生專號」，並開啟「戲劇論
爭」則標誌著「戲劇」作為一個獨立、專門的文學體裁被《新
青年》關注並討論。但這裡的問題在於，從「文學革命」中
對「舊戲」的討論到之後專題性的「戲劇論爭」，這其中並
不是一個順延的邏輯，而是出現了某種斷裂性。在「文學革
命」的「破壞」階段，「戲曲」更多是作為「白話文學」被
《新青年》同人以予以褒獎，而當其作為一種社會現實中的
演出活動時，卻會遭到《新青年》同人強烈的反感和排斥。
如錢玄同在推崇南北曲及昆腔「詞句斐然可觀」的同時，卻
對彼時盛極一時的京戲評價極低：「若今之京調戲，理想既
無，文章又極惡劣不通，固不可因其為戲劇之故，雖謂有文
學上之價值也。」[41]就這一點來說，《新青年》同人在 1918
年「戲劇論爭」中大力攻訐的並非是作為「白話文學」的「戲
曲」，而恰恰指以「京戲」為代表的、作為演出活動的「舊
戲」。

---

[40] 胡適：《建設的文學革命論》，《新青年》第 4 卷第 4 期，1918 年 4 月
15 日。

[41] 錢玄同：《反對用典及其他》，《新青年》第 3 卷第 1 期，1917 年 3 月 1
日。

　　事實上，當「戲劇」作為一個具體的西方文學體裁被加以討論，甚至作為一個藝術活動被加以提倡的時候，它就已經不再是一個純粹的文學問題或藝術問題，而是一個更廣泛的文化實踐問題——這個文化問題並不是懸置在一個抽象自足的思想理論中，而是要和具體的社會現實相互關涉，甚至彼此衝突。正因為此，被胡適視為「破壞」利器的「文學進化史觀」在《新青年》提倡西方戲劇的文化實踐中大打折扣，而且遭到了社會文化現實的無情嘲弄。在其文學理念的建構中，胡適把文學的進化視為一個自然的過程：「現在的舊派文學實在不值得一駁……他們所以還能存在國中，正因為現在還沒有一種真有價值、真有生氣、真可算作文學的新文學起來代他們的位置。有了這種『真文學』和『活文學』，那些『假文學』和『死文學』，自然會消滅了。」[42]但是，胡適這種「彼可取而代也」的「進化觀」由於在現實中遭遇了「京戲」空前興盛的情形，因而非常蒼白無力。而結合彼時「京劇」藝術自身的發展規律看，胡適所謂「今後之戲劇或將全廢唱本而歸於說白」[43]的論斷，也沒有任何實現的可能。正因為此，傳統的「戲曲」已經無法成為《新青年》「戲曲改良」的前提，而《新青年》同人所提倡的源自西方的「話劇」已經不可避免地同以京劇為代表的中國傳統戲曲產生緊張的對峙關係。在這一點上，即使一度主張「移其心力於皮

---

[42] 胡適：《建設的文學革命論》，《新青年》第 4 卷第 4 期，1918 年 4 月 15 日。

[43] 胡適：《歷史的文學觀念論》，《新青年》第 3 卷第 3 期，1917 年 5 月 1 日。

黃之改良,以應時勢之所需」劉半農:《我之文學改良觀》,
《新青年》第 3 卷第 3 期,1917 年 5 月 1 日。的劉半農也不
例外,他在文中坦承:「餘亦決非認皮黃為正當的文學藝術
之人。……只以現今白話文學尚在幼稚時代,白話之戲曲,
尤屬完全未經發見,(上海之白話新戲,想錢君亦未必認為
有文學價值之戲也。)故不得不借此易於著手之已成之局而
改良之,以應目前之急。至將來白話文學昌明之後,現今之
所改良之皮黃,固亦當與昆劇同處於歷史的藝術之地位。」[44]
這實際上意味著,《新青年》提倡西方戲劇的文化主張,已
經與清末以來的「戲曲改良」產生了根本性的區別,在這種
「造新洋房」的戰略之下,「新劇」與「舊戲」之間的歷史
沿革關係,已經轉變「西方戲劇」與「中國傳統戲曲」之間
的空間衝突。

由此可見,「文學革命」從「破壞」走向「建設」,並
不是一個話語層面的順延,而是從一個「理論言說」的層面
進入「社會實踐」的層面。在這種社會現實層面上,「西方
戲劇」的提倡推行,並不是思想的建構,而是要為西方戲劇
在中國本土的演出、接受與傳播開闢一個自由施展的空間。
而在此時的中國,以京戲為代表的「舊戲」卻盛極一時,它
們佔據演出場所、吸引觀眾、左右著市場,而在此基礎上,
它們還形塑了公眾欣賞戲劇的習慣和方式 —— 這些都對西方
戲劇在社會中的推行構成了巨大的阻力。從這個意義上來
說,「戲劇論爭」並不是對「文學革命」的簡單順延,它已

---

[44] 劉半農:《我之文學改良觀》,《新青年》第 3 卷第 3 期,1917 年 5 月 1
日。

經超越了「文學」「藝術」的範疇，而成為一個與社會現實密切相關的「文化現象」。

二

　　由上文可知，《新青年》同人在「戲劇論爭」中所指斥的「舊戲」，並非是作為歷史意義上的「白話文學」，也不僅僅是一種藝術門類或文學體裁，而是彼時社會中的演出活動。從這個意義上看，在「舊戲」眾多的門類中，「京戲」影響力最大，也最具代表性。眾所周知，自清末四大徽班進京開始，京劇就已經開始流行，並逐漸取代日漸式微的昆曲而成為大眾最主要的娛樂活動。尤其是民國成立之後，京劇已經從宮廷走向大眾，這使得它的觀眾群獲得了急劇的擴大：「清末到民國，京劇從宮廷承差到全部在民間戲院演出，北京喜愛京劇的觀眾群日益擴大，儘管還有相當數量的清廷貴冑、遺老遺少、官僚政客，但也增加了許多知識份子，他們有留學生、大學教授、中小學教師、大中學生，也有資本家、商人、小手工業者和普通市民。」[45]這裡值得注意的是，京劇的雅俗共賞使得它在知識份子階層同樣影響巨大，甚至成為他們極為重要的日常休閒活動：「隨著京劇表演藝術和劇碼日趨精美、絢麗，一批年青學生和留學生成了京劇的忠實觀眾。梅蘭芳十八歲時，就有我國最早創辦的外國語學校（譯學館）的學生，成了他的基本觀眾，如張庚樓、章孟嘉、

---

[45] 趙慧蓉：《燕都梨園史》，北京出版社，1999年10月第1版，第61頁。

沈耕梅、陶益生、言簡齋等，還有許多從日本留學歸來的任職者，如馮幼偉、吳震修等，並從觀眾變為梅的朋友。可以說，它已經成為了京津地區居民最為喜愛的休閒娛樂活動。」[46]

　　這樣一種風潮也波及了作為學術重鎮和「新文化運動」中心的北京大學。在北京大學的教師和學生中，京戲一直大受歡迎，甚至不少人對此達到癡迷的程度。後來成為著名歷史學家的北大學生顧頡剛，就是一個典型的「戲迷」。顧頡剛對京劇的喜好在就讀北京大學之前就已經開始，他於1913寫的《梨園日記》中大量記載了自己的聽戲活動和聽戲感受，其中甚至有「此次選舉總統，易實甫所謂一笑萬古春、一顰萬古秋的之梅蘭芳亦得一票，國人有此，亦屬佳話」[47]的記錄，可見其對京劇的癡迷。而在進入北京大學之後，這種聽戲活動依舊頻繁，在回憶北大學生生活時，他如此坦承：「每天上課，到第二堂退堂時，知道『東安門』外廣告版上，各戲園的戲報已經貼出，便在休息的十分鐘內從『譯學館』（預科所在）跑去一瞧，選定了下午應看的戲。學校中的功課下午本來較少，就是有課我也不去請假。」[48]另一位具有代表性的北大戲迷，是法科的學生陶希聖，他在回憶錄中提及了民初京戲流行的盛況：「民國初年，北京皮簧與梆子盛極一時。我聽戲不少，並不懂戲，雖不懂戲，卻也有見聞。此時

---

[46] 趙慧蓉：《燕都梨園史》，北京出版社，1999年10月第1版，第63頁。

[47] 顧頡剛：《顧頡剛日記》，台灣聯經出版公司，2007年5月版，第14頁。

[48] 顧頡剛：《我在北京大學的回憶》，《我與北大——「老北大」話北大》，王世儒、聞笛編，北京大學出版社，1998年4月第1版，第216頁。

最高地位屬於譚鑫培與侯俊山。如楊小樓尚在其次。梅蘭芳初露頭角。」[49]而此時，作為學術重鎮的北京大學也已經成為「戲評」的重鎮：「北京大學的同學，在戲評之中，占很高地位的，有張謬子。我們同年級的捧角家有所謂四霸天，都是小一號的評戲者。其中有一位陳先生，邀我倒大柵欄慶樂園聽尚小雲與崔靈芝。他們都是未出科的學生。尚小雲是皮簧青衣，崔靈芝是梆子青衣。」[50]

但值得注意的是，「聽戲」這一活動經常被視為前蔡元培時代北京大學學風不正、腐化墮落的象徵，也是北京大學作為「兩院一堂」為人詬病的重要原因：「學生中除少數死讀書之外，打麻將、捧戲子、逛八大胡同，成為風氣」。[51]顧頡剛本人也承認：「至於學生們，則多數是官僚和大地主家庭的子弟，有的帶聽差，備自用車，打麻將，吃花酒，捧名角」。[52]在 1916 年蔡元培任校長之後，更是對北大風行的「聽戲」活動有頗多非議：「吾北京大學之被謗也久矣。兩院一堂也，探豔團也，某某等公寓之賭窟也，捧坤角也，浮豔劇評花叢趣事之策源地也，皆指一種之團體而言之。」[53]顯然，蔡元培對「捧坤角」和「浮豔劇評花叢趣事」深惡痛絕，他

---

[49] 陶希聖：《北京大學預科》，《我與北大 ── 「老北大」話北大》，王世儒、閆笛編，北京大學出版社，1998 年 4 月第 1 版，第 261 頁。

[50] 陶希聖：《北京大學預科》，《我與北大 ── 「老北大」話北大》，王世儒、閆笛編，北京大學出版社，1998 年 4 月第 1 版，第 262 頁。

[51] 許德珩：《回憶蔡元培先生》，《追憶蔡元培》，陳平原、鄭勇編，三聯書店，2009 年 4 月第 1 版，第 152 頁。

[52] 顧頡剛：《蔡元培先生與五四運動》，《追憶蔡元培》，陳平原、鄭勇編，三聯書店，2009 年 4 月第 1 版，第 140 頁。

[53] 蔡元培：《北京大學之進德會旨趣書》，《蔡子民先生言行錄》，嶽麓書社，2010 年 1 月第 1 版，第 158 頁。

甚至將此與逛八大胡同、賭博視為同一類的活動。在對北京
大學進行改革的過程中，對包括「聽戲」在內的風氣予以扭
轉，成為蔡元培非常重要的舉措。當然，由於京戲本身流行
的情形，再加之蔡元培自身獨特的教育理念，這樣一種「風
氣」扭轉並沒有通過對「聽戲」打壓和取締來實現。蔡元培
在要求學生「砥礪德行」的同時，也考慮到他們「終日伏首
案前，芸芸攻苦，毫無娛樂之事，必感身體上之苦痛。」[54]所
以，「為諸君計，莫如以正當之娛樂，易不正當之娛樂，庶
於道德無虧，而於身體有益。」[55]基於此，蔡元培的策略是
鼓勵研究性社團的發展：「研究學理，必要有一種活潑的精
神，不是學古人『三年不窺園』的死法能做到的。所以本校
提倡體育會、音樂會、書畫研究會等，來涵養心靈。」[56]這
自然也促進了北京大學戲曲研究的發展，「那時蘇州有一位
昆曲專家吳梅，他也到校開詞曲課，又在業餘教昆曲歌唱，
真是轟動一時，連當時舞台名角韓世昌也來參加了。」[57]如
此一來，它把戲劇這個消遣物件轉變成研究物件，把這個娛
樂活動，變成了帶有「正當娛樂」性的「研究活動」。在這
一方面，顧頡剛的轉變就是一個典型的例子：原本導致「個

---

[54] 蔡元培：《蔡子民先生言行錄》，嶽麓書社，2010 年 1 月第 1 版，第 148
頁。
[55] 蔡元培：《就任北京大學校長演說詞》，《蔡子民先生言行錄》，嶽麓書
社，2010 年 1 月第 1 版，第 148 頁。
[56] 蔡元培：《北京大學二十二周年開學式之訓詞》，《蔡子民先生言行錄》，
嶽麓書社，2010 年 1 月第 1 版，第 154 頁。
[57] 顧頡剛：《五四時期老同志座談會紀錄》，《五四運動回憶錄（續）》，
中國社會科學院近代史研究所編，1979 年版，第 20 頁。

人的荒唐和學校課業的成績的惡劣」[58]的戲曲,成為他「古史辨」的思想來源之一。

從這一點來看,《新青年》在「文學革命」中抬升「戲曲」地位的主張,與北京大學的改革是相互默契的。他們一力推崇王國維和吳梅等人的有關戲曲的著作和學術觀點,也正是為了把「戲曲」作為一種「研究物件」予以觀照。而在《新青年》的「隨感錄」中,陳獨秀也極力為北京大學開設「元曲」課程辯護,並給予大力支持:「上海某日報,曾著論攻擊北京大學設立『元曲』科目,以為大學應研求精深有用之學,而北京大學乃竟設科延師,教授戲曲;且謂元曲為亡國之音,不知歐美日本各大學,莫不有戲曲科目;若謂『元曲』為亡國之音,則周秦諸子,漢唐詩文,無一有研究之價值矣。至若印度希臘拉丁文學,更為亡國之音無疑矣。」[59]

但需要指出的是,《新青年》與北京大學所提倡研究的「戲曲」與彼時作為演出活動和文化現象的「舊戲」並不是同一個範疇。周作人的觀點在《新青年》同人中頗具代表性,他將「舊戲」視為「兒童的遊戲」:「這遊戲在大人看來不免幼稚,但在小孩卻正適應,所以我們承認他在兒童社會中,有存在的理由;而且我們也可以研究他,於兒童心理學上,很有益處。但我們自己卻決不去一同玩耍;因為年紀長了,識見自然更進,覺得小時候的遊戲沒有意味了。倘若二三十歲的人,還在那裡做那些小兒的遊戲;便覺不甚相宜;雖不

---

[58] 顧頡剛:《我在北京大學的回憶》,《我與北大——「老北大」話北大》,王世儒、聞笛編,北京大學出版社,1998 年 4 月第 1 版,第 216 頁。

[59] 陳獨秀:《隨感錄三》,《新青年》第 4 卷第 4 期,1917 年 6 月 1 日。

能說他是件惡事，卻不能不說是件壞事，── 不是道德上的不善，是實際上的有害。」[60]這實際上表明，《新青年》同人把「戲曲」的研究、與對「舊戲」的批評視為截然兩事，前者僅僅是一個供研究的歷史物件，而後者則是供批評的社會現象。對《新青年》同人而言，1918 年的「戲劇論爭」更多是從後一層面展開，它的本旨即在於把「舊戲」作為一種社會現象予以批評。但值得注意的是，這種社會批評雖與學院派的戲曲研究大相異趣，但卻保持了基本的「文化本位」立場。這種「文化本位」的立場，首先就表現在他們在對舊戲批評中流露的精英主義氣息。錢玄同在討論「舊戲」時說：「而中國之戲，編自市井無知之手，文人學士不屑過問焉，則拙劣濫惡固宜。」[61]而陳獨秀更是對韓世昌的「不識字」予以譏諷：「社會之文野，國勢之興衰，以國民識字者之多寡別之，此世界之通論也。吾國人識字者之少，萬國國民中，實罕其儔。不但此也，此時北京鼎鼎大名之崑曲名角韓世昌竟至一字不識，又何怪目不識丁之行政長官盈天下也？更何怪不識字之國民遍國中也。」[62]

　　在這裡，《新青年》同人暴露的精英主義氣息，實則標出了他們提倡的「平民文學」與市井文化之間的區隔。這一點，其實決定了《新青年》對「舊戲」的批評不可能是注重審美價值的「文學批評」或「藝術批評」。因為對他們而言，「舊戲」與西方「戲劇」的區別並不是一種「文學觀念」或

---

[60] 周作人：《論中國舊戲之應廢》，《新青年》第 5 卷第 5 期，1918 年 10月 15 日。

[61] 錢玄同：《反對用典及其他》，《新青年》第 3 卷第 1 期，1917 年 3 月 1 日。

[62] 陳獨秀：《隨感錄十》，《新青年》第 5 卷第 1 期，1918 年 7 月 15 日。

「藝術形式」的差異，而是「文學」與「非文學」，「藝術」
與「非藝術」的差異。從「文化」這一更廣闊視域來看，這
種差異也就成了「文明」與「野蠻」的分野：「我們從世界
戲曲發達上看來，不能不說中國戲是野蠻。……中國戲多含
原始的宗教的分子，是識者所共見的；我們只要翻開
Ridgeway 所著《歐羅巴民族的演劇舞蹈》就能看出這五光十
色的臉譜，舞蹈般的動作，誇張的象徵的科白：凡中國戲上
的精華，在野蠻民族的戲中，無不全備。」[63]

　　考察錢玄同、劉半農等人對「舊戲」的批評就會發現，
他們對「舊戲」中諸多「藝術手法」或「表現形式」的指摘，
並非從藝術上著手，而是從「文化」上的立論。這裡且以「臉
譜」問題為例。張厚載在為「戲子之打臉」一事辯護時指出：
「戲子之打臉，皆有一定之臉譜，『昆曲』中分別尤精，且
隱喻褒貶之義，此時亦未可以『離奇』二字一筆抹殺。」[64]在
這裡，張厚載將「打臉」視為「皆由一定之譜」的手法，而
所謂「隱喻褒貶」也是就其表現形式而言。但錢玄同對此顯
然並不認同：「臉而有譜，且又一定，實在覺得離奇得很。
若雲『隱喻褒貶』，則尤為可笑。朱熹做《綱目》學孔老爹
的筆削《春秋》，已為通人所譏訕：舊戲索性把這種『陽秋
筆法』畫到臉上來了：這真和張家豬肆記ㄣ字形於豬鬣，李
家馬坊烙圓印於馬蹄一樣的辦法。」[65]而陳獨秀說得更為直

[63] 周作人：《論中國舊戲之應廢》，《新青年》第 5 卷第 5 期，1918 年
　　10 月 15 日。
[64] 張厚載：《新文學及中國舊戲》，《新青年》第 4 卷第 6 期，1918 年 6
　　月 15 日。
[65] 錢玄同：《答張子》，《新青年》第 4 卷第 6 期，1918 年 6 月 15 日。

白,「『打臉』、『打把子』二法,尤為完全暴露我國人野蠻暴戾之真相」[66]。這其中流露的,即是《新青年》同人拒絕對「舊戲」從文學、藝術上予以理解的姿態,在他們看來,「此實與一班非做奴才的遺老要保存辮髮,不拿女人當人的賤丈夫要保存小腳是同一心理」[67]。值得注意的是,這樣一種將「舊戲」視為「野蠻」的判斷,並非《新青年》同人的無的放矢的憤激之詞,而是植根於民初戲曲研究的最新成果。在其《宋元戲曲史》中,王國維就提出:「周公制禮,禮秩百神,而定其祀典。官有常職,禮有常數,樂有常節,古之巫風稍殺。然其餘習,猶有存者:方相氏之驅疫也,大蠟之索萬物也,皆是物也。」[68]錢玄同批評「舊戲」時,稱「戲曲乃是方相氏的遺留」的說法即來自於此,他只是把一種客觀的研究成果轉換成了具有情感傾向的價值判斷。於此,也可一窺彼時學術研究對思想、文學觀念的潛在影響,以及《新青年》「文化批評」的內在涵義。

## 三

　　《新青年》策劃「戲劇論爭」的本旨在於提倡西方戲劇,因此,他們排斥中國舊戲的批評,往往會以西方戲劇作為參照。如陳獨秀所說:「劇之為物,所以見重於歐洲者,以其

---

[66] 陳獨秀:《答張子》,《新青年》第 4 卷第 6 期,1918 年 6 月 15 日。
[67] 錢玄同:《答周作人》,《新青年》第 5 卷第 2 期,1918 年 8 月 15 日。
[68] 王國維:《宋元戲曲史》,上海古籍出版社,1998 年 12 月第 1 版,第 1 頁。

為文學美術科學之結晶耳。吾國之劇,在文學上美術上科學
上果有絲毫價值邪?」[69]傅斯年也認為:「西洋名劇,總要
有精神上的寄託,中國戲曲,全不離物質上的情欲。」[70]。
而在《文學進化觀念與戲劇改良》一文中,胡適更是通過「比
較的文學研究」方法闡發西方戲劇「悲劇的觀念」和「文學
的經濟方法」,以此對中國舊戲進行多方面的批評。[71]在這
樣一種比較之中,《新青年》同人更多強調戲劇作為一門藝
術的莊重性、崇高感。而對中國舊戲,或認為其「有害於『世
道人心』」[72],或覺得它們「助長中國人淫殺的心理」[73]。這
樣一種區分標準其實已在很大程度上切近了周作人「人的文
學」,如傅斯年所說:「在西洋戲劇是人類精神的表現
(Interpretation of human Spirit),在中國是非人類精神的表
現(Interpretation of inhuman Spirit),既然要和把戲合,就
不能不和人生之真拆開。」[74]

但這裡要強調的是,《新青年》同人對這種「人類精神」
與「非人類精神」的把握,並不僅僅是理念意義上的認知,
而更是基於他們對戲劇這一藝術形式接受過程中的感受。事

---

[69] 陳獨秀:《答張子》,《新青年》第 4 卷第 6 期,1918 年 6 月 15 日。
[70] 傅斯年:《戲劇改良各面觀》,《新青年》第 5 卷第 4 期,1918 年 10 月 15 日
[71] 胡適:《文學進化觀念與戲劇改良》,《中國新文學大系·建設理論集》,上海文藝出版社,2003 年 7 月第 1 版,第 382—384 頁。
[72] 周作人:《論中國舊戲之應廢》,《新青年》第 5 卷第 5 期,1918 年 11 月 15 日。
[73] 傅斯年:《戲劇改良各面觀》,《新青年》第 5 卷第 4 期,1918 年 10 月 15 日。
[74] 傅斯年:《戲劇改良各面觀》,《新青年》第 5 卷第 4 期,1918 年 10 月 15 日。

實上，《新青年》同人在很多時候對「舊戲」的攻訐，正是
他們觀劇感受的直接表達，如劉半農所說：「平時進了戲場，
每見一大夥穿髒衣服的，盤著辮子的，打花臉的，裸上體的
跳蟲們，擠在台上打個不止，襯著極喧鬧的鑼鼓，總覺眼花
繚亂，頭痛欲昏……」[75]對劉半農而言，這樣一種對舊戲的
強烈反感並非完全出之於自然，也未必由於對「舊戲」藝術
無知，而可能與他對觀劇的期待心理有關。他曾在《我之文
學改良觀》一文中表示：「余居上海六年，除不可免之應酬
外，未嘗一入皮黃戲館。而 Leceum Theater 之 Amateur
Dramatic Club 每有新編之戲開演，餘必到場觀之，是餘之喜
白話之劇而不喜歌劇……」[76]由此可見，劉半農在上海時，
就已經建立起一種新的趣味，即對「新劇」的喜愛，與對「京
戲」的排斥。這種對不同「戲種」之間強烈的心理反差，並
非《新青年》同人獨有，它實則是民初諸多「新派」知識份
子的共同特點。這裡以著名的京劇學者齊如山為例。齊如山
自幼愛好戲曲，一生都與梨園人士來往密切，甚至曾為梅蘭
芳等名家改戲。但正是這位「梨園行家」、京劇學者，也曾
一度激烈反對「舊戲」。他曾經在回憶錄記錄了自己在歐洲
欣賞戲劇時的感受：

> 彼時歐洲正風行神話戲，且編且排的，都很高潔
> 雅靜，返回來看看我們本國的戲，可以說沒有神話劇，
> 有之則不過是妖魔鬼怪，間有講一點情節的，則又婆

---

[75] 劉半農：《答張子》，《新青年》第 4 卷第 6 期，1918 年 6 月 15 日。
[76] 劉半農：《我之文學改良觀》，《新青年》第 3 卷第 3 期，1917 年 5 月 1 日。

> 婆媽媽，煙火氣太重，毫無神話的意味。須知神話戲，
> 不是專事迷信，也有社會教育的力量，且可以教人有
> 高尚的思想。看到西洋的言情戲，雖然將言情戲戀愛，
> 但也相當高尚，並不齷齪。回來再看中國的言情戲，
> 簡直的說，哪一出也不夠上言情，都是猥褻不堪。[77]

在這樣一種比較和參照中，齊如山甚至一度以西洋劇為尺度，對其原本所鍾愛的「國劇」大加排斥：「從前自然是很喜歡國劇，但在歐洲各國看的劇也頗多，並且也曾研究過話劇，腦筋有點西洋化，回來再一看國劇，乃大不滿意，以為絕不能看，因此常跟舊日的朋友們抬槓，總之以為它諸處不合道理。」[78]事實上，「西洋戲劇」那種嚴肅性和莊重感，以及其中濃郁的人文主義氣息，在很大程度上與他的表演形式有關。這其中最重要的，即是「寫實主義」傾向。錢玄同在談論戲劇的時候，非常注重所謂「寫實主義」的手法：「舊戲之僅以唱功見長，而扮相佈景舉不合於實人實事......新劇講究佈景，人物登場，語言神氣務求與真者酷肖，使觀之者幾忘其為舞台扮演。」[79]當然，這裡所謂的「寫實」並不是指一般意義上的現實主義，而是與「五四」時代「為人生」的理念有關。如傅斯年所說：「真正的戲劇純是人生動作和

---

[77] 齊如山：《齊如山回憶錄》，中國戲劇出版社，1998 年 1 月第 1 版，第 101 頁。

[78] 齊如山：《齊如山回憶錄》，中國戲劇出版社，1998 年 1 月第 1 版，第 87 頁。

[79] 錢玄同：《反對用典及其他》，《新青年》第 3 卷第 1 期，1917 年 3 月 1 日。

精神的表像（Representation of human action and Spirit），不是各種把戲的集合品。」[80]所以在他看來，「戲劇本是描寫人事的……不能不近人情……動作是人生通常的動作，言語是人生通常的言語」[81]。這樣一種對「寫實主義」的追求，能夠「使觀者幾忘其為舞台扮演」，將其注意力集中在劇情本身上，獲得一種精神的「淨化」。

　　正是在這一點上，彼時中國「舊戲」藝術的表演形式，與之有著嚴重的抵牾。這其中的關鍵問題在於，「舊戲」的諸多方式都是「反寫實」的。錢玄同批評舊戲時說：「中國戲劇，專重唱功。所唱之文句，聽者本不求其解。而戲子打臉之離奇，舞台設備之幼稚，無一足以動人情感。」[82]所謂「離奇」和「幼稚」，正基於他對「寫實」的期待而言，指涉著「舊戲」不注意營造逼真情境的「缺陷」。而傅斯年在批評「舊戲」諸多的藝術形式時，也常常以此為標準：「譬如『行頭』，總不是人穿的衣服。……譬如花臉，總做出人不能有的粗暴像。……譬如打把子，翻筋斗，更是豈有此理了……」[83]事實上，「舊戲」與「寫實」相抵牾的原因，即在於它自身以「唱」為主的表演形式，這使得演員必須注重與觀眾之間的直接交流，兩者之間沒有所謂「第四堵牆」，

---

[80] 傅斯年：《戲劇改良各面觀》，《新青年》第 5 卷第 4 期，1918 年 10 月 15 日。

[81] 傅斯年：《戲劇改良各面觀》，《新青年》第 5 卷第 4 期，1918 年 10 月 15 日。

[82] 錢玄同：《新青年》第 3 卷第 3 期，1917 年 5 月 1 日。

[83] 傅斯年：《戲劇改良各面觀》，《新青年》第 5 卷第 4 期，1918 年 10 月 15 日。

也就不存在什麼逼真情境的營造。

　　而具體到五四時期，這樣一種情形因京戲「名角挑班制」的成熟而更加明顯。所謂「名角挑班制」即是指：「以主要演員為中心，其他演員圍列周圍的一種體制。演出漸漸以名演員及所演的代表劇碼為號召。在劇碼排列上，主要演員總是演最後一齣戲（謂之『大軸』），主要演員總是演主角，其他演員為其配戲。觀眾則在看演出時首先挑選要看某某演員的某某劇碼。」[84]顯然，這種「名角挑班制」影響了京劇聽眾獨特的接受習慣，即聽眾在「聽戲」的過程中並非是觀看整個劇情的演繹，其主要精力集中在了「角兒」上。可以說，「角兒」成為整個戲曲演出的核心，它不再僅僅是「戲劇」整體中服從於劇情的一個人物，相反，他必須通過自身的眉眼、表情、肢體動作與觀眾產生一種直接的交流。而在這種情形之下，西方戲劇中通過「第四堵牆」所營造的逼真情境也就不可能出現，而所謂「聽戲」，往往也就是「捧角兒」。陶希聖對五四時期這樣一種「捧角兒」式的「聽戲」場面做過生動的描述：「荀慧生戲名叫白牡丹。白牡丹善演花旦的小戲，如小放牛，胭脂虎之類。因為捧他的觀眾太多，分為兩派，互相競爭，白牡丹一出台，台下立刻演出大混亂，甚至飛茶壺。」[85]當然，對《新青年》同人來說，「名角挑班制」的根本並不在於「角兒」的名氣本身，而是在於那樣

---

[84] 馬少波等：《中國京劇史》（上），中國戲劇出版社，1999 年 9 月第 1版，第 149 頁。

[85] 陶希聖：《北京大學預科》，《我與北大 ──「老北大」話北大》，王世儒，聞笛編，北京大學出版社，1998 年 4 月第 1 版，第 262 頁。

一種以人物為中心的「聽戲」模式背離了他們的觀劇期待，
錢玄同就在「隨感錄」中直觀地表達了自己的這種體驗：「有
一位扮了女人，扭頭擺腰，『輕移蓮步』，打起了老雄貓叫
的腔調，裝出種種『娉娉婷婷千嬌百媚』的妙相，四周叫『好
── 好 ── 』的人比前面更多，可是沒有人替他敲著鑼
鼓。……一臉之紅，榮於華袞，一鼻之白，嚴於斧鉞；正人
心，厚風俗，獎忠孝，誅亂賊：胥在於是。」[86]需要進一步
指出的是，這種以「角兒」為中心的演出方式，不僅僅形塑
了大眾「聽戲」的習慣模式，而且也影響了「戲評」的運作
機制。由於彼時京劇演出「名角挑班制」的演出方式，「戲
評」也常常是以「捧角兒」為主要功能，這與現代意義上的
戲劇評論相差甚遠。陶希聖就回憶：「捧角家請客聽戲，是
奉送戲票和座位的，只有一個條件，就是跟隨他叫好。」[87]而
在五四時期以「戲評家」見稱於時的張厚載本人也不例外，
《中國戲劇志》提及其生平時，就稱他「素號京劇，愛撰劇
評。為梅蘭芳宣傳最力，號稱梅的『左右史』。」[88]從這個
意義上來說，張厚載雖然是寢饋「舊戲」多年的「梨園行家」，
但其「戲評」與藝術性的戲劇評論還是有本質不同。考察張
厚載當時的「戲評」，其所依附的乃是日報之類的大眾傳媒，
其娛樂性遠遠大於藝術性。在這種情形之下，「戲評家」並

---

[86] 錢玄同：《隨感錄三十二》，《新青年》第 5 卷第 3 期，1918 年 9 月
15 日。

[87] 陶希聖：《北京大學預科》，《我與北大 ──「老北大」話北大》，王世
儒、聞笛編，北京大學出版社，1998 年 4 月第 1 版，第 262 頁。

[88] 中國戲曲志編輯委員會：《中國戲曲志·天津卷》，文化藝術出版社，1990
年版，第 452 頁。

無法對「戲」本身做一種專業、客觀、冷靜的評論，相反他們往往依附於「戲曲」演出，成為其商業運作機制中的一個部分。正是在這個意義上，胡適才稱他「受了多做日報文字和少年得意的流毒」[89]。我們參看《公言報》上張厚載、馬二先生所寫的「戲評」，的確就能發現，當時的「劇評」和「捧角家」之間的界限並不是那麼明晰：「評戲變成捧角了。這樣情形，或者因為個人嗜好乖謬，或者因為懷抱接交之心，或者竟為金錢所使」。[90]顯然，這樣一種「捧角兒」式的戲評並無法推動人們對戲曲的專業研究。齊如山在 20 世紀 20 年代試圖撰寫戲曲史時，卻發現可供參考的資料非常少：「倒是找到了二十幾種，無非是《燕蘭小語》、《明僮錄》等等這類的書，不過這些書，不但沒有講戲劇理論的，且沒有講戲班情形的，都是講的相公堂子。如某人為某人之徒弟，隸某部，工某角，意思是搭某一班，工唱青衣或花旦之類，也有恭維各角的詩詞等等，但所有恭維的詞句，都是與恭維妓女的文字一樣。」[91]是在這一點上，《新青年》對張厚載之流的戲評一直都不屑一顧。傅斯年就認為：「評伶和評妓一樣。以前的人都以為優倡一類（文人也夾在裡頭），就新人生觀念說來，娼妓是沒有人格的，優伶卻是一種正當職業。不特是一種正當職業，並且做好了是美術文學的化身，培植

---

[89] 胡適：《胡適書信集》（上），耿雲志、歐陽哲生編，北京大學出版社，1996 年 9 月第 1 版，第 210 頁。

[90] 傅斯年：《戲劇改良各面觀》，《新青年》第 5 卷第 4 期，1918 年 10 月 15 日。

[91] 齊如山：《齊如山回憶錄》，中國戲劇出版社，1998 年 1 月新 1 版，第 101 頁。正

社會的導師。」[92]正因為此，他才尖銳地指出：「今日之所謂劇評者，大抵於技術之談多不完全。其對於伶人，非以好惡為毀譽，則視交情為轉移；劇本一層，在所不問；而人情事理，亦置諸腦後，自某某諸名士作詩歌以妮近花旦後，海上多效尤之作；文人惡習殊不足道，亦評劇界之蟊賊也。」[93]

由上文可知，真正與《新青年》提倡西方戲劇產生對峙的，並非作為文學類別或藝術體裁的「戲曲」，而恰恰是那種作為演出活動和社會文化現象的「舊戲」。因為後者形塑了人們對「戲劇」的認識，培養了觀眾的「聽戲」習慣，也對戲劇評論的功能與宗旨產生深刻的影響。在當時的歷史情境中，很多人都難以覺察「舊戲」與「新戲」兩者名同而實異的事實，如傅斯年就曾經提及：「記得一家報紙上說：『佈景本不必要，你看老譚唱時，從沒有佈景，不過一把桌子，幾把椅子，搬來搬去，就顯出地位不同來。西洋人家唱做不到家，所以才要佈景。』」[94]如此，人們往往會基於這些由「舊戲」的觀念，去審視西洋式的戲劇的推行，而正是這些，使得《新青年》同人在社會上對西洋戲劇的提倡阻力頗多。錢玄同在 1925 年曾記錄女師大《酒後》的演出：「昨天晚上，女師大演《酒後》。演到薈棠躺在他的妻的懷裡，於是鼓掌之聲大作。（劇場中的掌聲，十分之一是無聊的表現，十之

---

[92] 傅斯年：《戲劇改良各面觀》，《新青年》第 5 卷第 4 期，1918 年 10 月 15 日。

[93] 傅斯年：《戲劇改良各面觀》，《新青年》第 5 卷第 4 期，1918 年 10 月 15 日。

[94] 傅斯年：《戲劇改良各面觀》，《新青年》第 5 卷第 4 期，1918 年 10 月 15 日。

九是這種卑劣齷齪的心理的表現。今天晚上，女師大演《娜拉》。未演之前，有一個人說：『這本戲的情節實在沒有意思。什麼一個男的生病，他的老婆向人借錢嘍，又是什麼什麼嘍；真沒有意思！且看她們的做工怎樣吧。』」[95]時間已經到了 1925 年，「戲劇論爭」早就已經結束，且又是在作為精英階層的學生群體中，但是我們仍然能從錢玄同的記載中深刻感受到「舊戲」所形塑的欣賞習慣和戲劇觀念。事實上，這種觀劇習慣不僅僅影響著西方式的「話劇」藝術在中國的推行，也影響著其他各種藝術形式，魯迅的《為「俄國歌劇團」》就表明了這一點：「兵們拍手了，在接吻的時候。兵們又拍手了，又在接吻的時候。非兵們也有幾個拍手了，也在接吻的時候，而一個最響，超出於兵們的。」[96]魯迅所表達出的這種憤慨的觀劇體驗，基於他所感受到的中國觀眾在藝術欣賞中那種曖昧的性別心理，這與他所批評的「男人看見『扮女人』，女人看見『男人扮』」[97]的「舊戲」不能脫離干係。這或許表明，通過「舊戲」建立起來的藝術觀念和欣賞習慣，極大地影響了人們對藝術的接受，也在很大程度上導致了他們無法領會西方藝術的那種內在的崇高精神和濃郁的人文理念。這些都昭示出：《新青年》同人在五四期間對「舊戲」的「斥罵」具有某種必要性和必然性。

---

[95] 錢玄同：《這三天所見》，《錢玄同文集》第 2 卷，中國人民大學出版社，1999 年 4 月第 1 版，第 123—124 頁。

[96] 魯迅：《為「俄國歌劇團」》，《魯迅全集》第 1 卷，人民文學出版社，2005 年 11 月第 1 版，第 403—404 頁。

[97] 魯迅：《論照相之類》，《魯迅全集》第 1 卷，人民文學出版社，2005 年 11 月第 1 版，第 196 頁。

　　綜上所述，「戲劇論爭」並非是從形而上意義展開的「思想之爭」「理念之爭」，而是在文化實踐過程中爆發的「話語衝突」。在過去的研究中，常常有人指責《新青年》策動的「戲劇論爭」充滿了激進主義的因素，並對中國戲劇的發展造成了極為不利的影響。但事實上，《新青年》同人對中國「舊戲」的批評儘管「外行」且「偏激」，但它仍然是發生在京劇自身發展的週邊，並沒有對京劇發展構成什麼實質影響 ── 一個不容忽視的歷史事實是，京劇在五四之後仍然在持續自己的繁榮。當然，這種繁榮也並不構成對《新青年》言論合法性的否定，因為這場「論爭」真正的意義並不在於《新青年》所批評的「舊戲」，而是在於「新文化」和「新文學」自身的話語建構過程。通過這樣一場「衝突」，《新青年》同人既為西洋戲劇在中國的發展開闢了空間，也把「舊戲」排斥出「新文化」的範疇。在我看來，這樣一種排斥，並不意味著全盤否定，而只是在「新文化」與彼時的「社會文化」之間劃出了一道明晰的界限。

## 第三節　作為「社會現象」的道教與作為「批評話語」的科學

　　1918 年 4 月，胡適在《新青年》第 4 卷第 4 期中發表了《建設的文學革命論》，這似乎標誌著《新青年》的「文學革命」正式從「破壞」階段轉入「建設」階段。這種轉變在緊隨而來的第 4 卷第 5 期中也的確得到充分表現：其中胡適

發表了《論短篇小說》一文，這是《新青年》正文中首次對某個具體的文學體裁予以專門論述；而更重要的是，魯迅的白話小說作品《狂人日記》也在本號中面世，這似乎表明「建設的文學革命」正向著文學縱深的領域逐步展開。但值得注意的是，同樣是在第 4 卷第 5 期中，陳大齊發表了《闢靈學》，針對上海的《靈學叢志》發起了猛烈的攻擊，而錢玄同和劉半農則把兩篇同樣名為《斥〈靈學叢志〉》的文章發表在剛剛創設不久的「隨感錄」中，其篇幅之長甚至違反了該欄目一貫「短小精悍」的風格。而更值得注意的是，在「文學革命」過程中相對保持低調的陳獨秀（除了《文學革命論》外，陳獨秀再未發表任何與「文學革命」有關的正式文章），也突然發表了《有鬼質疑論》，並在「通信」欄與北大醫科學長湯爾和討論「三焦」與「丹田」的問題。

如果把第 4 卷第 5 期中這兩類文章予以比較，就會發現它們無論在內容上，還是在言論姿態上，都顯得如此截然不同。但如果把這兩者結合起來看，我們可大致得出如下結論：在胡適把「文學革命」轉向「建設」階段進而收斂其批評鋒芒的同時，陳獨秀卻僭越了「文學革命」這一話題本身，而去尋找新的批評物件。綜觀陳獨秀等人在第 4 卷第 5 期發表的內容來看，這一批評實則重新開啟了陳獨秀一直念茲在茲的「科學」話題。

一

眾所周知，「科學」與「民主」是《新青年》的兩大旗幟，而《新青年》將「科學」作為「賽先生」推薦給國人也

是其不可忽視的歷史功績。在 1919 年《新青年》第 6 卷第 1
期中，陳獨秀通過《本志罪案之答辯書》提出了「德先生」
與「賽先生」這一著名的說法：「本志同人本來無罪，只因
為擁護那德莫克拉西（Democracy）和賽因斯（Science）兩
位先生，才犯了這幾條滔天的大罪。要擁護那德先生，便不
得不反對孔教、禮法、貞節、舊倫理、舊政治。要擁護那賽
先生，便不得不反對舊藝術、舊宗教。要擁護德先生又要擁
護賽先生，便不得不反對國粹和舊文學」。[98]但須強調的是，
口號雖然是在此時提出並開始發揮影響力，但「科學」與「民
主」卻是陳獨秀在創刊《青年雜誌》伊始就秉持的理念。《青
年雜誌》第 1 卷第 1 期中的《敬告青年》一文，具有濃厚的
「創刊宣言」性質，陳獨秀在此文中已經提出：「近代歐洲
之所以優越他族者，科學之興，其功不在人權說下，若舟車
之有兩輪焉。……國人而欲脫蒙昧時代，羞為淺化之民也，
則急起直追，當以科學與人權並重。」[99]但在此後的出刊過
程中，「科學」與「民主」這兩個並重的話題，卻並沒有「若
舟車之有兩輪」那樣同步展開。1916 年，由於社會中甚囂塵
上的「憲政與孔教」問題，契合了時勢的「民主」問題首先
被熱烈談論並進入公眾視野：「那時候正是國會裡為憲法中
定孔教為國教的問題鬧得厥聲沸天的時候，陳獨秀抓住了這
個題目，在《新青年》大肆攻擊，根本反對孔、孟的學說，

---

[98] 陳獨秀：《本志罪案之答辯書》，《新青年》第 6 卷第 1 期，1919 年 1
月 15 日。
[99] 陳獨秀：《敬告青年》，《青年雜誌》第 1 卷第 1 期，1915 年 9 月 15 日。

認為是專制的護符。」[100]而與此同時，與「民主」問題並重
的「科學」問題卻遠未獲得如此反響。事實上，陳獨秀本人
一直對「科學」問題充滿興趣，他不僅親自撰寫了《當代二
大科學家》（2卷1期）、《科學與基督教》（3卷6期）等
專題科學論文，而還以編輯的身份在各期中登載了不少談論
「科學」問題的文章。但很顯然，這些文章顯然沒能形成「批
孔」系列文章的轟動效應，而「科學」本身也沒能被整合成
一個熱點話題為讀者和公眾所關注。可以說，在「文學革命」
之前的《新青年》中，「德先生」在輿論上對「賽先生」取
得了壓倒性的優勢。

　　在探究早期《新青年》「民主」大熱、「科學」大冷的
現象時，自然不能不考慮外在時勢的因素，但是《新青年》
自身在談論「科學」問題時的言說策略也有頗多值得反思之
處。事實上，對「科學」的鼓吹也並非自《新青年》始，它
本就是清末以來一股強勁的思潮。但是從五四前夕的大眾傳
媒層面審視，民初知識份子群體對「科學」的認識還僅僅停
留在「常識」階段，而他們對「科學」的鼓吹也往往是以引
進、介紹等「普及」方式進行。這其中最具代表性的，就是
與《新青年》同時期的《科學》雜誌。在其發刊的例言中，
《科學》同人就聲名了自己的宗旨：「每一題目皆源本卑近，
詳細解釋，使讀者由淺入深，漸得科學上智識，而既具高等
專門以上智識者，亦得取材他山，以資參考。」[101]事實上，

---

[100] 常乃惠：《中國思想小史》，上海古籍出版社，2009年7月第1版，第
120頁。
[101] 《科學》發刊例言，《科學》第1卷第1期。

這樣一種專業性極強的「普及」模式在彼時的時代語境中有諸多問題，由於中西文化之間嚴重的隔膜，民眾對「科學」這套完全異質性的話語體系缺乏一種必要的前理解，這導致了他們對作為純粹「知識」的科學難以接受。

　　相比而言，早期《新青年》對「科學」問題的談論也並沒有超出《科學》雜誌那種「普及」的模式，且由於陳獨秀自身知識背景的限制，這種「普及」實則停留在更淺的層次上。考察《新青年》「通信」欄中有關「科學」的信件就能發現，像「孔教」問題那樣「析理辯難」的內容並沒有出現，而只有一些「科學知識」的簡單問答。如其中第 1 卷第 6 期中，有輝翟的來信，其所問之問題都局限在知識層面：「吸灰塵有何害於衛生？常見人顏色鮮豔而有血色頗為可愛，此果何法使之然歟？手指足趾上之爪，因何自行脫落？異族結婚，後嗣多慧健，究為何故？運動後不即入浴，乃防何種危險？現時各種體操繁多，究以何種身體之康健上為最適當，可否請示其法？」[102] 而陳獨秀對此則只是予以常識性的答覆，編讀之間沒有任何更深層次的討論和交流。正因為此，《新青年》「通信」欄中對「科學」問題的討論根本無法形成像「孔教」問題那樣的反響。

　　這裡一個非常值得注意的現象是，《新青年》在 1918 年以後基於「科學」觀猛烈抨擊的諸多問題，在此時的「通信」欄中就已經出現，但由於陳獨秀等人作為「科學介紹者」的身份，常常無法對這些現象予以「科學性」的識別，而對

---

[102] 輝翟：《致陳獨秀》，《青年雜誌》第 1 卷第 6 期，1916 年 2 月 15 日。

它們的批評則更是無從談起。例如,第 1 卷第 4 期有署名「穗」
的讀者來信:「欲習拳術,但未得良師,想滬上定有名人,
懇示一二,並告姓氏地址為禱。」[103]其實到 1918 年時,魯迅
已經將「拳術」視為「鬼道主義」予以批判,而此時的陳獨
秀卻從未做此想,他甚至對這位讀者予以鼓勵且為其介紹拳
師:「足下熱心拳術,誠為青年當務之急。惟以記者簡陋所
知,大力士霍元甲君故後,尚無所聞。此間精武體育會,為
霍君遺業,聞今之董其事者農君,乃熱心斯道者。」[104]甚至
在緊隨其後的《新青年》1 卷 5 號中,陳獨秀還刊登了蕭汝
霖創作的《大力士霍元甲傳》和《述精武體育會事》。另外
有讀者曾就「催眠術」問題詢問陳獨秀:「催眠術為最近所
發明,有關於生理學。然聞催眠術之精者,能使人直立於實
際而不僕,此與物理學吸力之說反背,究為何故?」[105]陳獨
秀的回答也不著邊際:「催眠等諸魔術,屬於精神學,非科
學所能解釋。記者於此,毫無經驗,未敢斷其是非真偽也。」
[106]所以,從這些通信的內容來看,《新青年》「科學」的認
識尚未與社會現實的具體問題相互對接,這使得陳獨秀對諸
多與「科學」相關的話語予以了容忍乃至忽視。


二


如果「批孔」的話題使得「民主」在輿論上對「科學」

---

[103] 穗:《致陳獨秀》,《青年雜誌》第 1 卷第 4 期,1915 年 12 月 15 日。
[104] 穗:《致陳獨秀》,《青年雜誌》第 1 卷第 4 期,1915 年 12 月 15 日。
[105] 程師葛:《致陳獨秀》,《新青年》,第 2 卷第 1 期,1916 年 9 月 1 日。
[106] 程師葛:《致陳獨秀》,《新青年》,第 2 卷第 1 期,1916 年 9 月 1 日。

取得了壓倒性優勢，那麼緊隨「批孔」而起的「文學革命」則進一步延宕了《新青年》對「科學」話題討論的展開。自胡適於第 2 卷第 5 期發表《文學改良芻議》以來，「文學革命」迅速取代「孔教」成為《新青年》的中心議題。在截止到 1918 年 5 月的近一年時間裡，陳獨秀主要忙於在「通信」欄裡與胡適、錢玄同等人討論文學的相關問題，自然無暇顧及「科學」的討論。在此期間，他對「科學」的關注僅僅限於兩篇非原創性的《科學與基督教》（為連載，陸續發表於 3 卷 6 期和 4 卷 1 期）。

但值得一提的是，「文學革命」雖然分散了《新青年》同人對「科學」問題的關注，但《新青年》在此期間確立的言論方式卻為之後陳獨秀對「科學」問題的討論開闢了新的路徑。與之前那種不關痛癢的「科學普及」不同，《新青年》同人在「文學革命」中採取了一種更為獨斷的言論姿態：「改良中國文學，當以白話為文學正宗之說，其是非甚明，必不容反對者有討論之餘地，必以吾輩所主張者為絕對之是，而不容他人之匡正也。其故何哉？蓋以吾國文化，倘已至文言一致地步，則以國語為文，達意狀物，豈非天經地義，尚有何種疑義必待討論乎？」[107]耐人尋味的是，陳獨秀在這封著名通信中表達這種強硬姿態時，曾用「科學」問題作比：「悍然以古文為文學正宗者，猶之清初曆家排斥西法，乾嘉疇人非難地球繞日之說，吾輩實無餘閒與之作此無謂之討論也！」[108]這實際上已經暗示出「文學革命」與「科學」普及的態度

---

[107] 陳獨秀：《答胡適之》，《新青年》第 3 卷第 3 期，1917 年 5 月 1 日。
[108] 陳獨秀：《答胡適之》，《新青年》，第 3 卷第 3 期，1917 年 5 月 1 日。

上的貫通。此時，「科學常識」對陳獨秀而言不再意味著「簡
單易懂」，而是意味著「真理性」和「不可討論性」。正是
這個基礎上，《新青年》中止了對「科學」的「普及介紹」
的啟蒙方式，而具體的科學知識也不再納入「討論」的範疇。
而與此相反的是，他們開始更多地表達一種對這種常識不被
理解的憤懣之氣。事實上，這樣一種態度已經被魯迅等人所
承襲，並在之後對「靈學」等問題的批評中予以呈現。如魯
迅曾提及：

> 一班靈學派的人，不知何以起了極古奧的思想，
> 要請「孟聖矣乎」的鬼來畫策；陳百年錢玄同劉半農
> 又道他胡說。這幾篇駁論，都是《新青年》裡最可寒
> 心的文章。時候已是二十世紀了；人類眼前，早已閃
> 出曙光。假如《新青年》裡，有一篇和別人辯地球方
> 圓的文字，讀者見了，怕一定要發怔。然而現今所辯，
> 正和說地體不方相差無幾。將時代和事實，對照起來，
> 怎能不教人寒心而且害怕？[109]

值得注意的是，這種言論並不僅僅是魯迅等人在情緒上
的發洩，它更意味著《新青年》在「科學啟蒙」策略上的轉
變。在「批孔」過程中，陳獨秀通過「民權」反對「專制」
的「孔教」，進而把「民權」轉換成一種不容置疑的批評話
語。而在「文學革命」的過程中，《新青年》同人又是以「目

---

[109] 魯迅：《我之節烈觀》，《新青年》第 5 卷第 2 期，1918 年 8 月 15
日。

桐城為謬種，選學為妖孽」的方式，建構了「新文學」的批評話語。從這個意義上說，劉半農針對「文學革命」所說的那種「打雞罵狗」的方式，極有可能成為《新青年》鼓吹「科學」觀念的新策略。魯迅在給《新潮》通信中確證了這一可能，並且用極為生動的語言闡明了這一策略的關鍵所在：

> 《新潮》每本裡面有一二篇純粹科學文，也是好的。但我的意見，以為不要太多；而且最好是無論如何總要對於中國的老病刺他幾針，譬如說天文忽然罵陰曆，講生理終於打醫生之類。現在的老先生聽人說『地球橢圓』、『元素七十七種』，是不反對的了。《新潮》裡裝滿了這些文章，他們或者還暗地裡高興。（他們有許多很鼓吹少年專講科學，不要議論，《新潮》三期通信內有史志元先生的信，似乎也上了他們的當。）現在偏要發議論，而且講科學，講科學而仍發議論，庶幾乎他們依然不得安穩，我們也可告無罪於天下了。[110]

《新潮》的編輯傅斯年顯然接受了魯迅的建議，並表示：「此後不有科學文則已，有必不免於發議論；不這樣不足以盡我們的責任。」傅斯年：《答魯迅》，《新潮》第 1 卷第 5 期，1919 年 5 月 1 日。這樣一種「發議論，而且講科學」的方式已經徹底超越了早期《新青年》那種陳舊的「科學普

---

[110] 魯迅：《對於〈新潮〉一部分的意見》，《新潮》第 1 卷第 5 期，1919 年 5 月 1 日。

及」，它使得「科學」成為一種極具力量的批評話語。

　　當然，魯迅這種「發議論，而且講科學」的說法已經算事後的總結，是《新青年》同人對《新潮》這些後輩們的經驗推廣。但事實上，這樣一種「批評」鋒芒初露，恰恰是在「文學革命」的過程之中，在那封「肆意而罵」的「雙簧信」裡。在這封信中，錢玄同假借王敬軒之口，提出所謂「中西醫」問題，而這一問題的引子，乃是山西鼠疫這一在當時極具轟動性的社會事件。錢玄同借王敬軒之口就此事評論，宣揚中醫相對西醫的好處：「如最近山西之鼠疫。西人對之。束手無策。近見有戴子光君發明之治鼠疫神效湯。謂在東三省已治癒多人。功效極速。」[111]而劉半農在答書中除了回應有關中醫的問題之外，還不無揶揄地批評了那些「中醫論者」：「現在正有一班人與先生大表同情，以為外國人在科學上所得到的種種發明，種種結果，無論有怎樣的真憑實據，都是靠不住的。所以外國人說人吃了有毒黴菌要害病，他們偏說蚶子蝦米還吃不死人，何況微菌；外國人說鼠疫要嚴密防禦，醫治極難，他們偏說這不打緊，用黃泥泡湯，一吃就好！」[112]事實上，這一問題曾在「隨感錄」中為陳獨秀再次提及：「此次北方發生之 Pest，西醫曾以科學實驗之法，收養此種細菌，證明其喜寒而畏熱；乃無識之漢醫，玄想以為北方熱症，且推源於火坑煤爐之故，不信有細菌傳染之說，妄立方劑；而北京各日報，往往轉載此種妖言，殊可駭怪！」

---

[111] 錢玄同：《文學革命之反響》，《新青年》第 4 卷第 3 期，1918 年 3 月 15 日。

[112] 劉半農：《答王敬軒》，《新青年》第 4 卷第 3 期，1918 年 3 月 15 日。

[113]由此也可見兩者之間的承接關係。通過對這一社會現象的批評，《新青年》所闡發的「科學」理念由抽象變為具體，進而在大眾傳媒之中具有了時效性和影響力。更值得一提的是，劉半農借此話題，羅列出當時社會上流行的各種「不科學」現象予以譏諷：

> 　　為了學習打拳，竟有那種荒謬學堂，設了托塔李天王的神位，命學生拜跪。為了講求衛生，竟有那種謬人，打破了運動強身的精理，把道家《采補》書中所用的「丹田」、「泥丸宮」種種屁話，著書行世，到處演說。照此看來，恐怕再過幾年，定有聘請拳匪中「大師兄」「二師兄」做體育教習的學堂，定有主張定葉德輝所刊《雙楳景暗叢書》為衛生教科書的時髦教育家！哈哈！中國人在閻王簿上早就註定了千磨萬劫的野蠻命，外國的科學家還居然同他以人類之禮相見，還居然遵守著「科學是世界公器」的一二句話，時時刻刻把新知識和研究的心得交付給他，這正如康有為所說：「享爰居以鐘鼓，被猿猱以冠裳」了！[114]

　　在這樣一組略顯淩亂拉雜的羅列中，劉半農已經觸及了此後「關靈學」批評系列中幾乎絕大部分的問題，這已經為後來《新青年》的大規模批評埋下了伏筆。

---

[113] 陳獨秀：《隨感錄三》，《新青年》第 4 卷第 4 期，1918 年 4 月 15 日。
[114] 劉半農：《答王敬軒》，《新青年》第 4 卷第 3 期，1918 年 3 月 15 日。

## 三

　　在陳獨秀對「科學」鼓吹言論中，「宗教」是一個經常被提及的話題，誠如陳方競所說：「《新青年》更主要是提倡『科學』而與『宗教』直接對立以反傳統道德」[115]。在陳獨秀看來，「科學」首先並非一套知識體系，而是國人「脫蒙昧時代」的利器：「今且日新月異，舉凡一事之興，一物之細，罔不訴之科學法則，以定其得失從違，其效將使人間之思想雲為，一遵理性，而迷信斬焉，而無知妄作之風息焉。」[116]以此為基礎，陳獨秀把「科學」和「宗教」分別放在「理性」和「想像」兩個範疇之中：「科學者何？吾人對於事物之概念，綜合客觀之現象，訴之主觀之理性而不矛盾之謂也。想像者何？既超脫客觀之現象，複拋棄主觀之理性，憑空構造，有假定而無實證，不可以人間已有之智靈，明其理由，道其法則者也。在昔蒙昧之世，當今淺化之民，有想像而無科學。宗教美文，皆想像時代之產物。」[117]正因為此，陳獨秀諸多對「科學」的鼓吹言論往往是與對「宗教」的反對相互關聯。在《新青年》中，他不僅批評了基督教「迷信神權，蔽塞人智」[118]，也對佛教「信解行證之說」頗多非議：「愚

---

[115] 陳方競：《多重對話：中國新文學的發生》，人民文學出版社，2003 年 7 月第 1 版，第 229 頁。

[116] 陳獨秀：《敬告青年》，《青年雜誌》第 1 卷第 1 期，1915 年 9 月 15 日。

[117] 陳獨秀：《敬告青年》，《青年雜誌》第 1 卷第 1 期，1915 年 9 月 15 日。

[118] 陳獨秀：《法蘭西人與近世文明》，《青年雜誌》第 1 卷第 1 期，1915 年 9 月 15 日。

以為今世之人，無不欲解在信先，未解而信，其為迷信與否不可知也。」[119]

　　但是，這種「反宗教」的「批評」對陳獨秀而言卻有著特殊的困難。首先，儘管陳獨秀基於「科學」觀念反對「宗教」的世界觀，將其視為一種「想像時代之產物」，但在另一方面，他又對某些宗教的思想價值和「勝殘勸善」的道德價值保持諸多好感：「第以為人類進化，猶在中途，未敢馳想未來以薄現在，亦猶之不敢厚古以非今，故於世界一切宗教，悉懷尊敬之心。」[120]這使得他對宗教的批評往往處於情感和理性的兩難境地。也正是基於這一點，陳獨秀在 1916 年開始攻擊「孔教」的時候，並沒有從反對「宗教」的方式入手，反而極力論證「孔教非教」。在這樣一個過程中，由於其立論偏離「科學」而聚焦於「民主」問題，陳獨秀反而將諸多他所不認同的「宗教」作為「信教自由」予以維護：「康先生蔑視佛、道、耶、回之信仰，欲以孔教專利於國中，吾故知其所得於近世文明史政治史之知識必甚少也。」[121]而更為重要的是，由於陳獨秀將「宗教」視為「想像時代之產物」，因此他在反對「宗教」的過程中更多集中於思想辨析，這也使對「科學」本身的討論具有了太多「形而上」的思辨色彩，從而無法落實在具體的社會生活中。從這個意義上來說，《新青年》在「文學革命」期間言說方式的轉變，為陳

---

[119] 陳獨秀：《答李大槐》，《新青年》第 1 卷第 3 期，1915 年 11 月 15 日。
[120] 陳獨秀：《答李大槐》，《新青年》第 1 卷第 3 期，1915 年 11 月 15 日。
[121] 陳獨秀：《駁康有為致總統總理書》，《新青年》第 2 卷第 2 期，1916 年 10 月 1 日。

獨秀重啟「科學」問題的討論打開了新的思路，這其中最關鍵的問題是，「科學」已經不再是一套懸置的思想和零碎的「知識」片段，而是成為「批判的武器」。由此，《新青年》同人由知識的普及者轉換為文化的批評者，他們已然開始在社會現實領域中為「科學」搜求切實的批評物件。

這裡首先須注意的是，《新青年》對「道教」問題的關注。事實上，《新青年》的批評鋒頭所指從「孔教」轉為「道教」，正可視為他們開始進入「科學」領域的討論：「欲袪除妖精鬼怪，煉丹畫符的野蠻思想，當然以剿滅道教 —— 是道士的道，不是老莊的道 —— 為唯一之辦法。」錢玄同：《致陳獨秀》，《新青年》第 4 卷第 4 期，1918 年 4 月 15 日。陳獨秀自己顯然也認同了這樣一種轉向，他自己也在「隨感錄」中說：

> 　　吾人不滿於儒家者，以其分別男女尊卑過甚，不合於現代社會之生活也。然其說尚平實近乎情理，其教忠，教孝，教從，系施者自動的行為，在今世雖非善制，亦非惡行。故吾人最近之感想，古說最為害於中國者，非儒家乃陰陽家也（儒家公羊一派，亦陰陽家之假託也）；一變而為海上方士，再變而為東漢、北魏之道士，今之風水、算命、卜卦、畫符、念咒、扶乩、煉丹、運氣、望氣、求雨、祈晴、迎神、說鬼，種種邪癖之事，橫行國中，實學（按，即科學）不興，民智日僿，皆此一系學說之為害也。去邪說，正人心，

比自此始。[122]

　　陳方競把這種轉向準確歸因於以魯迅為主的 S 會館:「這亦可看成《新青年》主導話語與『S 會館』的聯繫中在更深層次上的深化,主攻目標轉向由南而北的『道教』氾濫。」[123]而從《新青年》將「科學」轉換為「批評話語」這一過程來看,這樣一種轉向具有極為重要的意義。首先,「道教」發源於中國本土,在中國的社會生活中有著很大的影響力。因此從大眾傳媒的角度來看,科學對「道教」的批判,不會像其對「基督教」的批判那樣形成一種「思辨」式的爭執,而是能夠直指「社會現象」,這使得《新青年》對「科學」的討論能夠落實到社會現實層面來,而不是懸置在思辨理性中。第二,「道教」不是一種思想學說,而是與民間密切相關的生活方式,這也使得《新青年》對「科學」的討論避免了「科學普及」式的知識傳播,而能夠真正形成一種「批評效應」。

　　當「科學」演變成一種「批評話語」以後,早期《新青年》曾經接觸而沒有予以充分重視和反應的各種社會現象,終於納入了他們的批評視野。而作為「科學」話語的「批評物件」,「道教」所囊括的社會現象既豐富,又具有針對性。陳獨秀曾在《敬告青年》一文中提及:「士不知科學,故襲陰陽家符瑞五行之說,惑世誣民,地氣風水之談,乞靈枯骨。」

---

[122] 陳獨秀:《隨感錄十四》,《新青年》第 5 卷第 1 期,1918 年 7 月 15 日。
[123] 陳方競:《多重對話:中國新文學的發生》,人民文學出版社,2003 年 7 月第 1 版,第 220 頁。

[124]而從《新青年》所批判的內容看,無論是「衛生哲學」「打拳」還是後來的「靈學」都不是一般意義上的大眾文化,而是帶有明顯的精英氣質,且與思想界、教育界和知識份子自身有著密切的關聯,這正是「士不知科學」的集中表現。

以《新青年》當時批評的「衛生哲學」為例,其代表人物就是典型的知識精英。蔣維喬本人是清末民初的著名教育家,他所編訂的教科書在當時教育界風行一時。而在民國建立之後,他更是協助蔡元培執掌教育部,從而為學制改革做出了諸多貢獻。1914 年,他推行的「靜坐法」開始流行,其中《因是子靜坐法》一書更是在社會上引起了不小的轟動:「此書出版後,迅速風靡全國。……事理兼備,通俗易懂,頗受好評,在全國影響很廣,再版數十次之多。」[125]而在 1918 年,蔣維喬正值正擔任北洋政府教育部參事,他的「靜坐法」不僅在《教育公報》發表,而且還在《北京大學日刊》上連續刊載[126]正如魯迅所說,此為「大官做的衛生哲學」,「教育家都當作時髦東西,大有中國人非此不可之概」[127]。

與蔣維喬一樣,上海的《靈學叢志》同樣是知識份子精英所辦的雜誌,其中陸費達、俞復等人皆有留學背景,更重要的是,在當時,「無論靈學、催眠術,在當時都宣稱是最

---

[124] 陳獨秀:《敬告青年》,《青年雜誌》第 1 卷第 1 期,1915 年 9 月 15 日。

[125] 何宗旺:《蔣維喬思想研究》,湖南師範大學博士學位論文,第 15 頁。

[126] 此處引自《魯迅全集》注釋,《魯迅全集》第 1 卷,人民文學出版社,2005 年 11 月北京第 1 版,第 326 頁。

[127] 魯迅:《關於〈拳術與拳匪〉》,《魯迅全集》第 8 卷,人民文學出版社,2005 年 11 月北京第 1 版,第 101 頁。

先進的『科學』，是超越現有科學的新興領域，並得到『中國西學第一人』嚴復，以及精研佛道思想與西方醫學的丁福保等人之認可。」[128]這其實說明了《靈學叢志》的影響主要集中在精英知識份子階層。在這種情形之下，甚至極力提倡科學的吳稚暉也被捲入其中，並且參加了他們的「扶乩」活動。

在對這些與「科學」相關的社會現象進行批評的時候，《新青年》同人的話語方式並不盡相同。相比而言，陳獨秀、陳大齊和易白沙等人更為偏重於理性言說，而劉半農、錢玄同、魯迅等人則往往出之以「罵詈之詞」。如陳大齊的《闢靈學》、陳獨秀的《有鬼論質疑》以及易白沙的《諸子無鬼論》等等，都是從「科學」角度入手的理性辨析，其中陳獨秀和易白沙還與持「有鬼說」的易乙玄展開極具思辨色彩的辯論。程鋼曾經對這些不同的話語從思想上予以詳細分類，包括「用物質一元論做武器和衡量標準來對靈學進行發難」的陳獨秀等人，「注意對有靈現象的真實性進行分析」的陳大齊，等等。他在概括陳獨秀話語方式的時候指出：「陳獨秀幾乎是撇開一切細節,直接將思想上升到哲學層次,把有鬼論概括為心物二元論,把他自己所推崇的自然科學態度看作是物質一元論,從而把複雜繁亂的問題歸結為兩種哲學觀之爭。」[129]如果從「批評話語」層面來看，陳獨秀這樣一種話語實際上仍然處於懸置狀態，未能真正落實在具體的社會現

[128] 黃克武：《惟適之安——嚴復與近代中國的文化轉型》，台灣聯經出版公司，2010 年 11 月初版，第 163 頁。
[129] 程鋼：《論陳獨秀反「靈學」中的一元論思想及其淵源》，《清華大學學報》（哲學社會科學版）1989 年第 3、4 期。

實中。而錢玄同、劉半農和魯迅則不同，他們的文章並不是
理性辨析，而是充滿了態度：「他們主要出於一種對靈學扶
乩活動，直覺上的反感和厭惡，對靈學活動中的『破綻』加
以審查，發表感歎。」[130]事實上，魯迅在 1918 年 3 月 10 日
的書信中，就已經開始對《靈學叢志》予以諸般嘲諷：「僕
審現在所出書，無不大害青年，其十惡不赦之思想，令人肉
顫。滬上一班昏蟲又大搗鬼，至於為徐班侯之靈魂照相，其
狀乃如鼻煙壺。人事不修，群趨鬼道，所謂國將亡聽命於神
者哉！」[131]而在 1918 年第 4 卷第 5 期陳大齊發表《闢靈學》
論文的同時，錢、劉二人也同時在「隨感錄」中各自發表《斥
〈靈學叢志〉》的文章。「闢」與「斥」一字之差，便看出
兩者之間話語方式的根本不同，錢、劉二人所操持的批評話
語不是辨析式的，而充滿了赤裸裸的「罵戰」因素。這顯然
不是無意為之，而是《新青年》同人主動採取的策略。劉半
農就坦言：「陳百年先生以君子之道待人，於所撰闢『靈學』
文中，不斥靈學會諸妖孽為『奸民』，而姑婉其詞曰『愚民』；
餘則斬釘截鐵，劈頭即下一斷語曰『妖孽』，曰『奸民作偽，
用以欺人牟利』。」[132]而錢玄同也在文中用口語化的文字表
達對「靈學」等現象的不屑：「我們的《新青年》雜誌，並
非 WC 的矮牆，供人家貼『出賣傷風』、『天黃黃，地黃黃，
我家有個夜啼郎……』這一類把戲的；然而今天竟不能不自

---

[130] 程鋼：《論陳獨秀反「靈學」中的一元論思想及其淵源》，《清華大
學學報》（哲學社會科學版）1989 年第 3、4 期。

[131] 魯迅：《致許壽裳》，《魯迅全集》第 11 卷，人民文學出版社，2005
年 11 月第 1 版，第 360 頁。

[132] 劉半農：《隨感錄九》，《新青年》第 4 卷第 5 期，1918 年 5 月 15 日。

貶身價,在這《隨感錄》中介紹這種怪物的著作。真倒楣!真晦氣!」[133]如果從「思想論爭」的視域中來看,這樣一種語言的確很難具有思想性,且「話語中帶著困惑,悲憤,甚至還有無可奈何的感覺」程鋼:《論陳獨秀反「靈學」中的一元論思想及其淵源》,《清華大學學報》(哲學社會科學版)1989 年第 3、4 期。但在五四時期的言論環境中,以錢玄同、劉半農、魯迅為代表的這種「批評方式」恰恰是有著特殊的影響力。

考察這些激憤之語就會發現,錢玄同等人語氣強烈的話語並非是針對某種單個的現象,而是包括「靈學」「打拳」「衛生哲學」等一個現象群組。在批評過程中,他們非常注意對這些現象之間的統和與歸併。如劉半農就曾說:「由南而北之『丹田』謬說,余方出全力掊擊之;掊擊之效力未見,而不幸南方又有靈學會若盛德壇若靈學之妖孽叢志出現。」[134]在他看來,「丹田」說與「靈學會」之間並非孤立的,而是一個整體的現象。這一現象正是所謂「道教」,也正是在將這些現象視為「道教」的時候,錢、劉等人的憤激才會達到極致:「漢晉以來之所謂道教,實演上古極野蠻時代『生殖器崇拜』之思想。……青年啊!如果你還想在二十世紀做一個人,你還想在中國在二十世紀算一個國,你自己承認你有腦筋,你自己還想研究學問,那麼趕緊鼓起你的勇氣,奮發你的毅力,剿滅這種最野蠻的邪教,和這班興妖作怪胡說八

---

[133] 錢玄同:《隨感錄八》,《新青年》第 4 卷第 5 期,1918 年 5 月 15 日。
[134] 劉半農:《隨感錄九》,《新青年》第 4 卷第 5 期,1918 年 5 月 15 日。

道的妖魔！」[135]從這個意義上看，與「科學」相互對立的「道教」已經不再是一個簡單的「教派」，它成為一種由多重社會事件組成的現象群組。所以從言論展開的層面來看，錢玄同、劉半農和魯迅等人對「道教」的批判，並不是對其「教義」的否定，而是指向它所囊括的「社會現象」，惟其如此，他們才能把那種思辨意義上的「科學之爭」拉到社會現實領域，從而使得「科學」變成一個具有實踐意義的文化主張。

事實上，相比陳大齊和陳獨秀等人辨析式的「論爭」而言，錢玄同與魯迅這種充滿「罵詈之詞」的「社會批評」有著不可替代的意義。從大眾傳媒意義上來說，這樣一種話語已經對「科學」啟蒙的方式產生了突破。「科學」最早傳入中國，被視為一種「奇技淫巧」，而在「中體西用」的思維模式中，也一直居於「用」的層面。而以《科學》雜誌為代表的「知識普及」的局限，就在於沒有完全超出之前的模式。這樣一種模式的問題就在於，其碎片化的「科學知識」在進入中國人的觀念時，不僅無法對他們的思想予以改變，反而會被其「附會」乃至「同化」。在這樣一種情形之下，知識份子往往「據《難經》以言解剖，據《內經》以言病理，據《墨經》以言理化，據《毛詩》、《楚辭》以言動植物學」[136]，以至於認為：「歐洲人之學，吾中國皆有之，《格致古微》時代之老維新黨無論矣；即今之聞人，大學教授，亦每喜以經傳比附科學，圖博其學貫中西之虛譽。」[137]從這個意義上

---

[135] 錢玄同：《隨感錄八》，《新青年》第 4 卷第 5 期，1918 年 5 月 15 日。
[136] 陳獨秀：《隨感錄一》，《新青年》第 4 卷第 4 期，1918 年 4 月 15 日。
[137] 陳獨秀：《隨感錄一》，《新青年》第 4 卷第 4 期，1918 年 4 月 15 日。

說，「科學」傳播最大的阻力並非來自對「科學」的反對，而恰恰來自對「科學」的附會與混淆。

魯迅對這一點看得十分清楚：「現在有一班好講鬼話的人，最恨科學，因為科學能教道理明白，能教人思路清楚，不許鬼混，所以自然而然的成了講鬼話的人的對頭。於是講鬼話的人，便須想一個方法排除他。其中最巧妙的是搗亂。先把科學東扯西拉，羼進鬼話，弄得是非不明，連科學也帶了妖氣。」[138]因此，《新青年》進行「科學啟蒙」的首要任務，倒不在「普及」科學知識，而必須要給「科學」劃出一個明晰的邊界，使其與「非科學」之間做出一個涇渭分明的區分。從這個意義上看，《新青年》在行文中對「道教」的攻擊，並不是對「道教」的教義體系予以否定，而是對要把附會在「科學」中的「道教」觀念予以排斥，從而祛除其中所謂的「妖氣」，確立起「道理明白」「思路清楚」的新形象。

綜上所述可知，《新青年》所推崇「賽先生」對科學本身的認知仍然是膚淺的，它並沒有促成科學知識的積累，甚至也沒有樹立西方原初的「科學精神」，就科學本身的學理意義而言，它甚至僅僅是一種話語的空洞。但問題在於，《新青年》的批評話語為這一話語的空洞劃出了清晰的邊界，阻斷了本土思想對其附會的途徑。由此，更為純粹的科學知識與科學精神才能進一步湧入，並被予以理解和接受。

---

[138] 魯迅：《隨感錄三十三》，《新青年》第 5 卷第 4 期，1918 年 10 月 15 日。

# 第四章 「罵」「批評」與
# 「文化保守主義」的言論困境

在「文學革命」和「新文化運動」的推進過程中，以林紓、《學衡》同人等為代表的「文化保守主義者」提出了與《新青年》迥異的文化主張，並與其形成了緊張的對峙關係。在這樣一種對峙中，「文化保守主義」由一種懸置的思想體系，轉變成了一種鮮明的「批評立場」，正是基於此，林紓和《學衡》同人才會以「反潮流者」自居，對《新青年》的諸多思想予以批評，也對其言論姿態予以指摘。所以從這個意義上說，「批評話語」的建構對「文化保守主義者」的文化實踐過程同樣重要，這也是他們與《新青年》的「對峙」能否轉變成「對話」的關鍵所在。

## 第一節 林紓:「罵詈」式的「衛道」

對五四時期《新青年》同人參與的「新舊之爭」而言，林紓這個人物是無法迴避的。在很多人看來，林紓是《新青年》推進「文學革命」過程中第一個反對派:「反對方面，

首先出面非難而又惹人注目的，就要算古文家林紓了。」[1] 而
「林蔡之爭」幾乎成為「新」「舊」雙方之間唯一的正面衝
突：「自陳、胡倡文學革命，聲勢澎湃，大有一日千里之勢：
而一般遺老學者，起了切膚之痛，於是有『白話文言』文體
之爭，這是五十年來中國思想第一次大衝突，但這一次思想
衝突，只見一場混戰，沒見正式的交兵，正式接觸的，只有
蔡子民先生與林琴南先生。」[2]。這場「論爭」的結果非常明
顯：就其「論爭」內容而言，林紓不僅令他所批評的《新青
年》同人「大失所望」[3]，而且還被嚴復這類「守沉默，僅於
書箚中略述所懷」[4] 的「舊人物」譏諷為「可笑」[5]。而就其
輿論影響來說，《新青年》借助「林蔡之爭」擴大了「新文
化」的影響力，而林紓則由於《荊生》《妖夢》以及《致蔡
鶴卿太史》書中的「罵詈之詞」而名譽受損，他不僅被《新
青年》同人視為頑固分子，而且成了「借軍閥阻礙新文化運
動」的專制主義幫兇。這種現實中的名譽受損，也波及了公
眾對他的歷史評價。在由「新文學」陣營執掌的「文學史」
書寫中，林紓在「新舊之爭」中作為「反對派」「舊文人」
的現實身份被定格為歷史形象 —— 一個頑固、迂腐的「文化

---

[1] 陳子展：《最近三十年中國文學史》，上海古籍出版社，2000 年 12 月第
1 版，第 287 頁。
[2] 郭湛波：《近五十年中國思想史》，山東人民出版社，1991 年 3 月第 1 版，
第 225 頁
[3] 胡適：《寄陳獨秀》，《新青年》第 3 卷第 3 期，1917 年 5 月 1 日。
[4] 陳子展：《最近三十年中國文學史》，上海古籍出版社，2000 年 12 月第
1 版，第 290 頁。
[5] 嚴復：《致熊純如書》，《嚴復集》，王編，中華書局，1986 年 1 月第 1
版，第 699 頁。

落伍者」，既充滿了悲劇性，又不免帶些滑稽感。

直到 20 世紀 80 年代以後，學界對林紓這一人物的客觀研究才逐步展開，通過大量的史料挖掘，我們似乎更清楚地把握到林紓思想的豐富性及其身份的複雜性。而對林紓人物研究的展開自然會導致對他與《新青年》同人之間「論爭」歷史的「重評」，一場在歷史中「是非分明」「勝負已定」的「論爭」開始呈現出更為複雜的面相。在這種研究視野之中，林紓不僅不再是一個「白話文」的反對者，反而被視為「白話文運動」的先驅，而他「提倡白話而不廢除文言」的方案則顯得「溫和」且不乏歷史合理性。與此同時，林紓的《荊生》《妖夢》被視為對《新青年》挑釁的反擊，而關於他「利用軍閥打擊新文化運動」的「謠言」也在很大程度上表明子虛烏有，是《新青年》同人有意無意的「誤讀」乃至「構陷」。不可否認，對林紓的這種「肯定性」的研究與評價都是中肯的。但是這裡的問題在於，林紓今日在「文學史」中的地位很大程度上並非是由其小說翻譯的成就所決定，而恰恰是由於他作為「新文化運動」反對者的身份，因為這種反對的態度契合了 90 年代後風行的「文化保守主義」思潮。那種對五四時期「新舊之爭」近乎翻案式的「重評」，把林紓塑造成一個帶有悲劇性的文化英雄，一個「傳統文化的守護神」，而與此同時，「五四新文化運動」則成了「激進主義」的淵藪遭到了批評乃至否定。誠如王富仁所說：「這時的林紓研究仍然不是從對林紓的具體人生道路和文化道路的直接感受和體驗中建構起來的,而是在對『文化保守主義』的好感中轉化而來的,而對『文化保守主義』的好感則又是在對

『文化激進主義』的反感中轉化而來的。」[6]基於此，我們有必要重新認識林紓在歷史中所扮演的角色，也需要對他與《新青年》同人乃至整個「新文化運動」之間的關係進行重新定位。

　　事實上，通過對「舊」派一方的人物研究展開的「新舊之爭」重評，固然在很大程度上消解了「革命史觀」帶來的政治因素，但並沒有對「新舊之爭」這一框架本身予以反思和突破。因此，林紓與《新青年》同人之間的爭執被定性為一種「思想」層面的「論爭」，這自然會為雙方「保守主義」與「激進主義」籠統定性提供了某種可能。但反顧歷史本身就會發現，這樣一種「思想」意義上的「論爭」，從來沒有真正展開。胡適從一開始就認為林紓這個反對派不堪一擊，而「基於舊學問體系中嚴格的等級觀念，林紓從未正面與陳獨秀、胡適『新進少年』交鋒，他選擇了直接質問前清翰林、北京大學校長蔡元培」[7]。誠如有學者所說：「在這場『新』與『舊』的交戰中，對立的雙方，無論是論辯的發動，還是實際的矛盾，都還未能形成真正的歷史衝撞。」[8]的確，林紓和《新青年》同人之間雖然彼此攻擊、互相問難，但他們的「爭執」並未圍繞著某一共同的話題展開，且他們都把對方視為「批評物件」而非「論爭」的對手，可以說，「新」「舊」

---

[6] 王富仁：《林紓現象與「文化保守主義」——張俊才教授〈林紓評傳〉序》，《中國現代文學研究叢刊》2007 年第 3 期。

[7] 楊早：《清末民初北京輿論環境與新文化的登場》，北京大學出版社，2008 年 8 月第 1 版，第 192 頁。

[8] 楊聯芬：《晚清至五四：中國文學現代性的發生》，北京大學出版社，2003 年 11 月第 1 版，第 119 頁。

雙方的諸多言論並沒有建立一種平行、對應的關聯。

　　首先我們來看《新青年》同人對林紓的種種「批評」和「攻擊」。眾所周知，林紓最早引起《新青年》同人注意的文章是其發表在《民國日報》上的《論古文之不當廢》。胡適在日記中全文記錄了這篇文章，其閱讀批註中充斥著「不通」的評語。而在其給陳獨秀的信中，也對林紓「吾識其理，乃不能道其所以然」[9]的言論大加嘲諷，在他看來：「古文家作文，全由熟讀他人之文，得其聲調口吻，讀之爛熟，久之亦能仿效，卻實不明其『所以然』」。[10]由此可見，此時的林紓是作為「古文家」被批評的。但在有關「文學革命」的討論正式開始以後，林紓作為小說家、翻譯家的身份則被凸現出來。錢玄同在通信中寫道：「某大文豪用《聊齋志異》文筆和別人對譯的外國小說，多失原意，並且自己攙進一種迂謬批評，這種譯本，還是不讀的好。」[11]而在那篇被視為「林蔡之爭」導火索的「雙簧信」中，劉半農除了攻擊其古文之「不通」即「翻譯」之惡濫之外，主要是消解他作為「當代文豪」的身份：「若要用文學的眼光去評論他，那就要說句老實話，便是林先生的著作，由『無慮百種』進而為『無慮千種』，還是半點兒文學的意味也沒有！」[12]而當林紓開始以《荊生》《妖夢》開始痛罵《新青年》的時候，他的身份再一次發生的變化，「林紓作為一個文化符碼，其代表的

[9]　胡適：《寄陳獨秀》，《新青年》第3卷第3期，1917年5月1日。
[10]　胡適：《寄陳獨秀》，《新青年》第3卷第3期，1917年5月1日。
[11]　錢玄同：《致陳獨秀》，《新青年》第3卷第6期，1917年8月1日。
[12]　劉半農：《答王敬軒》，《新青年》第4卷第3期，1918年3月15日。

意義，在論戰中從『桐城謬種』變成了卑劣無恥向當權者乞援的『舊黨』。」[13]而除此之外，林紓還被當成是清室「遺老」予以排斥，如魯迅就譏諷其為「自稱清室舉人的林紓」[14]。由此可見，在《新青年》對林紓的歷次「批評」中，作為「批評對象」的林紓在身份和形象上並不盡一致，且多有變化，這既反映出林紓這一人物自身的多重性（這種多重性內在的矛盾曾被《新青年》同人加以利用），也反映出《新青年》「批評話語」內涵的駁雜性和其指向的多變性。

　　但反觀林紓對《新青年》的「批評」，則會發現，他攻擊《新青年》的立場和指向，在很多方面與其作為被攻擊者的身份、立場存在差異和錯位。在過去的研究中，有學者認為林紓對《新青年》的批評是由《新青年》對他的攻擊而導致的反擊，他「是被錢玄同們主動出擊,指罵著挑戰的行為激怒了」[15]，而「林紓嘲笑白話是『引車賣漿之徒所操之語』，『不值一哂』，是對新文學首先將文言、古文稱為『死文字』、『死文學』，還有『妖孽』、『謬種』之類帶侮蔑性的語言的反擊，算是打個平手。林紓寫小說洩憤,顯得非常荒唐,然而這正是他『即以其人之道還治其人之身』回敬新文化的方式。」[16]這種說法意在為林紓在「林蔡之爭」中的失態辯護，

---

[13] 楊早：《清末民初北京輿論環境與新文化的登場》，北京大學出版社，2008年8月第1版，第193—194頁。

[14] 魯迅：《隨感錄三則》，《魯迅全集》第8卷，人民文學出版社，2005年11月第1版，第106頁。

[15] 楊聯芬：《晚清至五四：中國文學現代性的發生》，北京大學出版社，2003年11月第1版，第87頁。

[16] 楊聯芬：《晚清至五四：中國文學現代性的發生》，北京大學出版社，2003年11月第1版，第123頁。

它指出了《新青年》同人冒犯在先，而林紓的「罵詈」不過是「以其人之道還治其人之身」而已。平心而論，《新青年》對林紓的「冒犯」「挑釁」的事實本身也不必諱言，但把林紓對《新青年》同人的批評視為後者「挑釁」「冒犯」的直接反應，似乎不僅不契合歷史事實本身，而且還忽略了林紓思想的統一性。事實上，林紓撰寫《荊生》《妖夢》距離「雙簧信」的發表已有相當長的時間，顯然已經超出了輿論反應的週期。而更重要的是，林紓《荊生》《妖夢》以及後來《致蔡鶴卿太史書》中所闡發的東西，並非是對《新青年》批評自己諸多具體問題的回應和答覆。如果和胡適僅僅是「摭拾一字一句」的攻擊相比，林紓對《新青年》的主張的文化理念其實有一個完整的態度。而這種態度，從他在最開始發表《論古文不當廢》一文的時候就已經有所表達，且貫穿終始，即使在他失態謾罵之時也從未改變，這才是我們首先應該予以注意的。

前文已經提及，林紓最早與《新青年》發生關聯，是他發表在《民國日報》上的《論古文之不當廢》一文，在此之後他又發表過《論古文白話之消長》。這兩篇文章所談皆為「語體問題」，可以說，「語體問題」是林紓攻擊「文學革命」的切入點，也是他理解《新青年》主張的關鍵所在。在《論古文白話之消長》一文中，林紓以「白話文」的先驅者自居，「憶庚子客杭州，林萬里汪叔明創為白話日報，餘為作白話道情，頗風行一時，已而予匆匆入都，此報遂停。」[17]

---

[17] 林紓：《論古文白話之消長》，《新文學運動史》，張英若編，光明書局，1934 年版，第 98—99 頁。

有論者據此辯稱，「林紓所反對的只是廢止文言，而非反對白話」[18]，「林紓辯駁的依據是西方(包括日本)在現代化的過程中並不拋棄傳統。也就是說，林紓認為白話與古文不妨共存。林紓其實仍然是以晚清啟蒙文學者的身份和語氣，告戒五四新青年,不能走極端。」[19]但這種「溫和」的主張卻未被接受，因為《新青年》同人對其予以了誤讀和曲解，「以不容討論的姿態表達自己的主張，這實際上開啟了一場原本不一定會出現的文化論爭」[20]。在這樣一種視野中，林紓成為一個在態度上平和、持重的「文化保守主義者」，而《新青年》通過「廢古文」來提倡「白話」，卻成為「不得新而先殞其舊」[21]的激進主義主張。但是考察具體的歷史事實就會發現，林紓對「語體問題」的態度並非人們說的那麼「平和持中」。眾所周知，「白話文運動」並不自五四始，而是可以追溯到晚清王照、裘廷梁等人，而在民國成立之後，白話報紙更是遍地皆是。在這樣一個歷史背景中審視，林紓從事白話報創辦、白話詩寫作遠遠談不上什麼「先驅」的意義，而他這種「白話與古文不妨共存」的主張也並沒有什麼新意可言。他在《論古文之不當廢》一文中提及：「顧尋常之箋牒牌牘，率皆行以四家之法，不惟伊古以來無是事，即欲責

---

[18] 畢耕：《古文萬無滅亡之理 —— 重評林紓與新文學宣導者的論戰》，《廣西社會科學》2005 年第 7 期。

[19] 畢耕：《古文萬無滅亡之理 —— 重評林紓與新文學宣導者的論戰》，《廣西社會科學》2005 年第 7 期。

[20] 馬勇：《重構五四記憶：從林紓方面進行探討》，《安徽史學》2011 年第 1 期。

[21] 林紓：《論古文之不宜廢》，上海《民國日報》，1917 年 2 月 8 日。

之以是,亦率天下而路耳。吾知深於文者萬不敢其設為此論也。」[22]而在後來的文中也認為:「今官文書及往來函箚,何嘗盡用古文?」[23]顯然,在林紓心目中,「古文」與「白話」之所以能夠「共存」,其前提就在於它們能夠各安其位、各司其職,從這一點來說,他對「白話」的承認並沒有超出清末民初白話文運動的範疇。但需要強調的是,這種「白話與古文不妨共存」的文化主張,並不意味著「平和持中」,在他的「語體觀念系統」中,這兩者之間有著森嚴的等級:「古文」作為「載道之文」居於「正宗」之地位,而「白話」則可作為「應用文」予以推廣使用。這一點正是清末民初白話文主張與五四「文學革命」的根本差別,胡適就曾一針見血地指出:「士大夫始終迷戀著古字的殘骸,『以為宇宙古今之至美,無可以易吾文者』……但他們又哀憐老百姓無知無識,資質太笨,不配學那『宇宙古今之至美』的古文,所以他們想用一種『便民文字』來教育小孩子,來『開通百姓』。他們把整個社會分成兩個階級了:上等人認漢字,念八股,做古文;下等人認字母,讀拼音文字的書報。」[24]從這個意義上來說,林紓「主張白話」僅僅是對「白話」在近代文化中興起的趨勢予以無可奈何的承認與逢迎。正因為此,當《新青年》同人試圖為「白話」爭取「正宗」地位時,林紓才會激烈反對:「若盡廢古書,行用土語文字,則都下引車賣漿

[22] 林紓:《論古文之不宜廢》,上海《民國日報》,1917 年 2 月 8 日。

[23] 林紓:《論古文白話之消長》,《新文學運動史》,張英若編,光明書局,1934 年版,第 98—99 頁。

[24] 胡適:《〈中國新文學大系·建設理論集〉導言》,《中國新文學大系·建設理論集》,上海文藝出版社,2003 年 7 月第 1 版,第 13 頁。

之徒，所操之語，按之皆有文法，不類閩廣人人為無文法之
啁啾，據此則凡京津之穉販，均可用為教授矣。」[25]這正暴
露出「士大夫」階層從骨子裡對「白話」的輕蔑。

　　同樣是基於此，林紓所謂「古文之不當廢」的主張，也
不能簡單地視為他要維護古文本身，他所要捍衛的，乃是古
文的「正宗」地位。在他看來，「白話」的興起是與「古文」
衰頹相互伴隨的，後者正處於危機之中：「方今新學始昌，
即文如方姚，亦複何濟於用？」[26]在這種情形之下，「提倡
白話」純屬多此一舉，而「廢除古文」則是火上澆油：「一
讀古文，則人人瞠目，此古文一道已屬消爐滅之秋，何必再
用革除之力？」[27]在這樣一種情境之下，晚清白話文運動中
的精英氣質被進一步凸顯出來：「夫馬、班、韓、柳之文雖
不協於時用，固文字之祖也。嗜者學之，用其淺者以課人，
輾轉相承，必有一二鉅子出肩其統，則中國之元氣尚有存者。」
[28]在這裡，他參照的是歐洲文藝復興時期語言變革的歷史，
將「古文」比附「拉丁文」，將其視為一種不具「應用性」
的「載道」之文：「然而天下講藝術者，仍留古文一門，反
所謂載道者，皆屬空言，亦特如歐人之不廢臘丁耳。知臘丁
之不可廢，則馬、班、韓、柳亦自有其不宜廢者……」[29]由

---

[25] 林紓：《致蔡鶴卿書》，《林紓研究資料》，薛綏之、張俊才編，福建人
　　民出版社，1983 年 6 月第 1 版，第 88 頁。
[26] 林紓：《論古文之不宜廢》，上海《民國日報》，1917 年 2 月 8 日。
[27] 林紓：《論古文白話之消長》，《新文學運動史》，張英若編，光明書局，
　　1934 年版，第 98—99 頁。
[28] 林紓：《論古文之不宜廢》，上海《民國日報》，1917 年 2 月 8 日。
[29] 林紓：《論古文之不宜廢》，上海《民國日報》，1917 年 2 月 8 日。

此進一步來看,林紓對「古文」的維護已不僅僅基於他對一種「語言」的尊崇,而是對於其所載之「道」的信守。他在《論古文白話之消長》中說:「名曰古文,蓋文藝中之一,似無關於政治,然有時國家之險夷,系彼一言,如陸宣公之制誥是也;無涉於倫紀,然有時足以動人忠孝之思,如李密之陳情武侯之出師表是也。然不能望之於人人,即古得一稱心之作,亦不易睹。」[30]就這一點而言,林紓眼中的「古文」乃是「道」的載體,甚至就是「道」本身,「蓋古文之不能為普通文字,宜尊之為夏鼎商彝」[31]。因此,林紓的語言問題根本就不可能從倫理綱常問題上剝離,視為一個獨立的範疇。所以,林紓對《新青年》陣營的攻擊首先就是從「道德」層面展開,而所謂「古文白話」的問題,只是統攝在「道德」問題之中而已。

事實上,這種基於「道德」層面的反對,是林紓與嚴復、章太炎等其他「舊派文人」最大的不同,這不僅造成了他對「新文化」獨特的看法,也導致了他對「新文化運動」迥異於其他「舊人物」的反應。所謂「舊文人」在審視「新文化」的時候,運用一個預設的「裝置」是不可避免的,但對嚴復、章太炎等人而言,他們審視「新文化」的「裝置」更多是基於「學理」範疇構建起來的。基於自身的學養,嚴復、章太炎往往通過貶低其「學術性」來反對「新文化」。如嚴復認

---

[30] 林紓:《論古文白話之消長》,《新文學運動史》,張英若編,光明書局,1934 年版,第 97 頁。

[31] 林紓:《論古文白話之消長》,《新文學運動史》,張英若編,光明書局,1934 年版,第 99 頁。

為「北京大學陳、胡諸教員主張文白合一，在京久已聞之，
彼之為此，意謂西國然也。不知西國為此，乃以語言合之文
字，而彼則反是，以文字合之語言。」[32]這顯然是基於他對
「西學」的瞭解來反對《新青年》「文學革命」的主張。而
章太炎對「文學革命」的反對則是基於他在中國傳統學問上
的造詣，他在給吳承仕的信中寫道：「頗聞宛平大學又有新
文學、舊文學之爭，往者季剛輩與桐城諸子爭辯駢散，僕甚
謂不宜。老成攘臂未終，而浮薄子又從旁出，無異於元祐黨
人之召章蔡也。」[33]但是林紓與他們的不同正在於此，即他
對「新文化」的認知和把握並非通過「學理」這一「裝置」，
而是通過對傳統文化一種近乎狂熱的道德激情。這顯然與林
紓「文人」的身份有密切關聯。羅志田曾認為，「古文家」
與「小說家」的雙重角色造成了林紓身份的尷尬，對林紓而
言，「一是古文做得好，被許多人認為是清季桐城文派的一
個殿軍；一是大譯西人小說，流布甚廣。但在新舊不兩立的
民國初年，這兩端本身已非十分和諧。林氏的認同危機，也
正隱伏於此。」[34]但是結合民初思想史的演變過程來看，林
紓以「小說家」的身份「衛道」其實是順理成章的。在傳統
文化系統中，所謂「明道」「載道」的功能往往是有居於正
宗地位的「詩文」來予以承擔，而這背後的基礎卻是經學和

[32] 嚴復：《致熊純如書》，《嚴復集》，王編，中華書局，1986 年 1 月第 1
版，第 699 頁。

[33] 章太炎：《致吳承仕》，《章太炎書信集》，馬勇編，河北人民出版社，
2003 年版，第 309 頁。

[34] 羅志田：《林紓的認同危機與民初的新舊之爭》，《歷史研究》1995 年
第 5 期。

科舉制度。但是隨著科舉的停止和經學的廢置,原有的經學載體已經消失,由經學支撐的「詩文」已經逐漸喪失了「載道」的功能,而逐漸變成了「文學趣味」。而林紓正是這場思想轉型中的典型人物,作為一個「文人」,他對「道」的闡釋和發揮已經具有了濃烈的「文人化」氣息。胡先驌曾如此回憶林紓在北京大學授課時的情景:

> 　　先生在預科所授之課為人倫道德,此學科在表面看來必定枯燥無味,而腐氣四溢,再進亦不過以宋元明學案,作系統哲學之敘述,除能引起少數劬學之學生注意外,必為多數學生所厭棄;而先生授此課則不然,先生之語言妙天下,雖所授者為宋明學案,而以其豐富之人生經驗以相印證;又繁征博引古今之故事以為譬解,使人時發深省,而能體認昔賢之明訓,於是聆斯課之學生,咸心情奮發,不能自已。常憶此課在下午一點鐘講授,適在午餐之後,又值夏日初長日,睡思襲人之時,上他課則不免昏睡,上人倫道德之課,則無人不興奮忻悅,從可知歐西名牧師講演號召之魔力所由來也。[35]

在胡先驌的描述中,林紓通過「語言妙天下」的「文人」式表達,將「枯燥無味」「腐氣四溢」的「人倫道德」講得

---

[35] 胡先驌:《京師大學堂師友記》,《我與北大——「老北大」話北大》,王世儒、聞笛編,北京大學出版社,1998 年 4 月第 1 版,第 20—21頁。

「興奮忻悅」，以富有了「歐西名牧師講演號召之魔力」。在這裡，傳統士人所持守的「道」已經變成了更具個人化和文人氣的「道德情感」。同樣，林紓的小說翻譯和創作也表現出這樣一種以「文學」之「形」達「經學」之「旨」的傾向，楊聯芬就精到地指出：「林紓以中國的道德範疇『父』、『子』等，闡述西方人對於家庭和親人的忠誠與愛。」[36]綜觀林紓的諸多小說創作就會發現，它們都充滿了這種濃烈的「道德情感」。事實上，正是這一點導致了林紓與嚴復、章太炎等人對「新文化」不同的反應：因為基於「學術」上的藐視，而將「新文化」界定為「浮薄子」，才使得嚴復、章太炎等人「不屑置辯」，他們對「新文化」保持沉默也在情理之中；但對林紓而言，對「新文化」的反對並非基於「學理」，而是出於道德義憤，正因為此，他才罔顧所謂「士林風度」，不顧一切地「跳」將出來予以斥罵。從《荊生》《妖夢》到《致蔡鶴卿書》，林紓「罵詈之詞」背後的道德上的義憤一直不減，而這些都與林紓小說翻譯和創作中的「道德情感」一脈相承。

　　基於這樣一種與學術無關的「道德」激情，林紓對「五四新文化運動」的理解和認知也必然是「道德」意義上的。他在小說《妖夢》中所提及的「白話學堂」和「斃孔堂」就表明了自己的道德隱憂，其中康生與田生的問答更是生動地表現出他對「五四新文化」道德上的理解：「康不期發聲問曰，倫常既不可用，將用何人為師？田曰，武則天聖主也，

---

[36] 楊聯芬：《晚清至五四：中國文學現代性的發生》，北京大學出版社，2003年11月第1版，第102頁。

馮道賢相也，卓文君賢女也。無馮道則世無通權達變之人，無文君，則女子無自由之權利。且不讀《水滸》，世間無英雄，不讀《紅樓》，則家庭無樂事。」[37]在他看來，「五四新文化運動」的宗旨即在於「罵詈孔孟，指斥韓歐」，「此風一扇，人人目不知書，又引掖以背叛倫常為自由，何人不逐流而逝，爭趨禽獸一路。」[38]其實，按照這樣一種「道德」上的理解，林紓不僅無法認清「五四新文化」的內涵，甚至根本無法將「五四新文化」與「辛亥革命」以來的諸多「革命」倫理區分開來。小說《荊生》的背景，即被描述為：「辛亥國變將兆，京城達官遷徙垂空」[39]，這實際上是把五四與「辛亥」一體看待。而在林紓給蔡元培的信中，這兩者的關係似乎更加緊密：「晚清之末造，慨世者恒曰：『去科舉，停資格，廢八股，斬豚尾，複天足，逐滿人，撲專制，整軍備，則中國必強。今百凡皆遂矣，強又安在？於是更進一步，必覆孔孟，鏟倫常為快。」[40]由此可以說，在林紓的眼中，根本就不存在獨立意義上的「五四新文化」，與其說林紓是在批評「新文化」，倒不如說他是在批評清末民初以來的「革命」思潮。

不可否認，晚清以來的革命思潮帶有諸多「激進主義」

---

[37] 林紓：《妖夢》，《林紓研究資料》，薛綏之、張俊才編，福建人民出版社，1983 年 6 月第 1 版，第 84 頁。

[38] 林紓：《妖夢》，《林紓研究資料》，薛綏之、張俊才編，福建人民出版社，1983 年 6 月第 1 版，第 85 頁。

[39] 林紓：《荊生》，《林紓研究資料》，薛綏之、張俊才編，福建人民出版社，1983 年 6 月第 1 版，第 81 頁。

[40] 林紓：《致蔡鶴卿書》，《林紓研究資料》，薛綏之、張俊才編，福建人民出版社，1983 年 6 月第 1 版，第 88 頁。

的元素，如「種族主義」，如「無政府主義」，其中還有以《毀家論》為代表的「家庭革命」說。一直以來，這樣一種「革命」說都是中國士大夫階層代表的「立憲派」批評的物件，對此最明顯的反映即在《新民叢報》與《民報》之間有關「革命」的論戰裡，而綜觀當時對「革命」的批評，很多不是從學理上立論言說，而是從「倫常」「道德」層面予以攻擊。在民國成立之後，由於政象的紛亂，這種激進的革命思潮也並未消歇，而林紓所處的教育界正是這一思潮盛行的場域。時任教育總長的范源濂就認為：「後生小子，競尚自由，倡言平等，於家庭主破壞，於學校起風潮，於社會為逾閒蕩檢、非盜無法之舉動，其禍視洪水猛獸為尤烈，是弊害之最大者也。嗚呼！言教育而生此現象，誠不幸之甚矣！然溯自由平等說之由來，其最彰明較著者，莫如法國革命之宣言；而在當時實與親愛一語並稱，為共和政體之生命。乃傳至吾國，親愛之說無聞，獨所謂自由平等雲者，風靡一時，已可異已。」[41]林紓本人一直從事教育，他對這樣一種思潮自然不會無動於衷。在與友人的通信中，他就對教育界彌漫的「革命」思想表現出極度的擔憂：「今之忝為人師，恒曲徇其弟子之意，謂少匡掖之即拂其自由。日為詭禦，自固其立足之地，此喂鷹飼虎之廝僕，甯人師哉！師弟之倫既悖，故公之校生至敢以報章醜詆，此意中事耳。……為自由而師道掃地也……」[42]但在林紓看來，晚清以來「自由」「民權」

---

[41]　范源濂：《說新教育之弊》，《中國近代教育史資料》，舒新城編，人民教育出版社，1981 年 3 月第 2 版，第 1047 頁。

[42]　林紓：《與唐蔚芝侍郎書》，《林紓研究資料》，薛綏之、張俊才編，福

的思想與他所信守的綱紀人倫構成了尖銳的矛盾，因此，他對「革命思潮」的批評，主要集中在「革命」對傳統「倫理」的衝擊。他在給友人的通信中提及：「生之不率者，以為嚴父無恩，視己且同仇敵。積憤無懟，一遇提倡討父之議，則譁然以為當理，而孔孟處家庭及善全骨肉之道一無所聞，宜其囂然動也。嗚呼！孝果可辟，即先導其子以不孝；父果可討，是先種己身以罪根。」[43]而學生「革命」思潮的根源，則在教育者本身：「近者，尤有辟孝之文，討父之會。吾至於掩耳不忍更聞。辟孝之文如何著筆，吾不之知，至於討父，尤極離奇。雖然，此事誰責？不仍責在教習乎？」[44]更值得一提的是，林紓還混淆了「革命」與「共和」的概念，他把民初政壇亂象紛呈的原因歸結為傳統道德的崩潰與「自由」「民權」觀念的氾濫。其白話詩作《共和實在好》即代表了他對「共和」的「道德評價：共和實在好,人倫道德一起掃!入手去了孔先生,五教撲地四維倒。……男也說自由,女也說自由,青天白日賣風流。如此瞎鬧何時休,怕有瓜分在後頭。」[45]

　　但問題在於，「五四新文化運動」並非是「辛亥革命」的簡單延續，《新青年》的主撰陳獨秀儘管一力捍衛共和體制，但是他的思想已經與晚清以來的「革命思潮」有所區分。

---

建人民出版社，1983 年 6 月第 1 版，第 90 頁。

[43] 林紓：《答侄翕鴻書》，《林紓研究資料》，薛綏之、張俊才編，福建人民出版社，1983 年 6 月第 1 版，第 92—93 頁。

[44] 林紓：《答侄翕鴻書》，《林紓研究資料》，薛綏之、張俊才編，福建人民出版社，1983 年 6 月第 1 版，第 92 頁。

[45] 張俊才：《徘徊在「共和老民」與「大清舉人」之間 —— 林紓晚年政治身份認同的矛盾與原因》，《社會科學戰線》2008 年第 2 期。

而他所主張的「倫理革命」並非要廢除「倫理道德」，而是要廢除「家庭」本位道德的同時，建立起以「個人」為基礎的「新道德」。《新青年》後期所提出的「人的文學」，更是通過「人文主義」精神為這種道德建立了扎實的根基。而林紓由於其翻譯手法的落後，無法把握源出於西方、後為「新文學」所發揚的「人文主義」精神，因此，他也無法察覺《新青年》同人的「倫理革命」與晚清以來「家庭革命」的區別。正因為此，林紓才跳出來對「五四新文化」予以道德上的指責，在他看來，這種道德上的墮落甚至比亡國更為嚴重：「喪權喪地，喪天下之膏髓。盡實武人之嘯，均不足患。所患倫紀為死人所，行將儕於禽獸，茲可憂也。」[46]從這個意義上來說，林紓對「新文化運動」的咒罵，並非基於他對「新文化」內涵的把握，而是將其作為晚清以來「革命思潮」的一個延續來予以抨擊。他對《新青年》的批評與當時立憲派詆毀革命黨的語言並無本質不同，且並沒有真正擊中要害，甚至可以說，林紓對「新文化」並沒有意識到其新在何處，他其實是把「新道德」視為一種「無道德」。

　　這裡需要強調的是，林紓基於「道德情感」的思想框架，不僅導致了他對「新文化」理解上的偏差和膚淺，而且也導致了他自身對歷史現實和「批評」語境的無知。眾所周知，「新文化運動」並不僅僅是一種新興的思想流派，更是一種社會文化整體性、根本性的變遷，無論對其贊成也好，反對也罷，都無法自外於這個變遷的歷史過程。林紓的失敗恰恰

---

[46] 林紓：《續辨奸論》，《林紓研究資料》，薛綏之、張俊才編，福建人民出版社，1983年6月第1版，第95頁。

就在這裡，他一直以捍衛「道德」自居，而最終卻落下一個「人格破產」的下場，這既表明了所謂「文化保守主義者」應對「新文化」的失效，也昭示了他們作為個體的言說困境。

在與《新青年》「罵戰」之後，林紓很快做出了懺悔，認為自己「不該罵人」，但與此同時，他依舊堅持自己的宗旨，表示「拼我殘年，極力衛道」，這其中充滿了文化轉型中舊式知識份子的悲劇意味。事實上，「衛道」本身似乎並沒有錯，但問題在於，其所「衛」之「道」究竟為何物。眾所周知，在傳統文化的體系之內，「道」依附於「經學」，是士人階層的信仰，因此幾乎可以說是一種不言自明的東西。但是在共和體制之下，這種傳統的「道」的權威卻已經衰落，而它的內涵也已經變得極其含混。這種新的歷史條件和文化語境迫使「衛道」的知識份子必須對「道」的內涵予以重新思考。但在這一點上，林紓顯然沒有什麼自覺意識，這使得讀者和公眾對他所「衛」之「道」不知所云，如在《每週評論》上的讀者就疑問：「其複大學校長蔡孑民之函（即林琴南復函）曰：『拼我殘年，極力衛道』是直欲拼卻老命，以威脅新派諸子矣。顧我不知彼之所謂衛道者，衛桐城派及文選派之散駢文體耶？抑衛君主專制政體之學說耶？吾誠不知其命意之所在矣。」[47]顯然，隨著經學的解體，那種超越時空的「道統」（韓愈意義上那種「周流萬世」的道學）已經消失，「道」被還原成了歷史的存在物。在這樣一種具體的歷史情境中，林紓那種「存亡絕續」式的「衛道」姿態，

---

[47] 遠生：《最近之學術新潮》，《每週評論》，1919 年 4 月 30 日。

只能被視為「遺民」心態而被理解，也恰恰是這一點，導致了他身份上的尷尬，也激發了《新青年》同人對他的反對，魯迅就不無揶揄地寫道：「你老既不是敝國的人，何苦來多管閒事，多淘閒氣。」[48]在這樣一種語境中，林紓言論中的道德自負和人格期許，便帶有了幾分殘酷的滑稽感。

　　而林紓「衛道」言論所處的大眾傳媒場域，顯然進一步加劇了這種滑稽感。自晚清以迄民初，不斷興盛的報刊已經形成了公共的言論空間。這一空間已經衝擊了既有的「士民」關係，在這裡，「士人」已經失去了那種天然的言說資格，而被報刊整合出的新的受眾群體，則擁有了自身的認知和趣味。如果把這種報刊傳媒形成的公共言論空間與之前的「士人圈子」相比較，就會發現兩者在道德倫理上有著天壤之別。在「士人圈子」中，士人的「道德言說」以言說個體的德行為基礎，可以說，他是通過建構自身的「道德形象」來影響「士風」。但大眾傳媒與此不同，它對「人」形象的塑造則更多符合傳播學的規律。從這個意義上說，兩者形成了彼此相異的運作模式。正因為此，《新青年》這種「以罵人特著於時」的刊物雖然違反了傳統的士人道德，但是在大眾傳媒的運作機制中卻不會受到太多衝擊。相反，一個在「士林」中的道德典範很可能在大眾傳媒上就會成為一個道德敗壞的形象，林紓在「新舊之爭」中的遭遇，就表現出他的「士人道德」在「公共傳媒」中的尷尬處境。

　　在對《新青年》的攻擊之中，林紓對《新青年》的相關

---

[48] 魯迅：《隨感錄三則》，《魯迅全集》第 8 卷，人民文學出版社，2005年 11 月第 1 版，第 106 頁。

資訊往往來自於「士人圈子」中的朋友，《荊生》中的「蠢
叟」提及「此事余聞之門人李生。李生似不滿意於此三人，
故矯為快意之言。……余姑錄之，以補吾叢談之闕。」[49]而
在給蔡元培的信中批評北京大學，他也提及：「近者外間謠
諑紛集，我公必有所聞，即弟亦不無疑信。」[50]如果從傳統
的「士人」道德而言，無論是李生的「矯為快意之言」，還
是林紓本人對「謠諑紛集」的看法，都是無可指摘的。甚至
從某種意義上來說，這種「謠諑」恰恰是「士風」的一種表
現，據此而得出的「風評」恰恰是「士人圈子」運作的根本
機制。因此在林紓自己看來，他給蔡元培的信並非「指責」
或「批評」，反而充滿了拳拳「勸誡」之意：「弟辭大學九
年矣，然深盼大學之得人。公來主持甚善，故比年以來，惡
聲盈耳，致使人難忍，因於答書中孟浪進言。」[51]從「士人
圈子」的角度看，林紓的行為雖則激憤但不乏禮數，但當這
封信被公開發表的時候，則是另外一回事了。事實上，林紓
雖則是在寫一封「公開信」，但是從本質上他並沒有意識到
其「公開」性質，這使得他更多注意了對蔡元培措辭的語氣，
而未能顧忌這種言論本身的語境和其產生的影響。在這種報
刊傳媒的語境之中，林紓的「規勸」已然成了「傳播謠言」
的行徑，對公眾而言，這種基於「謠諑」立論言說，不僅不
可信，而且不道德。正因為此，蔡元培才會針鋒相對地指責

---

[49] 林紓：《妖夢》，《林紓研究資料》，薛綏之、張俊才編，福建人民出版
社，1983 年 6 月第 1 版，第 82 頁。

[50] 林紓：《致蔡鶴卿書》，《林紓研究資料》，薛綏之、張俊才編，福建人
民出版社，1983 年 6 月第 1 版，第 86 頁。

[51] 林紓：《再答蔡鶴卿書》，《大公報》，1919 年 3 月 25 日。

林紓：「公書語長心重，深以外間謠諑紛集，為北京大學惜，甚感。惟謠諑必非實錄，公愛大學，為之辨證可也。今據此紛集之謠諑，而加以責備，將使耳食之徒，益信謠諑為實錄，豈公愛大學之本意乎？」[52]

　　事實上，林紓本人雖常年寢饋報業傳媒之中，但他對報刊傳媒的運作機制卻並不熟悉。在對《新青年》的攻擊中，林紓首先就是以《荊生》和《妖夢》這兩篇小說為手段。這實際上表明，林紓對「小說」缺乏明確的「文體」意識，而通過「小說」來與《新青年》相互爭執，也可以看做他基於「小說家」的創作慣性。但當「衛道之文」以「小說」呈現在大眾傳媒之中時，林紓卻把自己置於極為不利的言論處境中：小說這一「虛構」的文體形式不僅衝擊了林紓言論的可信度，也消解了「衛道」行為本身的嚴肅性和莊重感，甚至可以說，它顛覆了林紓本身的「道德形象」。相比《新青年》同人那些堂皇的謾罵言論，這種「影射」顯得極為「鬼祟」「齷蹉」，從而在輿論倫理上處於極為不利的地位。有讀者就曾對此不屑地點評：「篇中所敘的人，竟有名叫『元緒』的，這竟是拖鼻涕的野小孩在人家大門上畫烏龜的行徑了。」[53]顯然，正是報刊傳媒的運作機制凸顯了羅志田所說的「身份尷尬」，這其實構成了林紓「身敗名裂」的根本原因。

　　最後要指出的是，截止到今天，林紓與《新青年》同人之間的「論爭」仍然聚訟紛紜，但是這些「論爭」仍然沒有

---

[52] 蔡元培：《答林琴南書》，《林紓研究資料》，薛綏之、張俊才編，福建人民出版社，1983 年 6 月第 1 版，第 86 頁。

[53] 貴兼：《通訊》，《每週評論》，1919 年 3 月 30 日。

擺脫當時雙方各自的立場和價值判斷，而「道德」問題仍然是他們念茲在茲的議題，從這個意義上來看，研究者仍然沒有拉開與研究物件的距離，而今天我們對「林蔡之爭」的「論爭」本身就是「林蔡之爭」的歷史延續。但在我看來，林紓的問題，並不在於他對「文化保守主義」立場的堅持，也不在於他對「傳統倫理道德」熱忱的追求，而是在於他所持守的「道德」限定了他對當下歷史語境的認知。因此，在其對「新文化」的批判中，其實充滿了對「批判對象」的誤讀，也沒能建構起一種有效的「批評話語」。對他而言，「文化保守主義」僅僅成為一個空洞的立場，而無法在彼時的歷史進程中予以實踐並對方興未艾的「新文化」予以豐富和制衡，這不能不說是一種歷史的遺憾。

# 第二節 《學衡》：「論究學術」與 「行批評之職事」的矛盾

「新文化」與「學衡」之間的「論爭」可以追溯到胡適和梅光迪在美國留學時期對「白話」相關問題的相互辯難。對胡適而言，這場「論爭」對後來「文學革命」方案的提出具有重要意義。但是在一些基本問題上，雙方難以達成一致。如梅光迪堅持「詩文截然兩途」的提法，而反對胡適「作詩如作文」的主張：「詩之文字與文之文字自有詩文以來（無論中西，）已分道而馳。足下謂詩界革命家，改良『詩之文字』則可。若僅移『文之文字』於詩，即謂之革命，則不可

也。」胡適：《逼上梁山》，《中國新文學大系·建設理論集》，
上海文藝出版社，2003 年 7 月第 1 版，第 8 頁。「白話能否
入詩」的分歧，表徵著胡適和梅光迪雙方文化觀存在根本的
差異和隔膜。正因為他們在對文化的基本態度上缺乏共識，
才導致雙方的「論爭」無法充分展開，而最終淪為一場「罵
戰」。梅光迪認為，胡適的主張「乃以暴易暴耳」[54]，且其
「詭立名目，號召徒眾，以眩駭世人之耳目，而己則從中得
名士頭銜以去」[55]，這意味著梅光迪已經從根本的文化觀念
和變革態度上否定了胡適，也標誌著兩人對話的終結，也為
後來的「衝突」埋下了伏筆。

　　當然，對胡適以及之後的《新青年》持保留態度的美國
留學生並非少數，但是因為人單勢孤，這些零星散亂的反對
言論，沒有形成什麼影響。而直到 1920 年，吳宓、梅光迪、
胡先驌等人陸續回國，並在南京高等師範學校聚集，這才有
了能夠與依託北京大學的「新文學運動」分庭抗禮的可能。
而《學衡》的創刊，則真正使得他們的言論能夠正式進入中
國的輿論舞台，並產生一定的影響力。

一

　　《學衡》是以「新文化運動」的「反對派」進入公眾視
野的，但這種「反對」的姿態不僅沒有導致他們被潮流所棄
置，反而使得他們能夠在「新文化」佔據絕對主導權的輿論

---

[54] 胡適：《逼上梁山》，《中國新文學大系·建設理論集》，上海文藝出版社，
　　2003 年 7 月第 1 版，第 16 頁。
[55] 胡適：《逼上梁山》，《中國新文學大系·建設理論集》，上海文藝出版社，
　　2003 年 7 月第 1 版，第 16 頁。

界獲取一席之地，這是之前諸多反對「新文化」的個人與群
體（林紓和《國故》月刊）所未能做到的。這其中的原因，
與他們對自身的「文化定位」有密切的關聯。鄭振鐸通過將
《學衡》與林紓的比較得出結論：「林琴南對於新文學的攻
擊，是純然的出於衛道的熱忱，是站在傳統的立場上來說話
的。但胡梅輩卻站在『古典派』的立場來說話了。他們引致
了好些西洋的文藝理論來做護身符。聲勢當然和林琴南，張
厚載有些不同。」[56]而羅家倫在回應胡先驌的文章時也提及，
胡先驌的文章「引起北京一幫燒料國粹家」的注意：「好了！
好了！提倡中國文學革命的學說倒了！因為近來出了一位
『學貫中西』的胡先驌先生做了一篇《中國文學改良論》，
把他們這班文學革命的人罵得反舌無聲，再也不能申辯。這
班倡文學革命的人，無非懂得幾句西文，所以總拿西文來嚇
我們。我們因為自己不懂，所以回答他們不來，只好拿出『國
粹』的名詞來勉勵一班青年，不受他們鼓勵。現在那料出了
一位胡先生，也是『寢饋英國文學』的，把他們的黑幕，一
律揭穿，痛快！痛快！」[57]由此可見，胡先驌等人的文章引
起注意並獲得反響，首先並非其觀點本身，而是在於他們的
「西學」知識背景。

　　眾所周知，「五四新文化運動」式的「中西之爭」中，
「西學」獲得了巨大的話語權，「新文化運動」的領袖們正

---

[56] 鄭振鐸：《〈中國新文學大系·文學論爭集〉導言》，《中國新文學大系·
文學論爭集》，上海文藝出版社，2003 年 7 月第 1 版，第 13 頁。

[57] 羅家倫：《駁胡先驌君的中國文學改良論》，《新潮》第 1 卷第 5 期，1919
年 5 月 1 日。

是以「西學」號令天下，並以此名目來抵抗「舊學」或者「國粹」的文化霸權。但也誠如前文中所說的那樣，《新青年》同人的西學素養並不是他們所宣稱的那樣深厚。正因為此，《新青年》同人儘管一力宣導「西學」，但在具體的立論言說中往往迴避「西學」，而將文字的火力集中在「中學」內部，通過「以傳統反傳統」的方式樹立自身的文化主張。而更為重要的是，早期反對「新文化運動」的「舊文人」，也多為不通「西學」之士，因此，他們同樣無法徵引「西學」作為思想資源對「新文化」予以批評。而《學衡》派同人在歐美留學的背景，以及他們對「西學」的熟諳，也就成為巨大的優勢，相比那些拘囿於中學內部的「反對派」而言，他們的主張也更具說服力。胡先驌在評價林紓時就認為：「蔡子民先生出長北大後，胡適之陳獨秀輩提倡白話文，先生乃攘臂起與相抗，惜不通西文，未能以子之矛攻子之盾，終不能居上風，遂在一時代之風尚下，首作犧牲矣。」[58]這意味著，「西學」不僅僅可以被「新文化」徵引為思想資源，也可以被文化保守主義者徵引為思想資源。「學衡」派的優勢就在於，他們把「西學」和「舊派」聯結起來，從而打破了五四時期「新舊」對應「中西」的既有格局。事實上，正是「西學」的知識背景和捍衛「舊學」態度的錯位結合，使得《學衡》能夠在「新文化運動」洶湧澎湃的輿論場域中獲得屬於自身的言論空間。

　　眾所周知，「新文化運動」通過對「傳統」的批判，打

---

[58] 胡先驌：《京師大學堂師友記》，《我與北大——「老北大」話北大》，王世儒、聞笛編，北京大學出版社，1998年4月第1版，第21頁。

破了中國既有的知識體系和文化格局,從而為「西學」的全面引入打開了閘門。在對「西學」的態度上,《學衡》派同人與《新青年》並沒有什麼根本分歧,甚至從某種意義上來說,《學衡》派同人通過「西學」立論的言說場域,也有《新青年》開闢草萊之功。在《學衡》雜誌的諸多文章裡,《學衡》同人也並沒有諱言他們對「新文化運動」引入「西學」的認同和贊許:

> 吾國近今學術界,其最顯著之表徵,曰渴慕新知。所求者多,所供者亦多。此就今日出版界可以見之。此種現象,以與西洋文藝復興相較,頗有相似之處,實改造吾國文化之權輿也。[59](劉伯明《學者之精神》)

> 至民國六年,蔡孑民先生長北京大學,胡適之、陳獨秀於《新青年》雜誌提倡「新文化」以來,國人數千年來服膺國學之觀念,始完全打破,於是研究西方物質科學、政治科學,進而研究西方一切學問矣。吾國二三十年來提倡「西學」之目的,至是始具體得達。[60](胡先驌《說今日教育之危機》)

> 邇年以來,國人之思想脫然解放。向之對於外人學說哲理,所深閉固拒者,今則摭拾移譯,津津樂道。

---

[59] 劉伯明:《學者之精神》,《學衡》第 1 期,1922 年 1 月。
[60] 胡先驌:《說今日教育之危機》,《學衡》第 4 期,1922 年 4 月。

於是新思潮新文化之說，乃雲興潮湧，蔚然群起。影
響所及，將數千年來所遺傳褊狹固陋之禮教，迂疏誕
妄之道學，一舉而摧陷廓清，俾無餘蘊。全國人士，
得以虛心承受真理，對於社會組織，人生觀念，煥然
一新，譬諸衰暮之境，忽換朝氣，思想趨舍，頓呈活
象，未始非吾國之好現象。有識之士，皆應額手稱慶
者也。[61]（蕭純棉《中國提倡社會主之商榷》）

　　但是，在「西學」輸入的標準上，《學衡》派同人卻與
《新青年》的主張大相徑庭。胡適在《新思潮的意義》一文
中把「評判的態度」視為「新思潮」的核心，而這種態度的
基礎，正是「研究問題」與「輸入學理」：「這種評判的態
度，在實際上表現時，有兩種趨勢。一方面是討論社會上，
政治上，宗教上，文學上種種問題。一方面是介紹西洋的新
思想，新學術，新文學，新信仰。」[62]事實上，胡適所謂「評
判的態度」是基於啟蒙理性的態度，從這個意義上說，他們
並不把「西學」僅僅視為一種異域的知識或學問，而是一種
普世性的價值。在強大而僵化的傳統知識體系面前，這樣一
種對西學的認知最大限度地降低了「西學」引入的阻力，但
不可否認，這種認知也產生了諸多流弊。而《學衡》同人正
是在這一點上對《新青年》多有指摘。劉伯明認為，「新文
化」「趨向新奇，或於新知之來不加別擇，貿然信之；又或

---

[61] 蕭純棉：《中國提倡社會主義之商榷》，《學衡》第 1 期，1922 年 1 月。
[62] 胡適：《新思潮的意義》，《新青年》第 7 卷第 1 期，1919 年 12 月 1 日。

剽竊新知,未經同化,即以問世,冀獲名利。[63]蕭純棉也認為:「惟是虛心過度,對於外來學說,既不免於囫圇吞棗,執其一端以衡大概,亦時或不加別擇,率爾盲從,其甚者,則故為新奇可驚之論以自炫異,一若愈激烈則愈足以從觀聽,而愈不近人情則愈見其為獨到者。」[64]在這種情形之下,「西學」本身就已經成為一種「評判的尺度」,而它自身卻無法被「評判」和選擇:「吾國近年以來,崇拜歐化,智識精神上,已惟歐西之馬首是瞻,甘處於被征服地位,歐化之威權魔力,深印入國人腦中,故凡為『西洋貨』,不問其良窳,即可『暢銷』,然歐化之真髓,以有文字與國情民性之隔膜,實無能知者。」[65]在缺乏標準的情形之下,「西學」的引進雖則豐富但卻蕪雜、混亂。而面臨「新文化運動」異彩紛呈的「西學」景觀時,在知識上匱乏的受眾只能按照社會進化論的思路通過「新舊」去衡量「西學」。因此,「新」成為對「西學」予以評判的標準,在社會、政治、學問上唯新是從成為一時的風氣,這使得那些激進的文章更容易獲得大眾的接受與認同:「今新文化運動,於中西文化所必當推為精華者,皆排斥而輕鄙之,但采一派一家之說,一時一類之文,以風靡一世,教導全國,不能自解,但以新稱,此外則加以陳舊二字,一筆抹殺……此於造成新文化融合東西文明之本旨,實南轅而北轍。」[66]正是在這一點上,《學衡》

---

[63] 劉伯明:《學者之精神》,《學衡》第 1 期,1922 年 1 月。
[64] 蕭純棉:《中國提倡社會主義之商榷》,《學衡》第 1 期,1922 年 1 月。
[65] 梅光迪:《評今人提倡學術之方法》,《學衡》第 2 期,1922 年 2 月。
[66] 吳宓:《論新文化運動》,《學衡》第 4 期,1922 年 4 月。

派凸顯了自己作為「反對派」的價值。與之前的「反對派」固守名教禮法不同，系統的歐美教育已經使得他們對「西學」採取了更為開放的態度，更重要的是，他們意識到西方文化內部的多重性和複雜性。這使得他們不再像林紓等人把「中」「西」文化處理成一種「對抗」關係，而是找到一種融合的可能。

　　因此，學衡派的意義在於，他們把「西學」和「舊學」相互關聯起來，而為「新文化運動」提供了一種「文化保守主義」的價值觀，這實際上是豐富了「新文化運動」的內涵，也抓住了「新文化運動」中的一些流弊：「彼新文化運動所主張，實專取一家之邪說，於西洋文化，未表示其涯略，未取其精髓，萬不足代表西洋文化全體之真相。」[67]基於此，《學衡》同人的確提出了與《新青年》同人迥異的「新文化」主張。吳宓在《論新文化運動》中提及：「新文化運動，其名甚美，然其實則當另行研究，故今有不贊成該運動之所主張者，其人非必反對新學也，非必不歡迎歐美之文化也。若遽以反對該運動之所主張者，而即斥為頑固守舊，此率爾不察之談，譬如不用牛黃而用當歸，此亦用藥也，此亦治病也，蓋藥中不止牛黃，而醫亦得選用他藥也。」[68]在吳宓看來，他反對「新文化運動」，是為了消解其「中西」「新舊」「古今」之間的對抗關係。在「新文化運動」全面展開之後，這種消解具有非常重要的意義。通過對「文化」這一概念的重新闡釋，《學衡》同人實際上豐富了「新文化」的內涵：

---

[67] 吳宓：《論新文化運動》，《學衡》第 4 期，1922 年 4 月。
[68] 吳宓：《論新文化運動》，《學衡》第 4 期，1922 年 4 月。

「Matthew Arnold 所作定義曰：文化者，古今思想言論之最
精美者也。Culture is the best of what has been thought and said
in the world　按此則今欲造成中國之新文化，自當兼取中西
文明之精華而熔鑄之，貫通之。吾國古今之學術德教、文藝
典章，皆當研究之，保存之，昌明之，發揮而光大之，而西
洋古今之學術德教、文藝典章，亦當研究之，吸取之，譯述
之，瞭解而受用之。」[69]在這裡，吳宓對「文化」的闡釋顯
然昭示出一種別樣的路徑，「中西」「新舊」之間的對抗，
轉換成了融合，即他們在發刊詞中所提及的「昌明國粹，融
化新知」，這實際上是試圖打消「新文化運動」中的衝突的
「二元對立」關係，在「中西」「古今」「新舊」之間尋找
一種融合、調節的可能性。

　　不可否認，《學衡》派這種「昌明國粹，融化新知」的
文化主張是具有歷史進步意義的。他們不僅不同於之前林紓
之流的「新文化反對派」，也完全不同於《新青年》同人深
惡痛絕的「折中主義者」「古今中外派」。因為他們的這種
主張，是建立在對西學的認知上，他們的文化主張也並非空
洞、浮誇，而是落在了「古典主義」這一具體的範疇上 —— 他
們所要「融合」的「中西文明」並非是整體性的，而僅僅是
作為雙方根基的古典文明。吳宓在談及中西文明時所採用的
是「文化比較」的方式：「中國之文化，以孔教為中樞，以
佛教為輔翼，西洋之文化，以希臘羅馬之文章哲理與耶教融
合孕育而成，今欲造成新文化，則當先通知舊有之文化，蓋

---

[69] 吳宓：《論新文化運動》，《學衡》第 4 期，1922 年 4 月。

以文化乃源遠流長、逐漸醞釀，孳乳熙育而成，非無因而遽至者，亦非搖旗吶喊，揠苗助長而可致者也。今既須通知舊有之文化矣，則當以上所言之四者 —— 孔教、佛教、希臘羅馬之文章哲學及耶教之真義，首當著重研究，方為正道。」[70]由此可見，這種中西文明「融合」的方式極具精英氣質和理想主義，對《學衡》同人而言，「西方文化」是一個恆定的文明系統，而不是一種洶湧的現代文化思潮。客觀地說，這種頗具精英氣質的文化理想本身便是對「新文化運動」的豐富和補充，通過古典主義來「融合中西」的文化策略，也能夠矯正「五四新文化」中「唯新是從」的流弊，為「蕪雜」的「新文化」賦予某種秩序。

當然要強調的是，《學衡》同人的文化理想是在「古典」的範疇內來「融合中西」，從而為中國社會文化轉型尋求一條新的路徑。因此，這種文化理想的實踐必須依託「純粹」的知識建構。因為社會現實層面，文化問題千頭萬緒，「中」「西」錯雜，「新」「舊」交織，所謂「融合」根本無從著手；但是在一個知識範疇內，他們卻可以通過「理論」的自足性和超越性避開這些錯綜複雜的現實問題，而達成自身的理想。當然，這種對「純粹知識」的追求或許會與社會現實「脫節」，但這種「脫節」本身恰恰能夠彰顯自身的「超越性」，它或許未必能夠成為指導現實的「方針」，但是卻能夠為「新文化」提供一個穩定而有效的參照系。事實上，《學衡》派對這種「純粹」的知識是有自覺追求的，這表現在他

---

[70] 吳宓：《論新文化運動》，《學衡》第 4 期，1922 年 4 月。

們對自身「學術性」的定位上。在其雜誌簡章中,《學衡》
同人就提出要「論究學術,闡求真理,昌明國粹,融化新知」
[71],而其具體的方法則在於:「本雜誌於國學則主以切實之
工夫,為精確之研究,然後整理而條析之,明其源流,著其
旨要,以見吾國文化,又可與日月爭光之價值。而後來者,
得有研究之津梁,探索之正軌,不至望洋興嘆,老而無功……」
[72]

　　正是基於這樣一點,《學衡》在批評《新青年》「打孔
家店」的主張時,才會有著與之前「舊派」完全不同的理路。
柳詒徵在《論中國近世之病源》中為孔子辯護:「中國近世
之病根,在滿清之旗人,在鴉片之病夫,在污穢之官吏,在
無賴之軍人,在託名革命之盜賊,在附會民治之名流政客,
以迄地痞流氓,而此諸人,故皆不奉孔子之教。吾因此知論
者所持以為最近結果之總因者,乃正得其反面。該中國最大
之病根,非奉行孔子之教,實在不行孔子之教。」[73]在對晚
清以迄民國的政治、文化發展史的評價上,以柳詒徵為代表
的《學衡》與《新青年》似乎並無不同,但是在對孔子這一
文化人物的態度上卻截然相反。這其中的根本原因就在於,
《學衡》同人是在「古典文明」的意義上來認知孔子的,在
這種視域之中,孔子並不參與政治機制的運行,更不與君主
專制權威相表裡,他是一個純粹的「文化人物」:「夫孔子
之學說,為全世界已往文化中最精粹之一部也。今不聞有批

---

[71]《學衡雜誌簡章》,《學衡》第 1 期,1922 年 1 月。
[72]《學衡雜誌簡章》,《學衡》第 1 期,1922 年 1 月。
[73] 柳詒徵:《論中國近世之病源》,《學衡》第 3 期,1922 年 3 月。

評柏拉圖、亞里斯多德、釋迦牟尼、耶穌基督之言，而對於孔子，乃詆之不遺餘力，甚且謂孔子學說與民治主義不相容。豈非利用青年厭故喜新、好奇立異之弱點乎？」[74]從這個意義上來說，柳詒徵對孔子的認知，不僅與陳獨秀、吳虞等人完全不同，甚至也與提倡「孔教」的「孔教會」和康有為大相逕庭。在柳詒徵看來，康有為、陳煥章等人的思想主張反倒「與孔子之教大相背戾」[75]。因此可以說，《學衡》同人所做的正是對孔子這一人物的「去政治化」，他們將孔子形塑為一個純粹的文化人物。在《學衡》雜誌的創刊號中，孔子的畫像就與蘇格拉底像並置在頭兩頁，而在《學衡》的行文之中，孔子也總是與蘇格拉底、耶穌、佛陀等重要的文化人物相提並論。正因為此，他們才能夠在《新青年》同人「倫理革命」的邏輯之外，把孔子及其儒家學說作為一種思想文化資源保留下來。

　　這裡需要進一步指出的是，《學衡》派同人這種「純粹性」的知識追求和學術趨向，其前提就在於他們對知識份子自身的精英定位。即無論是「昌明國粹」也好，還是「融化新知」也好，其主體都必須是作為社會精英的知識份子階層。這就使得他們在其文化推進中強調「天才」「聖賢」，而鄙夷「庸眾」。梅光迪就明確指出：「蓋學術之事，所賴於群力協作，聯合聲氣者固多，所賴於個人天才者尤多也。天才屬於少數，群眾碌碌，學術真藏，非其所能窺。故倡學大師，每持冷靜態度，寧守而有待，授其學於少數英俊而不汲汲於

---

[74] 胡先驌：《論批評家之責任》，《學衡》第 3 期，1922 年 3 月。
[75] 柳詒徵：《論中國近世之病源》，《學衡》第 3 期，1922 年 3 月。

多數庸流之知。蓋一入多數庸流之手，則誤會謬傳，弊端百出，學術之真精神盡失。」[76]在他看來，「真正學者為一國學術思想之領袖，文化之前驅，屬於少數優分子，非多數凡民所能為也。」[77]胡先驌也認為：「一大智慧者之功德，百千萬平民不能及之。今日人類物質上、精神上之幸福，莫非根據於少數大智慧家之學說。歷史上之往跡，亦隨少數領袖人物為轉移。」[78]正是基於這種理想，他們能夠對當時的文學、學術、教育等各個方面提出自己的極富精英情結的見解，如吳宓在與友人的通信中所說：「我們所要的是倫理社會和道德的政府，但我們首先要的是對待人類生活的健全和現實的觀點。我們在倫理道德和宗教信仰方面的中心信念，是美德和邪惡的二元論。在政治方面，我們的理想是權力的正確行使，並由一群具有智慧及品德的精英分子掌握。」[79]除此之外，秉持「精英主義」的《學衡》在文學上追求「永久之價值」，在學術上追求「不趨時勢」，在教育上則要求培養「全德之人」。正是要依託這樣一種精英體制，他們才能夠把這種文化理想灌輸於社會各個層面。因此，相對於《新青年》同人的「普及」式「啟蒙」而言，他們更注重的是春風化雨式的「提高」式的「教化」：「學術為少數之事，故西洋又稱智識階級，為智識貴族，人類天才不齊,益以教育修養之差，故學術上無所謂平等。平民主義之真諦，在提高多數

---

[76] 梅光迪：《評今人提倡學術之方法》，《學衡》第 2 期，1922 年 2 月。
[77] 梅光迪：《論今日吾國學術界之需要》，《學衡》第 4 期，1922 年 4 月。
[78] 胡先驌：《論批評家之責任》，《學衡》第 3 期，1922 年 3 月。
[79] 吳宓：《吳宓書信集》，吳學昭整理，三聯書店，2011 年 11 月第 1 版，第 19 頁。

之程度，使其同享高尚文化及人生中一切稀有可貴之產物，如哲理文藝科學等，非降低少數學者之程度以求合於多數也。」[80]

# 二

　　由前文所論可知，《學衡》的文化理想在「新文化運動」的進程中具有極為積極的歷史意義，但從具體的歷史實踐層面來看，這種文化理想之於「新文化」始終處於游離狀態。而沒有很好地嵌入其中。顯然，《學衡》派沒有承擔好自身作為「文化保守主義者」的歷史角色，而被後世學者所推崇的所謂「制衡」作用其實也發揮得微乎其微。造成這一歷史遺憾的原因是多方面的，這其中固然與五四時代洶湧的社會思潮密切相關，但《學衡》派自身也有著不可推卸的責任。在我看來，這種問題可能並不出在其「文化理想」本身的缺陷，而是在於他們踐行「理想」的文化實踐過程。顯然，《學衡》雖然推崇「純粹」「無功利」「超越性」的文化，但是文化畢竟不僅僅是一種「形而上」的思想，它必須落實到社會實踐層面上來，且在實踐過程中，並不存在那種白紙一樣的自由場域，供其文化主張自由施展。所以，一種思想和另一種思想可以在形而上的層面上和諧並存，但是在社會文化實踐的過程中卻必然會發生齟齬乃至激烈的衝突。這一點，

---

[80] 梅光迪：《論今日吾國學術界之需要》，《學衡》第 4 期，1922 年 4 月。

顯然對《學衡》顯得尤為重要，因為他們所面臨的是一場史
無前例、來勢兇猛的「新文化運動」。

　　《學衡》創刊於 1922 年，這與《新青年》創刊的 1915
年和「新文化運動」全面展開的 1919 年之間有著一個明顯滯
後的時間差。在這個時候，「新文化運動」已經如火如荼地
展開，「新文學」和「新文化」已經在中國造成了極大的聲
勢，也確立了自身的穩固地位。從某種意義上可以說，五四
新文化運動已經在大眾傳媒上形成了自己的言論場域，而以
北京大學文科為中心的知識生產機制也已經確立起來。當
然，這其中最為明顯的標誌就是白話文的風行以及它對文言
的衝擊乃至替代：「在 1919 年至 1920 兩年間，全國大小學
生刊物總共約有四百多種。全是用白話文寫的。……對傳播
白話文來說，五四運動倒是功不可沒的。它把白話文派上了
實際的用場。在全國之內，被用來寫作和出版。」[81]更為重
要的是，白話不僅在社會上風靡一時，而且被政府機關、教
育體制所接受，胡適不無自豪地宣稱：「我們只用了短短的
四年時間，要在學校內以白話代替文言，幾乎完全成功了，
在 1920 年，北京政府教育部便正式通令全國，於是年秋季始
業，所有國民小學中第一二年級的教材，必須完全用白話文。」
[82]面對這樣一種洶湧的時勢，《學衡》同人按照原有想法去
實踐理想的可能已經不復存在，他們已經不可避免地為「新

---

[81] 胡適、唐德剛：《胡適口述自傳》，廣西師範大學出版社，2005 年 8 月
　　第 1 版，第 165 頁。
[82] 胡適、唐德剛：《胡適口述自傳》，廣西師範大學出版社，2005 年 8
　　月第 1 版，第 165 頁。

文化潮流」所裹挾，也不得不對「新文化運動」做出反應，並通過這種「反應」來樹立和呈現自己的文化主張。從這個意義上來說，《學衡》無法避開這一時代情境去獨自言說他們的文化主張，他們與「新文化」的異質性本身就已經決定其必須以「反對派」的姿態進入公共視野。在過去的研究中，由於我們拘囿於「論爭」這一框架，往往將「新文化」與「學衡派」視為兩個彼此獨立、平行對應的流派，這顯然是失之簡單的。事實上，此時的「新文化運動」對《學衡》而言有著雙重的意義，它既是與之對立的文化主張，但同時也可能是一個言論空間 —— 作為一種文化主張，「新文化」雖有共同基礎，但其內部也有著豐富性和駁雜性；而作為一個言論空間，它既有某種話語霸權意味，但同樣也存在著開放性和包容性。而在實踐過程中，《學衡》對這兩者的認知都有巨大的偏差：

首先，從言論空間的意義上來說，兩者並不是一種平行關係，而是一種包含和被包含的關係。不管《學衡》同人本身是否願意承認，他們已經置身於由《新青年》所開闢的言論空間之中。前文曾經提及，「新文化運動」開始以後，西學大量湧入，而其中確實出現了諸多「激進主義」的流弊。但正因為此，有濃厚「西學」背景的《學衡》才獲得了一個表達自身文化主張的平台，而「新文化運動」的流弊本身也的確為他們「矯正者」的角色賦予了強大的合法性和可能性。因此，在文化實踐的過程中，作為言論空間的「新文化」是難以迴避的，《學衡》本身必須以「新文化」為基準，才能夠讓自己在中國公共輿論界找到一種定位，這是他們不得不

面對的事實。

　　但是,《學衡》派顯然忽略了「五四言論空間」的開放性和包容性,而僅僅把它當成了一種「話語霸權」予以挑戰,吳宓在信中就提及梅光迪曾經寫信催促他和其他同人儘快回國,因為「不應繼續允許文化革命者佔有有利的文化陣地」[83]。在他們自身看來,這樣一個文化空間的產生打斷了他們原本那種舒徐自如的文化實踐設想,他們是被捲入這場「文化運動」的。由此可以說,《學衡》同人對這場「運動」既缺乏思想準備,也有著「生不逢時」的挫敗感,這一點在吳宓身上顯得尤為突出:「自從我回國後兩年,中國的形勢每況愈下。國家正面臨一場極為嚴峻的政治危機,內外交困,對此我無能為力,只是想到國人已經如此墮落了,由歷史和傳統美德賦予我們的民族品性,在今天的國人身上已經蕩然無存,我只能感到悲痛。」[84]顯然,新文化運動的盛行已經使得他們的文化理想推進變成了夢幻泡影:「我躺在床上,痛心於(自 1921 年以來)不曾汲取您那天使般的智慧源泉給予中國人民,他們忽視自己的民族傳統,正在被同出一源的所謂『新文化運動』和布林什維主義的邪說處於毀滅之中。」[85]這一過程對包括吳宓在內的《學衡》同人而言是極為痛苦的,因為在「新文化運動」面前,他們那種美好的「文化理

---

[83] 吳宓:《吳宓書信集》,吳學昭整理,三聯書店,2011 年 11 月第 1 版,第 13 頁。

[84] 吳宓:《吳宓書信集》,吳學昭整理,三聯書店,2011 年 11 月第 1 版,第 19 頁。

[85] 吳宓:《吳宓書信集》,吳學昭整理,三聯書店,2011 年 11 月第 1 版,第 37 頁。

想」突然變成了一種過於「理想」的文化，以至顯得如此不合時宜。

顯然，這種焦灼的心態和憤懣的情緒影響了他們對「新文化」的理性判斷，在此種情形之下，他們已經不甘心居於一個「矯正者」「反思者」的角色，而力圖超越出這樣一個言論空間，並與之斬斷聯繫。誠如吳宓在信中所說的那樣：「我相信，除非中國民眾的思想和道德品性完全改革（通過奇蹟或巨大努力），否則未來之中國無論在政治上抑或是經濟上都無望重獲新生。我們必須為創造一個更好的中國而努力，如不成功，那麼自 1890 年以來的中國歷史將以其民族衰敗的教訓，在世界歷史留下最富啟示和最耐人尋味的篇章。」[86]在具體的實踐過程中，《學衡》對「新文化」的超越首先並非思想的批判，而是在於他們力圖將「新文化」與自身予以區隔。吳宓在給其師白璧德的信中寫道：「梅君的策略是我們能在中國的高等教育機構站穩腳跟，而不是在北京大學。他強烈地反對我們中的任何人去北京大學，或受北大影響控制的北京其他大學。」[87]文化理想上的差異通過現實中空間的區隔呈現出來，《學衡》同人對那些投向北京大學的同人往往表示惋惜乃至不滿：「張歆海君則將去作為那場運動的司令部的國立北京大學，而我們正在試圖抵制和補救該運動的影響。」[88]

---

[86] 吳宓：《吳宓書信集》，吳學昭整理，三聯書店，2011 年 11 月第 1 版，第 19 頁。

[87] 吳宓：《吳宓書信集》，吳學昭整理，三聯書店，2011 年 11 月第 1 版，第 13 頁

[88] 吳宓：《吳宓書信集》，吳學昭整理，三聯書店，2011 年 11 月第 1 版，第 20 頁。

　　《學衡》派全盤否定「新文化運動」的態度，不僅僅使得他們自外於社會潮流，更使得他們自外於一個既成的文化格局和知識譜系，後者的結果是致命的，這使得他們的文化理想在社會現實中無所歸依，處於一種尷尬的「懸置」狀態——這與其說是在回應「新文化」，不如說是在規避「新文化」。如在選擇從教地點的時候，他們一直都偏好那些北京大學影響力不及的所在，如吳宓所選擇的東北大學。他在信中提及：「儘管奉天的氣氛過分保守有點褊狹，卻是中國惟一嚴肅和誠實地進行教育工作的地方；這裡的學生正規地上課，專心地聽講；這裡不容所謂的『新文化運動』的影響潛入，對那些敢於反對胡適博士等的人（像我自己）來說，也許是找到了一個避難所和港灣，東北大學的學科長是贊同我們的行動的；處於我們的友誼，我推薦了不止一位學衡社友（知名人士如柳老先生）到這裡來任教；可以說，我們的思想和理念的確在中國這片土地上比任何其他地方更有影響力。」[89]事實上，這種地域上的偏遠已經昭示了《學衡》同人所處的邊緣化地位。可以說，由於忽略了「新文化運動」的空間意義，《學衡》同人無法看到其開放性與包容性，這實際上使得那種「不趨時勢」的「自我超越性」，變成了一種「規避式」的「自我邊緣化」，並大大削弱了自己的文化影響力。

　　其次，從「文化主張」層面來說，《學衡》同人將「新文化」視為一種「思想」的時候，實際上也是把它作為一種

---

[89] 吳宓：《吳宓書信集》，吳學昭整理，三聯書店，2011 年 11 月第 1 版，第 34 頁。

單一的思想予以認知和把握，而無法意識它內在的豐富性和駁雜性。事實上，《學衡》的意義本來應該是在保留「豐富性」的同時，用自己的文化實踐將其「駁雜性」轉變為「秩序性」。但是由於他們對「新文化」認知的單一，導致其與「新文化」確立起的是一個「對抗」關係。在這種「對抗」關係中，《學衡》派從五四的「反思者」與「矯正者」，變成了全盤「否定者」，這也使得他們與「新文化」的對話產生了巨大的錯位。

從具體的歷史進程中來審視，我們可以發現《學衡》話語的嚴重滯後性，這種滯後性表現在他們對話的物件不具有當下的意義。事實上，在《學衡》創刊的 1922 年，《新青年》在此時已經風吹雲散，成為一種「黨派機關報」，而他所主張的白話文和「新文學」卻已經確立了自身的地位。而 1922 年，蔡元培主導的北大改革也已經進入縱深的領域，「廢門改系」已經完成。而自陳獨秀離開之後，由蔣夢麟和胡適主導的北京大學文科已經開始注重學術，以「提高」代替「普及」，而有了脫離「社會運動」之傾向。但是這些並沒有得到《學衡》同人的諒解，在他們看來：「就輿論與良心問題而論，彼等言而不驗者，已無再發言之資格，而猶顏曰：『提高程度』、『嚴格訓練』，亦已晚矣。」[90]而與此同時，文學研究會與創造社等「新文學」社團陸續成立，「新文化」和「新文學」的內部早已是流派紛呈。值得一提的是，儘管這些新興的文學流派和文化主張與《新青年》之間有莫大關聯，但這種關聯更多是在於前者為後者的產生提供了空間和

---

[90] 梅光迪：《評提倡新文化者》，《學衡》第 1 期，1922 年 1 月。

平台，並不意味著後者在思想、觀念上與《新青年》自身有直接的淵源。但是，《學衡》同人顯然沒有或不願看到《新青年》與之後各個思想、文學流派之間的差異、區別。在他們眼中，《新青年》是之後所有「新文化」的直接思想源頭，而各種「新文化」都是由《新青年》和北京大學延展而來。正是基於這樣一種「一元」的文化觀，他們才會不顧 1922 年流派紛呈的文化與文學，將矛頭指向了 1919 年之前的《新青年》雜誌和北京大學。也就是說，當「新文化運動」已經徹底展開之後，《學衡》卻仍然把北京大學和《新青年》視為自己的批評物件。綜觀《學衡》對「新文化」的批評，我們發現他們對當下諸多新出的文學現象視而不見聽而不聞，反而多是圍繞 1919 年之前「文學革命」發軔期的問題展開。從這個意義上來說，《學衡》所討論的問題毫無時效性、當下性可言，更無法對此時的「新文化運動」造成什麼根本衝擊。一方面，他們試圖與之「論爭」的《新青年》懶於應答，而另一方面，對來自「文學研究會」的諸多批評，《學衡》卻往往予以忽視，這使得《學衡》在彼時的言論空間中處於雙重的「對話失效」狀態。這種狀態，使得他們根本無法參與到「新文化」的進程之中，也不會對其產生什麼實質性的影響，既不會有什麼促進，也不會有什麼阻礙，他們幾乎將自己阻擋在文化潮流之外。

三

　　如前所述，吳宓、梅光迪等人那種「昌明國粹，融匯新知」的文化理想，在實踐過程中遭遇了風起雲湧的「新文化

運動」，這實際在很大程度上改變了他們既有的設想，面對文化理想與社會現實之間的巨大鴻溝，他們不得不選擇「挽狂瀾於既倒」的姿態，從而站在「新文化」的對立面上。正因為此，「論究學術」為宗旨的《學衡》也不得不以「行批評之職事」的方式予以推行，而所批評之物件正是「新文化」本身。從這個意義上說，「研究」與「批評」已經成為《學衡》這份雜誌缺一不可的兩翼。

　　但是問題在於，「論究學術」要依託現代大學體制，而「行批評之職事」則需要深諳大眾傳媒的運作機制，兩者雖然有諸多關聯，但同樣存在抵牾，分寸的拿捏並非易事。前文第三章曾經論及，《學衡》的對手《新青年》對「校」與「刊」的資源的充分利用，使得他們既能夠利用大眾傳媒為自己的學術建樹設置傳播路徑，又能夠把「學術」轉換成一種有效的傳播意義上的資源，進而通過大眾輿論完成社會啟蒙和文化推進。但相對於《新青年》同人而言，《學衡》派同人對「校」與「刊」之間關係的處理並不成功，吳宓在給白璧德的信中提及《學衡》雜誌在出刊過程中遭遇的艱難，他稱自己是「在很少合作和說明的情況下，努力維持《學衡》（每月出版）；工作非常辛苦，而成績差強人意」[91]。這樣一種慘澹經營的狀況其實表明，《學衡》同人並沒有對「刊」的運作予以重視，這使得他們在堅守學術本位的同時，未能對大眾傳媒的屬性和機制予以理解和適應。在這樣一種情形之下，《學衡》立論言說的「學術性」其實壓倒了「傳媒性」，

---

[91] 吳宓：《吳宓書信集》，吳學昭整理，三聯書店，2011 年 11 月第 1 版，第 26 頁。

它成為一個以「學術」為本位的雜誌。從這個意義上說，《學衡》同人的「批評」，其實是一種「學術化批評」。這一點，從他們對「批評」這一概念的認知上便可瞭解。吳宓在《文學研究法》一文中，列舉了美國的文學批評流派，分為「商業派」「涉獵派」「考據派」「義理派」，他對前三派一律痛加排斥，認為「研究文學之方法與精神，宜從上所言第四派之行事」。[92]而胡先驌也通過《論批評家之責任》一文表達了自己對「批評家」責任的期許：除了強調「道德」之外，也強調了批評家的「博學」。「道德」「博學」「以中正之態度，為平情之議論」「具歷史之眼光」「取上達之宗旨」。「夫批評之主旨，為指導社會也。指導社會，純為上達之事業也」。[93]顯然，這樣一種嚴苛的批評宗旨帶有濃厚的學院氣息和精英情結。

《學衡》諸人在公共傳媒中對「學術」本位立場的頑固持守，使得「學術」本身成為批評的標準，對其所有的批評對象，他們莫不以「學理」的標準評判之、衡量之。但這樣一種「學理」化的批評，在「新文化運動」這一對象面前，卻遭到了難以避免的悖論。這其中的問題在於，《學衡》派一方面以「學術」自我標榜、貶斥「新文化」「不是純粹的學術」，而另一方面卻要對「新文化」中的諸多文化現象作「學術批評」，這其實形成了一種用「學理」手段批判「非學理」物件的語義悖論 —— 一個新思想或新文化被否定，只是因為它不符合《學衡》自身設定的「學理」，而一旦其不

---

[92] 吳宓：《文學研究法》，《學衡》第 2 期，1922 年 2 月。
[93] 胡先驌：《論批評家之責任》，《學衡》第 3 期，1922 年 3 月。

符合「學理」，那在批評中也就不再值得「以中正之眼光」
視之了。從這個意義上說，《學衡》對「新文化」的批評已
經游離出「學理」的範疇。

綜觀《學衡》雜誌中對「新文化」的批評就會發現，與
其說他們是在對「新文化」予以「學理性」的批評，倒不說
是在對其「非學理」的指斥。梅光迪在《評提倡新文化者》
一文中，對「新文化」的提倡者連下四個判斷：「彼等非思
想家乃詭辯家也」，「彼等非創造家乃模仿家也」，「彼等
非學問家乃功名之士也」，「彼等非教育家乃政客也」[94]。
由於這種「非學問家乃功名之士」的判定，《學衡》已經失
去了對「新文化」予以學理辨析的可能性：「今則以政客詭
辯家與夫功名之士。創此大業。標襲喧攘。僥倖嘗試。乘國
中思想學術之標準未立。受高等教育者無多之時。挾其偽歐
化。以鼓起學力淺薄血氣未定之少年。故提倡方始。衰象畢
露。明達青年。或已窺底蘊。覺其無有。或已生厭倦。別樹
旗鼓。其完全失敗。早在識者洞鑒之中。」[95]在這一點上，
《學衡》同人宣稱的「學理」與《新青年》同人堅持的「常
識」具有同樣的屬性，它已經喪失了反思、自省的功能，而
成為一種武斷的「評判的尺度」。如果說《新青年》基於「常
識」的批評尚能夠將懸置的觀念辨析拉入社會現實層面，那
麼《學衡》秉持「學理」的批評，卻往往將一個具體而鮮活
的物件予以知識化處理。因此，當《學衡》按照一種學術標
準去衡量「新文化運動」的時候，實際上是把「新文化」予

---

[94] 梅光迪：《評提倡新文化者》，《學衡》第 1 期，1922 年 1 月。
[95] 梅光迪：《評提倡新文化者》，《學衡》第 1 期，1922 年 1 月。

以抽象化了。他們沒有看到一種新的學術生產方式的形成，而把學術視為一種超越性的非社會性的狀態，使得他們也無法把握在五四這一特定時期「學術轉向」與「社會轉型」之間密切的關聯性。從某種意義上說，他們是通過否定「新文化」的「學理性」，進而取締它們的「合法性」。

而從大眾傳媒的視域來看，「學術」話語和「批評」話語之間巨大的抵牾使得《學衡》陷入了更為尷尬的困境之中。由於《學衡》同人沒有將「學術」自覺轉換成一種有效的「批評資源」，所以那種「學理」是以直接、突兀、不加選擇的方式代入大眾傳媒的運作機制。而從傳媒的角度予以審視，這種進入傳媒領域的所謂「學理」不僅是一套思想理念或知識體系，更是一種言論姿態。「論究學術」的宗旨使得《學衡》同人不得不擺出一副「不偏不倚」的形象，按照他們自己的話來說，即是「無偏無黨，不激不隨」。但問題在於，「無偏無黨，不激不隨」的言論姿態與《學衡》派「批評者」的身份有著根本的衝突，因為作為一個「批評者」本身就不可能「不偏不倚」。從這個意義上說，《學衡》同人那種「以中正之眼光，行批評之職事」言說方式根本就不可能在現實中存在。例如，他們標榜「不事謾罵以培俗」，卻在對「新文化」的批評中難免口出惡語，所謂「齊人墦祭以驕傲其妾婦，而妾婦恥之」，所謂「劉邕嗜瘡痂」，以及「賀蘭進明嗜狗糞」，等等。他們標榜「無偏無黨」，卻忘記了其所提倡的白璧德的「新人文主義」也同樣僅僅是一偏之見。

在這種情形之下，《學衡》同人在高遠的文化理想與尷尬的現實處境之間，出現了嚴重的錯位，而他們所秉持的「學

理」也淪為一種空洞的自我標榜。而從大眾傳媒的視域看來，這樣一種標榜充滿了令人反感的學院氣息和精英味道，自然也容易遭受攻擊和駁斥。如魯迅就曾在《估〈學衡〉》一文中對「同《學衡》諸公談學理」表示「詫異」，而且用大量的篇幅列舉了《學衡》在「學理討論」中所犯的常識性錯誤，臨末則予以尖刻的嘲諷：「諸公掊擊新文化而張惶舊學問，倘不自相矛盾，倒也不失為一種主張。可惜的是於舊學並無門徑，並主張也不配。」[96]

　　事實上，魯迅並不是反對「學理」本身，而恰恰是反感《學衡》同人那種以「學理」相標榜的姿態以及那種「學理性」的批評方式，從這個意義上說，《估〈學衡〉》也不過是「以子之矛攻子之盾」而已。

---

[96] 魯迅：《估〈學衡〉》，《魯迅全集》第 1 卷，人民文學出版社，2005年 11 月第 1 版，第 399 頁。

# 結　語

## 「罵」與《新青年》批評話語的建構

　　反顧《新青年》「批評話語」的建構，可以對其演變的過程做如下概述：在最初的「批孔」過程中，陳獨秀等人通過對「折中主義」的反對，確立了《新青年》「不容反對者有討論之餘地」的言論姿態。但在此時，「罵」這一話語尚未真正進入其立論言說的話語實踐過程。而在「文學革命」中，《新青年》同人則採取了「打雞罵狗」的言說策略。在此過程中，《新青年》同人「目桐城為謬種，選學為妖孽」，並對包括舊體詩詞、古典白話小說在內的「舊文學」予以排斥，這不僅確立了「白話」的正宗地位，也使得一種極具個性的「文學批評」話語初具雛形。尤其值得一提的是，錢玄同、劉半農二人策劃的「雙簧信」事件，使得「罵」這一話語進入公眾視野，真正具有了社會輿論的內涵和功能。而在「文學革命」從「破壞」轉向「建設」之後，《新青年》的批評不僅沒有消歇，反而擴展到了文學以外的範疇。隨著「隨感錄」欄目的創設，《新青年》批評層面從「文學」轉向了文化，並在這一過程中樹立了社會現象（就「批評物件」而言）、個性態度（就「批評者」而言）、文化主張（就「批

評宗旨」而言）三位一體的「文化批評」模式。可以說，「文化批評」標誌著《新青年》「批評話語」進入了相對成熟的狀態，正是通過這樣一種「批評」，「新文化」才能最大限度地擴充自己指涉的範圍，並最大限度地與彼時中國複雜的社會現實相關聯。從這個意義上說，《新青年》策動的「新文化運動」不再是一種抽象的理念，而是和「社會轉型」本身形成了同步、互動的過程。

在這樣一個「批評話語」建構起來的同時，一個新的「言論空間」也已經被開闢出來。在這個空間中，沒有傳統思想界和學術界森嚴的壁壘，也衝破了社會宗法道德對言論的壓力和束縛，在這裡，幾乎任何人都可以發言，幾乎任何思想都可以討論，從某種意義上說，它甚至成為新一代知識份子釋放個性的自由場域。從這個意義上說，五四思想界已經形成了一個多元自由的生態。而需要強調的是，這樣一個「言論空間」是開放性的，它不僅收納了諸多最新的西方思潮，也容留且整合著舊有的思想和學術，這其中「中西交織」「新舊錯雜」，具有極大的豐富性和活躍度。

事實上，在《新青年》的立論言說過程中，「罵」這一話語一直貫穿始終，對《新青年》「批評話語」的建構和「新文化」「言論空間」的開闢而言，它也有著不可忽略的意義。當然不可否認的是，「罵」這一話語本身畢竟有諸多負面意義，在與持異議者的言論衝突中，《新青年》同人的言論也的確存在污言穢語乃至人身攻擊。只是，在「言論空間」展開的過程中，《新青年》「肆意而罵之」的言論姿態雖然爭議頗多，但並沒有從根本上為其輿論地位和社會信譽造成什

麼負面影響。真正的問題發生在「言論空間」形成以後。經過五四運動，無論「新文學」還是「新文化」都已經確立了自己的社會地位，無論人們態度如何，它們已經成為無法抹煞的社會存在。而正是在這個時候，「罵」作為一個問題被凸顯出來：

從思想方面看，那種基於「罵」來建構的批評話語一直沒有超越自身的單向性，即在不同意見的討論和切磋中，雙方往往仍然處於「批評」與「反批評」的錯位模式裡，而那種作為有效對話機制的「論爭」還尚未完全形成。

而具體到文學而言，問題則更為嚴重。相對思想、知識，文學本身具有更為濃厚的個性色彩，因此「罵」與「文學批評」之間的界限一直模糊，而沒有被明確地區隔。尤其是在空間相對有限的「新文學」界，「罵戰」幾乎成了新流派、新社團步入文壇必然採取的話語策略。對此，劉納對創造社以「打架」「殺出一條血路」方式挑戰胡適和「文學研究會」的話語衝突有極為精到的分析。[1]從這個意義上來說，「罵」甚至已經去除了「批評」的性質，而成為一種赤裸裸的話語權的搶奪，而這一切如果追根溯源，五四時期的《新青年》雜誌的確難脫干係，誠如錢基博所說：「波靡流轉，莫知所屆。向之誚人落伍者，轉瞬而人譏落伍。十年推排，已成老物，身名寂寞，胡適蓋不勝今昔之感。而逐林紓之後塵，以為後生揶揄雲，又豈適之始計之所及料也哉？余故著其異議，窮其

---

[1] 劉納：〈「打架」、「殺開了一條血路」——重評創造社「異軍蒼頭突起」〉，《中國現代文學研究叢刊》2000 年第 2 期。

流變而以俟五百年後之論定焉，亦當世得失之林也。」[2]

　　從以上兩點來看，由《新青年》同人的話語實踐開闢的「言論空間」尚處於未完成狀態，它雖然有著巨大的寬容度和自由度，但在其內部的各種思想、言論尚未形成一種有效的對話關係和交流規則。所以，在「言論空間」的展開終結之後，必然還要經歷一個「秩序化」的過程。正是在這樣一種情境之下，「罵」才與這個它參與開闢的「言論空間」產生了極為緊張的關係，也正是在這個意義上，《新青年》的讀者才會批評「肆口侮罵」的言論形態破壞了「自由討論學理」之權利。但這裡需要強調的是，「罵」雖然具有「反秩序」化的傾向，但作為個人性話語，它是言論表達中不可避免的現象。因此，如果「言論空間」的「秩序化」以對「罵」的徹底袪除為宗旨，那就必然會對「個人性」予以消解，這不僅僅會殃及「言論空間」本身，而且在操作性上也沒有任何可能。其實正如那位《新青年》讀者所說，「言論空間」秩序缺失的根本問題並不在於「罵」的存在，而僅僅在於「罵」破壞了「自由討論學理」之權利。從這個意義上理解，「言論空間」的「秩序化」並不意味著將「罵」徹底去除，而是意味著一個「學理空間」在其內部生成，並與「罵」的場域劃出清晰的界限。如果說「言論空間」外部邊界的擴展可以不斷增加其寬容度和自由度，那麼這種內部的界限恰恰就是其「秩序化」的必要措施，那種思想對話意義上的「論爭」也只有在這樣一個「秩序化」的空間之中才能夠真正生成。

---

[2]　錢基博：《現代中國文學史》，嶽麓書社，2010 年 8 月第 1 版，第 415 頁。

# 參考文獻

## 一、報紙期刊類

《晨報》《甲寅》（月刊）《京報副刊》《每週評論》《太平洋》《新潮》《新青年》《新小說》《學衡》《語絲》

## 二、著作類

鮑晶編《劉半農研究資料》，北京：智慧財產權出版社，2011年。

蔡元培《蔡子民先生言行錄》，長沙：岳麓書社，2010年。

常乃惠《中國思想小史》，上海：上海古籍出版社，2009年。

陳方競《多重對話：中國新文學的發生》，北京：人民文學出版社，2003年。

陳平原《觸摸歷史與進入五四》，北京：北京大學出版社，2010年。

陳平原《作為學科的文學史》，北京：北京大學出版社，2011年。

陳平原、杜玲玲編《追憶章太炎》，北京：中國廣播電視出

版社，1996 年。

陳平原、山口守編《大眾傳媒與現代文學》，北京：新世界出版社，2003 年。

陳平原、鄭勇編《追憶蔡元培》，北京：三聯書店，2009 年。

陳子展《最近三十年中國文學史》，上海：上海古籍出版社，2000 年。

耿雲志、歐陽哲生編《胡適書信集》（上），北京：北京大學出版社，1996 年。

顧頡剛《顧頡剛日記》，台北：台灣聯經出版公司，2007 年。

郭湛波《近五十年中國思想史》，濟南：山東人民出版社，1991 年。

胡適《胡適留學日記》，長沙：嶽麓書社，2000 年。

胡適編《中國新文學大系·建設理論集》，上海：上海文藝出版社，2003 年。

胡適編《五四新文學論戰集彙編》，台灣：長歌出版社，1975 年。

黃克武《惟適之安 —— 嚴復與近代中國的文化轉型》，台北：台灣聯經出版公司，2010 年。

黃興濤等編譯《辜鴻銘文集》，海口：海南出版社，2000 年。

李何林《中國文藝論戰》，西安：陝西人民出版社，1984 年。

李約瑟《中國科學技術史》（第 2 卷），上海：科學出版社、上海古籍出版社，1990 年。

劉納《嬗變 —— 辛亥革命時期至五四時期的中國文學》，北京：中國人民大學出版社，2010 年。

劉炎生《中國現代文學論爭史》，廣州：廣東人民出版社，

1999 年。

魯迅《魯迅全集》（第 1、4、5、6、8、11 卷），北京：人民文學出版社，2005 年。

馬少波等主編《中國京劇史》（上），北京：中國戲劇出版社，1999 年。

馬勇編《章太炎書信集》，石家莊：河北人民出版社，2003 年。

歐陽哲生編《胡適文集》（第 3 卷），北京：北京大學出版社，1998 年。

齊如山《齊如山回憶錄》，中國戲劇出版社，1998 年。

錢基博《現代中國文學史》，長沙：嶽麓書社，2010 年。

錢玄同《錢玄同文集》（第 1、2、6、8 卷），北京：中國人民大學出版社，1999 年。

舒新城編《中國近代教育史資料》，北京：人民教育出版社，1981 年。

水如編《陳獨秀書信集》，北京：新華出版社，1987 年。

胡適、唐德剛《胡適口述自傳》，桂林：廣西師範大學出版社，2005 年。

唐弢《中國現代文學史》（一），北京：人民文學出版社，1979 年。

王奇生《革命與反革命 —— 社會文化視野下的民國政治》，北京：社會科學文獻出版社，2010 年。

王世儒、聞笛編《我與北大 ——「老北大」話北大》，北京：北京大學出版社，1998 年。

王森然《近代二十家評傳》，北京：書目文獻出版社，1987

年。

王栻編《嚴復集》（第三冊），北京：中華書局，1986 年。

王元化《思辨錄》，上海：上海古籍出版社，2004 年。

王瑤《中國新文學史稿》（上冊），上海：上海文藝出版社，
　　1982 年。

吳微《桐城文章與教育》，合肥：安徽大學出版社，2012 年。

吳學昭整理《吳宓書信集》，北京：三聯書店，2011 年。

夏曉紅、王風等《文學語言與文章體式 —— 從晚清到「五
　　四」》，合肥：安徽教育出版社，2006 年。

徐瑞岳編《劉半農年譜》，徐州：中國礦業大學出版社，1989
　　年。

薛綏之、張俊才編《林紓研究資料》，福州：福建人民出版
　　社，1983 年。

楊聯芬《晚清至五四：中國文學現代性的發生》，北京：北
　　京大學出版社，2003 年。

楊啟嘉《中國新文學概觀》，新民會文存，1930 年。

楊早《清末民初北京輿論環境與新文化的登場》，北京：北
　　京大學出版社，2008 年。

張天星《報刊與晚清文學現代化的發生》，南京：鳳凰出版
　　社，2011 年。

張英若《新文學運動史》，光明書局，1934 年。

趙慧蓉《燕都梨園史》，北京：北京出版社，1999 年。

趙家璧《編輯憶舊》，北京：中華書局，2008 年。

鄭振鐸編《中國新文學大系·文學論爭集》，上海：上海文藝
　　出版社，2003 年。

中國社會科學院歷史研究所第三所編《五四運動回憶錄》，
　　北京：中華書局，1959 年。

中國社會科學院近代史研究所中華民國史組編《胡適來往書
　　信選》（上），北京：中華書局，1979 年。

中國戲曲志編輯委員會《中國戲曲志·天津卷》，北京：文化
　　藝術出版社，1990 年。

周作人《知堂回想錄》，香港：香港三育圖書文具公司，1971
　　年。

## 三、論文類

畢耕《古文萬無滅亡之理——重評林紓與新文學宣導者的論
　　戰》，《廣西社會科學》2005 年第 7 期。

陳方競《「批孔」：開啟新文化宣導的一道閘門》，《學術
　　月刊》2011 年第 3 期。

程鋼《論陳獨秀反「靈學」中的一元論思想及其淵源》，《清
　　華大學學報》（哲學社會科學版）1989 年第 3、4 期。

程巍《「王敬軒」案始末》，《中華讀書報》2009 年 3 月 30
　　日。

古大勇、魏繼洲《五四新文化運動言說語境中的「偏激」修
　　辭——以錢玄同等為中心》，《徐州師範大學學報》2010
　　年第 5 期。

何宗旺《蔣維喬思想研究》，湖南師範大學博士學位論文。

李潔非《對「暴力」的迷戀，或曰撒旦主義 —— 20 世紀文學
　　精神一瞥》，《文學評論》2001 年第 1 期。

劉納《「打架」、「殺開了一條血路」 —— 重評創造社「異
　　軍蒼頭突起」》，《中國現代文學研究叢刊》2000 年第
　　2 期。

羅志田《林紓的認同危機與民初的新舊之爭》，《歷史研究》
　　1995 年第 5 期。

馬少華《論五四時期報刊論爭中的倫理問題和規範意識》，
　　《國際新聞界》2009 年第 11 期。

馬勇《重構五四記憶：從林紓方面進行探討》，《安徽史學》
　　2011 年第 1 期。

熊權《「學術」與「革命」的交融 —— 李何林現代文學研究
　　述略》，《雲夢學刊》2009 年第 1 期。

汪暉《「五四」：啟蒙運動的「態度同一性」》，《文學評
　　論》1989 年第 3 期。

王富仁《林紓現象與「文化保守主義」 —— 張俊才教授〈林
　　紓評傳〉序》，《中國現代文學研究叢刊》2007 年第 3
　　期。

王良成《「五四」時期的新、舊戲劇觀論爭及其現代性追求
　　述論》，《戲劇》2006 年第 3 期。

王曉明《一份雜誌和一個「社團」—— 重識五四文學傳統》，
　　《上海文學》1993 年第 4 期。

楊琥《〈新青年〉與〈甲寅〉月刊之歷史淵源》，《北京大學
　　學報》（哲學社會科學版）2002 年第 6 期。

楊劍龍《論中國現代文學論爭與史料研究》，《河南大學學
　　報》2007 年第 2 期。

張俊才《徘徊在「共和老民」與「大清舉人」之間 —— 林紓

晚年政治身份認同的矛盾與原因》，《社會科學戰線》
　　2008 年第 2 期。

張婷婷《回到五四戲劇論爭的現場》，《中央戲劇學院學報》
　　2008 年第 2 期。

鄭敏《關於〈如何評價「五四」白話文運動？〉商榷之商榷》，
　　《文學評論》1994 年第 2 期。

鄭敏《世紀末的回顧：漢語語言變革與中國新詩創作》，《文
　　學評論》1993 年第 3 期。

# 後　記

　　本書是由我的博士學位論文修訂而成。論文的寫作過程漫長而艱辛，中間的甘苦自不待言，而更殘酷的地方在於，這一漫長而艱辛的過程也並不必然導致滿意的結果。就我自己而言，這篇十幾萬字的「急就章」遠未達到理想的預期。這倒也不是妄自菲薄，相比三年前入學時的躊躇滿志，我更珍視自己當下這種更為冷靜的自知，古人說「學然後知不足」，而這份自知的「不足」之感可能正是我三年所「學」最大的收穫。很慶幸，在川大三年讀博生涯結束的時候，自己既保留著對學術的熱愛，又獲得了一份從容，而這些遠不是這篇薄薄的學位論文所能體現。所以，來日方長，繼續努力。

　　感謝我的碩士導師宋劍華先生把我引上了學術研究之路，把興趣當成志業算得上人生一大幸事。感謝我的博士導師李怡先生在這三年時間中的悉心指導和熱情鼓勵，李怡先生對學術赤誠、本真的態度一直感染著我，這在很大程度上使我意識到：除了成就感之外，學術研究本身也有著更為純粹的樂趣。感謝陳思廣老師、段從學老師、毛迅老師、馬睿老師、姜飛老師，在三年的讀博生涯中有幸和他們在各種場合接觸和交流，他們的思想都對我有著極大的教益和影響。

感謝我同屆的學友蔣德均、王永祥、譚梅、李金鳳，三年裡我們在學業上相互砥礪，在生活上彼此關心，共同渡過了這段美好的時光。感謝周維東、湯巧巧、黃菊、孫偉、高博涵、陶永莉等幾位同門摯友，他們的友誼為這三年的生活平添了諸多亮色。尤其還要感謝我的父母，他們對我的學術研究給予了充分的理解和盡心的支持。另外，在我學術研究工作的起步階段，也有幸得到了范智紅、劉慧英、易暉、劉福春、趙京華等諸位老師和前輩莫大的提攜和鼓勵，在此向他們一併致謝。

2014 年 5 月 4 日於成都

# 台灣版後記

　　這部書稿是由博士論文修訂而成。畢業兩年，研究工作的方向已經大大偏離當時的選題，說是另起爐灶也不為過。所以非常感謝文史哲出版社再版此書，若非如此，我大概都難有反顧的機會。反顧是極好的事情，它不僅僅是舊作重讀，更在於牽扯出一些過去的經歷，並在今昔對比中重新定位一下當前的自己 —— 所以這裡的反顧，其實也是反思。比較而言，當時寫作的狀態似乎更純粹一些，可以沉浸在一個抽象的學術世界裡辨析、耙梳、推敲、整理，而現在肯定無法這樣，因為有了一個「生活」的維度。這個所謂的「生活」像是突然跳出來的一樣，它逼著你必須把閱讀和寫作置於一堆日常瑣務之中，時時刻刻地衡量、取捨乃至抉擇。就這樣，學術與生活莫名其妙地矛盾起來，你越是在意一方，就越會感知到來另一方的巨大壓力。時至今日，矛盾還在，壓力也時時會有，但都已經慢慢習慣，也無意化解、假作釋然。所以反顧舊文舊事，並不是要追念什麼，感慨什麼，過去不是桃花源，而是埃及人的肉鍋。其實反顧恰恰讓我明白，今天和過去有著深層的斷裂，彼時在跋山，此時在涉水，山水有別，不可混同。進而言之，生命裡「山一程、水一程」的事

本屬尋常，逢山開路、遇水搭橋即可，其他云云，不作多想，想了亦無用。是為記。